Technologie culinaire

Bernard Charron
Professeur honoraire de cuisine référent au Greta
et à l'École Hôtelière de Paris,
lycée Jean Drouant

Dorothée Labarre-Le Rolland
Professeur de cuisine PLP à l'École Hôtelière de Paris,
lycée Jean Drouant

FOUCHER

Remerciements aux cheffes de talent Alexia Duchêne et Alessandra Montagne,
anciennes élèves de nos auteurs, qui prêtent leur image et leur inspiration
à cet ouvrage pour guider les professionnels de demain.

Merci à M. Hong Hourt (Primeur plaisance), Laurent Nadiras pour l'accès aux vidéos
de la WebTV du Centre national de ressources Hôtellerie-Restauration,
Olivier Heraud (chargé de mission VegOresto Pro), Géraldine Meignan (journaliste),
Manon Thomines (seconde de cuisine), Dirk Van Lieshout ainsi que M. Jean-Michel Garat
(éleveur au Pays Basque) pour les photos de ses animaux et M. et Mme Berhouet
(commerçants au Pays Basque) pour les étiquettes de leurs produits.

Remerciements également :
au Cniel (Centre National Interprofessionnel de l'Économie Laitière), aux établissements
Gaudin-Dupas, au magazine Elle à table, aux enseignes Waffle factory, Hard Rock Cafe,
aux restaurants Le Royal Monceau, Latino Gourmand.

Maquette intérieure : Hung Ho Thanh
Mise en page : Publilog - Compoweb
Couverture : Hervé Stédile
Illustrations : Vincent Landrin

ISBN 978-2-216-17756-1

Mode d'emploi

Véritable outil pour la formation des futurs professionnels de l'art culinaire, cet ouvrage regroupe les fondamentaux de la technologie culinaire. Ces connaissances théoriques, indispensables aux élèves de CAP et de BAC Pro Cuisine en formation initiale et continue, sont la base pour évoluer vers le métier de cuisinier.

Des fiches de cours claires et structurées

Un repérage facile

Des informations synthétiques

Des tableaux illustrés

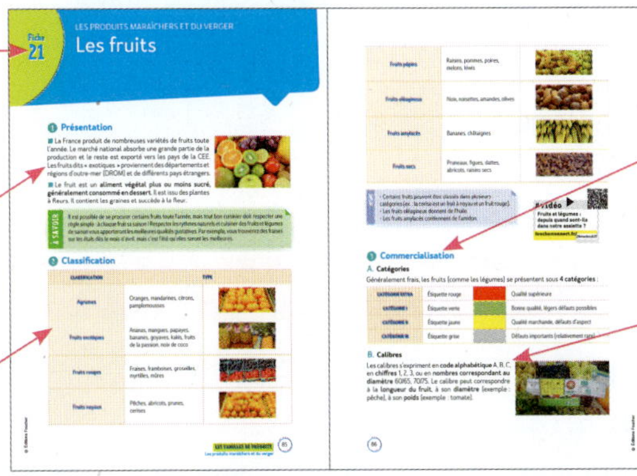

Une structure claire pour retenir l'essentiel

Le vocabulaire de cuisine à retrouver dans le lexique

Des exercices ludiques pour se tester

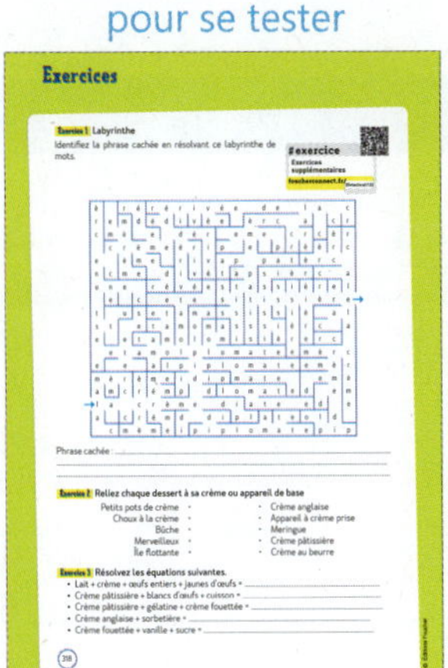

Des corrigés détaillés pour progresser

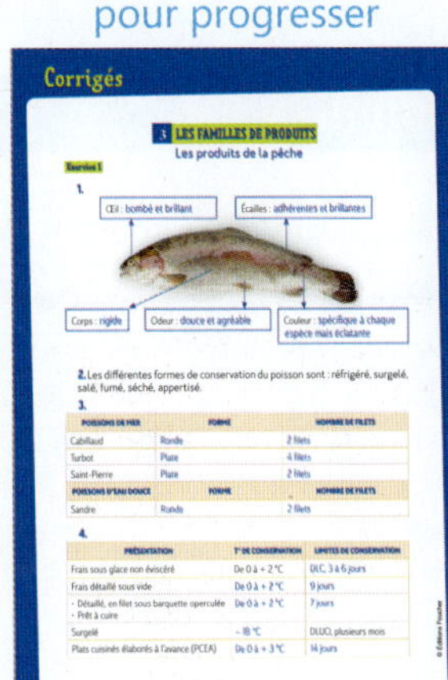

Un lexique à télécharger pour retenir les mots-clés

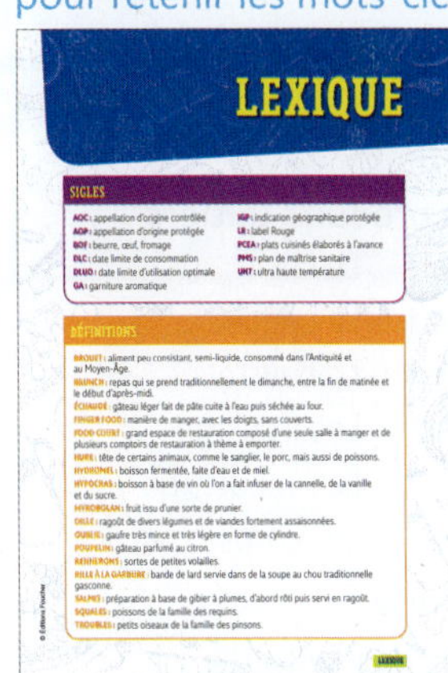

+

Des ressources numériques variées : vidéos de recettes, gestes techniques, tutoriels...

#ressources
Liste des ressources
foucherconnect.fr/25vtechculi00

Sommaire

Module 1 L'ORGANISATION EN CUISINE

Module 2 LE MATÉRIEL

Module 3 LES FAMILLES DE PRODUITS

Sommaire

Sommaire

Sommaire

#lexique
Tout le vocabulaire essentiel en cuisine
foucherconnect.fr/25vtechculi01

Préface

Transmettre la technique, c'est honorer le geste. Transmettre la culture, c'est éveiller l'esprit. Cet ouvrage, *Technologie culinaire*, s'inscrit pleinement dans cette double exigence qui structure aujourd'hui l'enseignement en 90 fiches des métiers de la cuisine.

Conçu comme un outil clair, accessible et immédiatement mobilisable, cet ouvrage se distingue par son caractère résolument **synthétique**. Les savoirs fondamentaux y sont présentés avec rigueur mais sans surcharge : chaque fiche, chaque tableau, chaque schéma répond à une finalité pédagogique précise. L'apprenant y trouve l'essentiel ; l'enseignant, un support fiable en complément de son cours ; et le professionnel en devenir, un repère solide pour construire sa culture technique.

Dans un contexte où les formations en hôtellerie-restauration évoluent pour répondre à de nouveaux défis – ceux de la **transition alimentaire**, de la **soutenabilité des pratiques**, et de l'**éthique professionnelle** – ce manuel intègre également avec justesse les orientations portées par les **nouveaux référentiels de formation**. Cette prise en compte témoigne d'ailleurs d'un engagement profond des auteurs et de l'éditeur : celui de former non seulement des cuisiniers compétents, mais aussi des citoyens responsables, conscients des implications de leur métier sur la santé, l'environnement et la société.

Il faut aussi souligner – et c'est là l'un de ses mérites fondamentaux – que cet ouvrage, bien qu'organisé avec rigueur, **ne prétend nullement se substituer à la démarche pédagogique de l'enseignant**. Il ne propose pas une méthode unique ni une stratégie figée, mais un **ensemble de ressources**, ouvertes, structurées et adaptables, qui soutiennent la liberté d'enseigner et nourrissent la diversité des pratiques éducatives.

Les auteurs, praticiens chevronnés de l'enseignement professionnel, offrent ici bien plus qu'un recueil de contenus techniques. Ils proposent un cheminement pédagogique cohérent, attentif aux évolutions du métier, et résolument tourné vers l'avenir. À travers la diversité des modules, des familles de produits aux démarches qualité, de l'histoire culinaire à la sécurité alimentaire, se dessine une formation à la fois exigeante et profondément contemporaine.

Que ce livre accompagne avec succès celles et ceux qui s'engagent dans la voie de la cuisine, qu'il soutienne les enseignants dans leur mission, et qu'il contribue, modestement mais puissamment, à faire émerger une nouvelle génération de professionnels : compétents, responsables, et fiers de leur métier.

Jérôme MUZARD
Inspecteur de l'éducation nationale, économie et gestion, pilote filière hôtellerie-restauration académie de Bordeaux

Module 1

L'ORGANISATION EN CUISINE

Fiche 1

Le personnel

1 Présentation

L'ensemble du personnel de cuisine est appelé la **brigade de cuisine**. Elle assure plusieurs fonctions qui dépendent :
- du volume de clients accueillis dans le restaurant ;
- du type de cuisine réalisée ;
- du prix moyen dépensé par client.

2 La tenue professionnelle

■ La tradition et la législation imposent le port d'une **tenue professionnelle adaptée** au métier de la cuisine. Elle se compose :
- d'une veste de cuisine ;
- d'un pantalon ;
- d'un tour de cou ;
- d'un calot ;
- d'une paire de chaussures de sécurité ;
- d'un tablier.

↑ *Tenue professionnelle adaptée*

■ Des **règles d'hygiène et de sécurité** doivent impérativement être respectées :
- être toujours coiffé et avoir les cheveux courts pour les hommes et attachés pour les femmes ;
- ne pas porter de bijoux (bague, boucles d'oreilles, montre, bracelet...) ;
- avoir les mains propres et les ongles courts ;
- être attentif aux consignes de sécurité : port des équipements de protection individuelle (EPI), précaution lors de la manipulation des produits d'entretien.

3 Les qualités nécessaires aux cuisiniers

QUALITÉS	CRITÈRES
Propreté corporelle	Être irréprochable (coiffure, mains, tenue)
Ordre	S'organiser avec méthode, respecter le rangement
Goût	Être capable de discerner et d'associer différentes saveurs

Discipline	Écouter, respecter les ordres, dans l'intérêt de la sécurité de tous
Respect	Accepter les différences de chacun et travailler dans le sens du client
Économie	Respecter le produit et éviter les gaspillages
Sobriété	Éviter les boissons alcoolisées et les produits trop riches
Ponctualité	Respecter les horaires de travail
Rapidité	Apprendre à bien faire le travail pour le faire ensuite de plus en plus vite
Mémoire	Retenir les commandes et les proportions
Initiative	Prendre des décisions pour améliorer les performances de sa fonction
Créativité	Composer et réaliser au sens artistique

4 La composition de la brigade et l'organigramme

Le chef de cuisine
Il embauche et dirige le personnel, organise le travail, forme l'ensemble de l'équipe, gère les achats, fait le marché, crée les cartes et menus, vérifie et contrôle le plan de maîtrise sanitaire (PMS) et prend la mesure de la satisfaction des clients.

Le second de cuisine
Il seconde le chef et le remplace lors de ses absences pendant lesquelles il a les mêmes fonctions. Il est souvent saucier, garde-manger ou a le rôle d'aboyeur (il réalise les annonces au passe).

Les chefs de parties
Ils sont chacun responsables d'une partie de la cuisine. Ils sont sous l'autorité du chef de cuisine et du second de cuisine et sont secondés par des commis de cuisine, des apprentis, des aides de cuisine, des plongeurs-batterie. On retrouve fréquemment les chefs de parties suivants :

Le saucier
Il réalise les fonds et les sauces ainsi que quelques garnitures.

Le garde-manger
Il gère toutes les préparations froides et les chambres froides.

Le poissonnier
Il réalise les poissons, coquillages et crustacés ainsi que les garnitures.

L'entremétier
Il prépare les potages, légumes et entremets.

Le rôtisseur
Il réalise les produits rôtis, grillés et frits.

Le pâtissier
Il prépare les desserts à l'assiette, les mignardises.

Fiche 2

Les concepts de restauration

1 Présentation

Aujourd'hui, les concepts de restauration ont évolué et se sont adaptés aux **nouvelles habitudes de consommation** des Français. De plus en plus, les repas sont pris en dehors de la maison, parfois en un temps limité, et doivent répondre aux attentes des consommateurs en termes de **qualité**, de **rapidité** et de **prix**.

2 De nouvelles formes de repas

A. Le repas nutrition

Le consommateur cherche avant tout à couvrir ses **besoins physiologiques**. C'est notamment le cas lors du déjeuner, pris assez rapidement entre 12 et 13 heures pour les salariés. Ce type de repas représente **59 % des repas servis en restauration commerciale**.

B. Le repas d'affaires

Ce type de repas ne représente plus que **1 % des repas servis en restauration commerciale**. Il se déroule essentiellement dans les établissements les plus prestigieux.

C. Le repas loisir

Il représente **40 % des repas servis en restauration commerciale**. Il se déroule dans le cadre de **sorties privées**, entre amis ou en famille.

3 Les différentes formules de restauration

A. La restauration traditionnelle

Cette branche comporte des **établissements très variés** et se compose essentiellement de **petites entreprises individuelles**. C'est le type d'établissement où **chaque chef peut laisser libre cours à sa créativité et à son imagination**. Ces établissements sont les héritiers de la tradition gastronomique française.

1. Les restaurants classiques

Ce sont les restaurants indépendants qui se destinent à une clientèle extrêmement variée. Le type de service l'est également. Le plus souvent, le service à l'assiette est employé, mais certains établissements réalisent quelques préparations au guéridon.

2. Les restaurants d'hôtels

Ce sont les restaurants intégrés dans les hôtels et qui constituent un service complémentaire pour le client de passage.

3. Les restaurants de tourisme

Ce type de restaurant suit le même principe de classification que les hôtels de tourisme avec un système d'attribution d'étoiles.

B. La restauration à thèmes

1. Autour d'un pays

Ce type d'établissement met en avant les produits et les vins spécifiques à un pays (restaurant marocain, chinois, japonais, italien...). Le cadre du restaurant et la décoration rappellent généralement la thématique du pays. Le service est souvent simple mais il est surtout adapté aux coutumes du pays.

2. Autour d'un produit

Ce type de restauration s'articule autour d'un type de produit que l'on retrouve dans tous les plats proposés sur la carte (exemples : légumes, soupes, fromages).

3. Autour d'un art de vivre

Ce type de restaurant est spécialisé dans un mode de consommation : végétarien, diététique, vegan, bio, ethnique...

C. La restauration collective

La restauration collective se divise en plusieurs branches qui ont chacune leurs spécificités en termes de **contraintes d'économie**, d'**obligations (sécurité et hygiène)** et de **gestion de la production**. Nourrir un grand nombre de personnes pour un prix très bas nécessite l'intervention de grandes sociétés spécialisées dans ce secteur.

1. La restauration d'entreprise

Il s'agit d'un restaurant mis à la disposition des salariés d'une entreprise. Rapidité, qualité et variété sont les principales attentes de ce type de consommateurs.

2. La restauration scolaire

Elle regroupe des prestations très diverses : des repas en crèche jusqu'aux cantines universitaires. La distribution est linéaire (self-service) ou au plat sur table.

3. La restauration pénitentiaire et des armées

L'élaboration est souvent faite en interne, la distribution sous forme linéaire.

4. La restauration hospitalière

La restauration hospitalière possède des contraintes qui lui sont propres :
- régimes stricts de certains patients ;
- gestion de la production ;
- normes d'hygiène...

D. La restauration rapide

En forte croissance depuis ces 20 dernières années, c'est le concept qui répond en partie à l'évolution de notre mode de vie (pressé et loin de chez soi).

1. Le *fast-food*

Cette forme de restauration importée des États-Unis propose à sa clientèle des formules de restauration sur place ou à emporter à toute heure de la journée. Le choix est assez limité et très standardisé. Certains *fast-foods* proposent aussi un ***drive-in*** qui consiste en un service à emporter destiné aux automobilistes.

2. Le restau-route

Implantés au bord des autoroutes, ces établissements proposent des formules de restauration rapides et simples.

3. La cafétéria

Le principe de la cafétéria consiste en un libre-service où les systèmes de distribution sont multiples : comptoir linéaire, libre circulation, carrousel. La clientèle élabore le plateau de son choix qui lui est facturé avant d'être consommé en salle.

4. Le snack

Ce type de prestation est souvent associé aux débits de boissons. Le snack consiste à proposer une prestation simple (hot-dogs et divers sandwichs) à toute heure de la journée.

5. La sandwicherie

Située dans les centres-villes ou les grandes surfaces, elle est le moyen de restauration rapide préféré des Français (3 sandwichs consommés pour 1 hamburger vendu). Cette formule s'est largement diversifiée. On trouve aujourd'hui des sandwichs « haut de gamme » et même des sandwicheries spécialisées.

6. Le *food court*

Ce concept est peu répandu en France. Il s'agit d'un ensemble de petits îlots de restauration à thèmes indépendants les uns des autres où le client choisit ses plats et les consomme dans une grande salle commune.

7. Le *food truck*

C'est un concept de restauration ambulant. Installés généralement dans les centres-villes, les food-trucks sont des véhicules équipés d'installations pour la cuisson et/ou la préparation. Ils proposent toutes les formes de cuisine : pizza, burger, salades, wok, mais aussi une cuisine plus élaborée et traditionnelle.

8. La restauration automatique

Sur le même principe qu'un distributeur automatique de boissons, le client reçoit son produit après avoir payé (pain, sandwich, pizza...).

E. La restauration dans les transports

1. La restauration aérienne

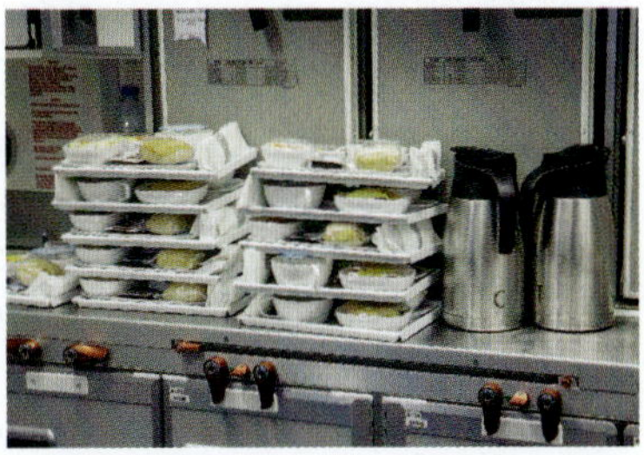

Pour ce type de restauration, les plateaux sont préparés à l'avance et embarqués pour être servis en vol.

2. La restauration ferroviaire

La restauration ferroviaire a longtemps été critiquée pour sa qualité médiocre. On constate une nette amélioration de la qualité dans la prestation depuis quelques années. Sur certains trajets, un menu « chef étoilé » est même proposé.

3. La restauration dans les bateaux

Les paquebots de croisière ont longtemps embarqué le fleuron de la gastronomie. On y déguste généralement une gastronomie variée et haut de gamme selon la croisière choisie.

F. La restauration traiteur

1. Le service traiteur classique

Le traiteur classique propose d'organiser et de servir une prestation complète pour un nombre de participants déterminé à l'avance et dans divers lieux.

2. Le service à domicile

Les initiateurs de ce mode de distribution sont les pizzerias, mais depuis, de nombreux restaurateurs se sont lancés en proposant aussi de livrer et de servir des repas gastronomiques complets à domicile.

Fiche 3

Les concepts de production

1 Présentation

■ Lors de la création ou la reprise d'un établissement, le **choix d'un concept de production influe sur de nombreux facteurs**. C'est pour cette raison qu'il est nécessaire d'y accorder beaucoup d'importance.

■ Ce choix détermine divers éléments tels que la **surface des locaux de stockage et de production**, le **coût de production souhaité**, la **qualification du personnel**, le **type de prestation**, le **budget** de création ou de reprise et le **suivi de la qualité sanitaire**.

2 Les différents concepts de production

A. La fabrication traditionnelle

■ Elle correspond aux formules de restauration familiale et/ou à vocation gastronomique. L'intégralité des prestations est réalisée **sur place**, à partir de **produits bruts**.

■ Ce concept nécessite la mise en place du principe de la **marche en avant** (voir fiche 4) et doit être associé à de nombreux locaux spécifiques (zones de préparations préliminaires...) et à une main-d'œuvre qualifiée.

B. La fabrication traditionnelle avec assemblage d'opportunité

Ce concept est repris par la majeure partie des cuisines aujourd'hui. Il permet l'utilisation de nombreux **produits semi-élaborés** appelés également PAI (produits alimentaires intermédiaires) : fonds en poudre, feuilletages surgelés... (voir fiche 34).

C. Le concept d'assemblage

Ce concept est apparu dans les années 1980 avec le développement de l'industrie agroalimentaire. Les repas sont fabriqués à partir d'un ensemble de **produits semi-élaborés** issus des différentes **technologies industrielles** (appertisation, surgélation, sous vide, lyophilisation...). Certaines étapes de la production traditionnelle, comme les préparations préliminaires et/ou les appareils de base, sont réalisées par les entreprises agroalimentaires.

D. Le concept dit « cuisine 45 »

Ce concept utilise principalement les **produits de la 4e et de la 5e gamme** des légumes, les poissons et les viandes sous vide, **prêts à l'emploi**. Le choix des produits prêts à l'emploi permet de réduire le rôle de la cuisine à un lieu de stockage, de remise en température et de distribution.

↑ Légumes surgelés prédécoupés

↑ Poisson sous vide

E. La cuisine terminale

- Elle utilise exclusivement des produits **prêts à l'emploi**. Les seules préparations réalisées sont les grillades et les fritures.
- La surface de la cuisine est réduite et composée de zones de stockage.
- Le personnel est formé à la remise en température des aliments.

3 Le choix des denrées

Il conditionne le **type et le volume des locaux de stockage**, en particulier le volume des chambres froides. Le coût des denrées est également très variable en fonction du type d'approvisionnement retenu.

4 Les systèmes de restauration principaux

A. La restauration directe

Les plats sont consommés immédiatement, à proximité immédiate du lieu où ils sont préparés. Le transport des préparations culinaires entre le lieu de production (la cuisine) et le lieu de consommation (la salle) ne nécessite pas de matériel spécifique.

B. La restauration différée

La consommation des plats ne se fait pas immédiatement après leur préparation. La « cuisine centrale » est le site de production où les repas sont préparés et à partir de laquelle ils sont livrés aux sites où ils seront consommés (« cuisines satellites »). Le transport des repas peut être fait en **liaison chaude** ou en **liaison froide**.

À SAVOIR

Comparée à la restauration différée, la restauration directe nécessite en général des besoins moindres en termes de quantité de repas.

5 Les liaisons en restauration

Les principales différences entre la liaison froide et la liaison chaude se situent :
- **après la cuisson**, selon que les préparations doivent être refroidies ou non ;
- **avant le service**, selon que les préparations doivent être remises en température ou non.

A. La liaison chaude

Les aliments sont conditionnés dès la fin de la cuisson et sont conservés à une température à cœur **supérieure à + 63 °C** jusqu'au moment de leur consommation, qui doit intervenir le jour même de la cuisson.

B. La liaison froide

Les aliments sont conditionnés, refroidis, stockés et transportés en froid positif (liaison froide réfrigérée) dès la fin de leur cuisson ou préparation. Les plats qui doivent être **servis chauds** sont remis en température **immédiatement avant distribution au consommateur**. Les **plats froids** (hors-d'œuvre, fromages, desserts) doivent être transportés à une **température maximale de + 3 °C**.

C. La liaison surgelée

Les aliments sont conditionnés, refroidis à une température de **– 18 °C** dès la fin de leur cuisson ou préparation, puis transportés en camion équipé d'un congélateur (froid négatif). Cette forme de liaison reste rare car elle est très coûteuse.

Fiche 4

L'organisation et l'ergonomie des locaux et des postes de travail

1 Présentation

Il s'agit de la **connaissance et de l'utilisation de l'ensemble des locaux**, ainsi que des **postes de travail** de cuisine, de réception, de stockage, et des zones dites « techniques » (vestiaires, chaufferie…). En fonction du type de restaurant, ces locaux sont plus ou moins nombreux, vastes, et même parfois sur plusieurs étages.

2 Les locaux

#exemple
Disposition d'une cuisine traditionnelle
foucherconnect.fr/25vtechculi02

- Les locaux de **préparations préliminaires** (facultatifs selon la marche en avant utilisée) : légumerie, lavage, habillage et éviscération.
- Les locaux de **transformation** : cuisine chaude, cuisine froide, pâtisserie.
- Les locaux de **lavage** et d'**évacuation** : plonge-batterie, évacuation des déchets, local de matériel de nettoyage et de désinfection, local de stockage des déchets.

↑ *Local de préparation préliminaire (zone légumerie)*

↑ *Local de transformation (cuisine chaude)*

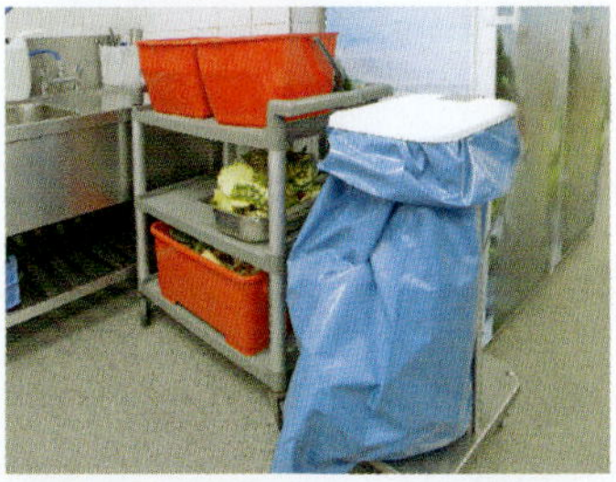

↑ *Zone de stockage des déchets*

↑ *Zone de plonge-batterie*

❸ L'organisation du travail

■ Une cuisine est organisée en fonction de plusieurs circuits : le **circuit de marchandises** (la marche en avant), le **circuit du matériel**, et le **circuit des déchets**.

■ Une cuisine est aussi organisée en plusieurs **postes de travail**, en fonction des produits vendus, du type de restaurant, du volume de la clientèle, de l'effectif de la brigade...

■ Une **organisation rigoureuse** de la circulation évite les accidents et les risques liés à l'hygiène. Elle permet aussi un **gain de temps considérable**.

❹ Le principe de la marche en avant

■ La marche en avant est une **succession de différentes opérations**, depuis la livraison des marchandises jusqu'à leur consommation. Lors de cette progression, les produits propres et les produits souillés ne doivent en aucun cas se croiser.

■ On distingue la **marche en avant dans le temps** (les opérations préliminaires et les transformations des produits sont réalisées sur le même poste, ce qui nécessite un ordonnancement dans le temps) et la **marche avant dans l'espace** (les opérations préliminaires et les transformations des produits se font dans des zones propres).

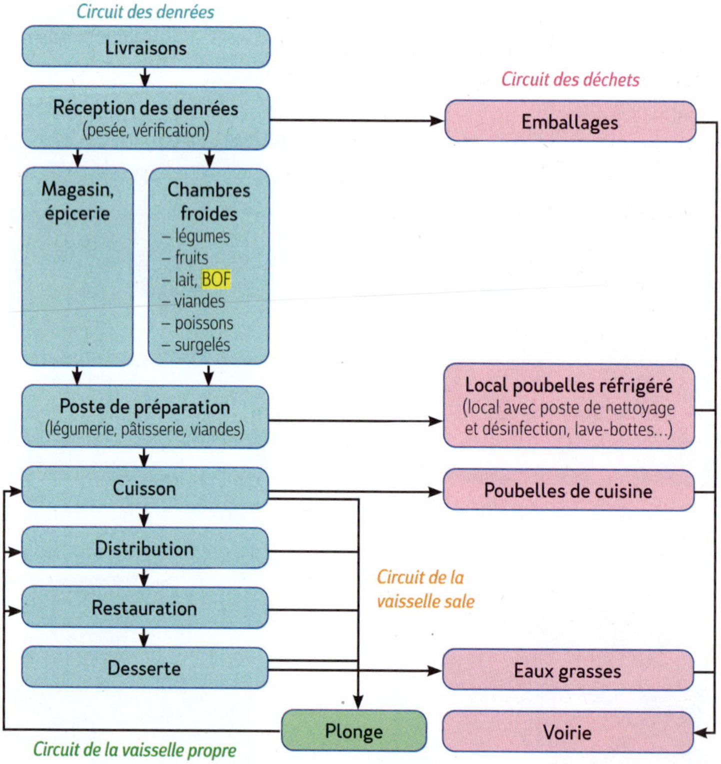

SIGLE **BOF** : beurre, œuf, fromage

Fiche 5

L'HACCP

1 Présentation

■ L'HACCP (*Hazard Analysis Critical Control Point*) fait partie du **plan de maîtrise sanitaire** qui comprend **3 volets**. Son application est **obligatoire** et est **contrôlée par les services de la DDPP** (direction départementale de la protection des populations).

■ La méthode HACCP signifie en français « **Analyse des risques et maîtrise des points critiques** ». Cela veut dire qu'à chaque phase de préparation ou d'élaboration d'un produit, on réalise une analyse de risques afin d'identifier tous les risques alimentaires potentiels liés à la manipulation d'un produit.

2 Les risques en cuisine

■ Ils sont de **3 ordres** :
- **physiques** : présence d'un élément pouvant mettre en danger le consommateur, comme un éclat de verre, une esquille d'os, une arête de poissons ;
- **chimiques** : présence de produit non consommable de type produit d'entretien ou de désinsectisation ;
- **biologiques** : prolifération de microbes, virus et moisissures entraînant un risque pour la santé du consommateur.

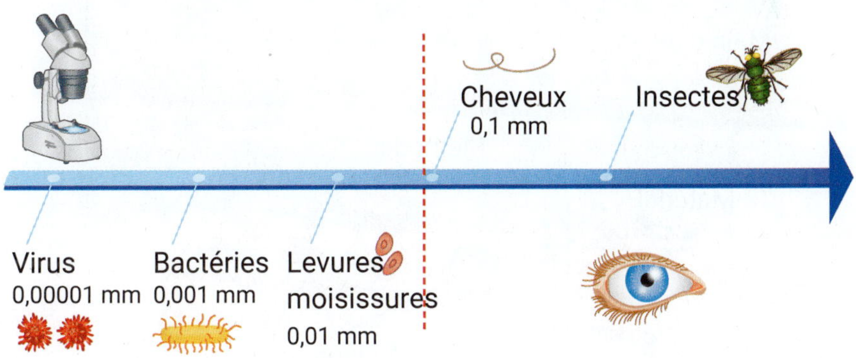

↑ *De l'invisible au visible*

■ Concernant les **risques biologiques**, il faut prendre en compte plusieurs **axes de travail** et de **contrôles** :
- les **décontaminations** du matériel, des plans de travail, des mains, des locaux... On les contrôle par le biais de lames de contact ;
- les **températures** des zones de stockage (chambres froides positives et négatives), des produits à cœur, des refroidissements à cœur... On les contrôle par sonde ou thermomètre ;
- la **durée de vie des produits**, la DLC, contrôlée à l'arrivée des marchandises et journalièrement en zone de stockage ;
- les **études de vieillissement** réalisées et validées par un laboratoire.

■ Toutes ces actions doivent être rédigées sur des documents (des tableaux types existent) et archivées. Ces documents seront demandés par les services de la DDPP lors de leur visite d'établissement. Les services de la DDPP vérifieront également l'ensemble des étiquetages et numéros de lots des marchandises servies aux clients pour le contrôle de la traçabilité. Les contrôles peuvent remonter sur plusieurs mois.

À SAVOIR

• La DDPP (direction départementale de la protection des populations) est l'organisme chargé d'assurer la sécurité du consommateur et de son alimentation à tous les stades de la filière. Elle veille à la qualité et à la sécurité de l'alimentation, à la protection de la santé animale, mais aussi au respect des garanties sanitaires.
• Le GBPM (Guide de Bonnes Pratiques d'Hygiène) est le document de référence en termes d'HACCP et de prévention pour les restaurateurs.

Provenance des microbes selon les « 5M »

Fiche 6

La fiche technique

1 Présentation

■ La fiche technique est l'outil indispensable à la gestion économique d'un restaurant ou tout autre lieu de production culinaire. Elle est aussi un élément nécessaire au cuisinier pour la réalisation des recettes du point de vue technique. Elle est établie sur tableur informatique ou à l'aide de logiciels qui garantissent une meilleure gestion.

■ La fiche technique regroupe sur un seul document **toutes les informations importantes à la réalisation d'un plat** : la liste des aliments, les quantités, les unités de mesure, les techniques de réalisation, les prix de la matière d'œuvre pour le « coût de revient », le prix de vente HT/TTC, le matériel utile, la photo du résultat final.

2 Les informations

INFO

Les numéros donnés ci-dessous correspondent aux entités de la fiche technique présentée en Foucher connect.

#exemple
Fiche technique de fabrication
foucherconnect.fr/25vtechculi03

1. **Intitulé** : donne des informations sur le contenu de la recette. Il doit indiquer :
   - les **éléments principaux composant la recette** : légumes, viandes, poissons ;
   - les **techniques de cuisson** ou les **préparations** : rôtir, sauter, frire... ;
   - l'**appellation des sauces** : sauce béarnaise, vin blanc, oseille... ;
   - la **nature et l'appellation de la ou des garnitures** : gratin, flan, légumes vapeur...
2. **Numéro de la fiche** : sert au classement de la fiche.
3. **Nombre de couverts** : renseigne sur les proportions nécessaires.
4. **Description commerciale** : décrit de manière simple et complète la recette afin de la présenter à un client.
5. **Coût portion HT** : renseigne le prix de revient HT d'une portion.
6. **Coefficient multiplicateur de vente** :
   - coefficient appliqué sur la base du prix de revient HT ;
   - il doit être estimé en fonction du **secteur de restauration** : rapide, bistrot, gastronomie, traiteur... Il va de 3 à 6, voire 7 ;
   - il n'est plus le seul indicateur pour la fixation des prix en restauration. La prise en compte du **milieu concurrentiel immédiat** et le **bilan prévisionnel** sont d'autres indicateurs.

7. Prix de vente HT : prix de vente appliqué au coefficient multiplicateur choisi.

8. Numéro des phases techniques de réalisation : classification des phases techniques dans un ordre logique et cohérent afin d'en optimiser la réalisation dans le temps.

9. Phases techniques : les différentes techniques à réaliser sont renseignées ici, avec des termes culinaires précis et des verbes techniques à l'infinitif.

10. Durée moyenne de réalisation des phases techniques : renseigne le professionnel sur la durée moyenne du temps estimé pour la réalisation.

11. Liste des denrées : les denrées sont classées dans l'ordre de réalisation pour chaque étape qui compose une recette (élément principal, cuisson, garniture, sauce, finition...).

12. Unités de poids et d'achat : l'unité de poids est renseignée pour les liquides (litre), solides (kg) et autres (botte, pièce...).

13. Quantités : renseigne les quantités utiles au plus juste pour la réalisation de la recette.

14. Prix unitaire HT de chaque aliment : renseigne le prix HT de l'aliment commandé par unité (L, Kg, colis, pièce).

15. Prix total HT de chaque aliment : renseigne le prix total HT par rapport à la quantité commandée.

16. Pourcentage de la TVA des aliments : renseigne la TVA appliquée à l'achat des aliments, 5,5 % pour l'alimentaire, 20 % pour les vins et les alcools.

17. Prix total TTC de chaque aliment : renseigne le prix total TTC après application de la TVA correspondante sur le prix HT.

18. Total des temps moyens de réalisation : renseigne le professionnel sur la durée totale moyenne du temps estimé pour la réalisation de la recette.

19. Total coût matières d'œuvre : récapitulatif des matières d'œuvre HT et TTC après application des TVA.

20. Prix de revient et de vente HT et TTC : prix de revient HT et application de la TVA appliquée en restauration (10 %).

21. Prix de vente portion TTC : renseigne le prix de vente conseillé d'une portion.

22. Matériels : indique au professionnel le matériel de préparation, de cuisson et de dressage dont il aura besoin.

23. Photo : présente le dressage du plat et est une information précieuse pour la régularité de la présentation lors d'un service.

3 L'utilité de la fiche technique

La fiche technique sert :

- au chef, pour **établir ses cartes** et les **prix de revient et de vente** ;
- au chef, pour **faire ses commandes** ;
- au chef ou au cuisinier exécutant, pour **planifier son travail dans le temps** ;
- au cuisinier exécutant, pour **suivre la technique et parvenir au résultat demandé**.

Fiche 7

La feuille d'ordonnancement

1 La feuille d'ordonnancement dans le temps

A. Son rôle

■ Elle permet d'organiser les phases techniques de sa production en évaluant la **durée des différentes réalisations**, dans un espace-temps donné, mais aussi d'indiquer de façon chronologique et cohérente les différentes **phases des préparations** à réaliser.

■ La feuille d'ordonnancement est un document de travail qui peut être cédé à une tierce personne, d'où l'importance de la **précision** et de la **clarté** de sa rédaction.

B. Ses objectifs

La feuille d'ordonnancement permet d'optimiser son temps, de gagner en efficacité, d'être en place pour le service, d'apprendre des termes et des techniques de réalisation avant un exercice de travaux pratiques (TP), et de récapituler après les travaux pratiques ce qui a été vu et réalisé, afin d'optimiser son apprentissage.

2 Les règles de rédaction de la feuille d'ordonnancement

A. Rédiger les ordonnancements

Il est nécessaire de suivre quelques règles simples pour rédiger une feuille d'ordonnancement :
- faire un **brouillon rapide** avant de mettre au propre et d'additionner les temps de réalisation pour arriver jusqu'au temps imparti pour les TP ;
- inscrire l'**intitulé complet de chaque plat** en tête de la fiche de préparation des TP (pour avoir une vue d'ensemble des techniques à réaliser) ;
- **écrire en majuscules** (ce qui évite le verbiage et améliore la clarté du document) ;
- employer les **verbes à l'infinitif** (ex. : rôtir, griller, frire) ;
- appliquer le **vocabulaire culinaire** ;
- **mutualiser des phases techniques identiques** (travaux préliminaires, taillages...) ;
- dans le créneau horaire correspondant à la **phase de production** (les 4 premières heures), les phases ne doivent comporter que des **actions de préparation**, **cuissons** et **dressages froids** pouvant être faites à l'avance ;
- les 30, 45 dernières minutes sont dédiées au « **service** », on ne doit trouver dans cette partie que des **phases de dressage**, **cuisson minute** et **remise en température**.

B. Soigner l'intitulé de la recette

L'intitulé est très important car il donne des informations sur le contenu de la recette. Il doit indiquer les **éléments principaux** composant la recette (carottes, concombres, tomates, radis, côtes de porc, poulet, moules, pommes de terre...), les **techniques de cuisson ou préparations** (rôtir, sauter...), l'**appellation des sauces** (sauce charcutière, vin blanc, béarnaise...), et la **nature** et l'**appellation** de la ou des **garnitures** (pommes allumettes, flan de courgettes, riz pilaf, laitue braisée...).

C. Respecter le code couleur

Appliquez et respectez le code couleur suivant pour la rédaction :

- en vert : les **préparations préliminaires** : éplucher, laver des légumes, habillages poissons, volailles (vider, nettoyer) ;
- en rouge : toutes les étapes concernant une **cuisson** : poêler, sauter, pocher, frire, marquer une cuisson... ;
- en noir : **toutes les autres étapes** (gestuelles, intitulé, service...).

D. Répertorier les différentes phases techniques

Les phases techniques doivent être classées par **ordre de priorité des réalisations** (contraintes), et pour cela, **il ne faut pas suivre l'ordre d'un menu** (entrée, plat principal, dessert) :

- les **pâtes** se font au début (temps de repos, refroidissement, rassissement...) ;
- les **cuissons longues** se font le plus tôt possible : ces cuissons demandent souvent une préparation préliminaire longue (en dehors de la cuisson) et sont généralement suivies de la réalisation d'une sauce ;
- s'il y a un **fond** qui rentre dans la composition d'une recette (ex. : fumet de poisson), la priorité sera de lever les filets de poisson en début de séance afin de pouvoir réaliser ce fumet qui servira ensuite pour la sauce.

E. Évaluer au plus juste les temps de réalisation de chaque phase

■ Il est nécessaire d'estimer les durées de préparation et de cuisson (la phase de cuisson doit être suivie : **T°C = température de cuisson** – 180 °C – et **TC = temps de cuisson** – 45 min).

■ L'appréciation des temps de réalisation est personnelle, ne pas prendre en compte ceux du livre indiqués en face de chaque phase de réalisation : ils sont donnés à titre indicatif.

ATTENTION

Un **temps de cuisson** est considéré comme un **temps fictif**. Pendant cet espace-temps, on peut inclure une ou plusieurs phases techniques (en temps réel).

■ Après avoir indiqué le temps de cuisson, sauter les lignes correspondant au temps de cuisson de la préparation de 15 en 15 minutes (exemple sur la fiche qui suit.

MÉMO

Abréviations :

- BG : bouquet garni
- GA : garniture aromatique
- PM : pour mémoire
- TC : temps de cuisson
- T°C : température de cuisson

À SAVOIR

• **Rubrique « Consignes pour le service »**
On trouvera les renseignements suivants :

- le nombre de couverts ;
- l'heure de l'envoi ;
- les plats de service nécessaires pour l'envoi.

• **Rubrique « Observations »**
Dans cette rubrique, veiller à respecter la réalisation de certaines techniques.

1 – RÂBLE DE LAPEREAU FARCI, FARCE FINE AUX TROMPETTES SAUCE FAÇON CHASSEUR. POMMES NOISETTE 2 – TARTE À LA CRÈME D'AMANDES « BOURDALOUE »	
PROGRESSION	
8 h ou 14 h	CONFECTIONNER LA PÂTE BRISÉE
15	ÉPLUCHER ET LAVER LÉGUMES ET FRUITS / RÉHYDRATER ET LAVER LES TROMPETTES
30	POCHER LES POIRES AU SIROP TC = < 20 MIN
45	TAILLER GA ET CONCASSER LES TROMPETTES
9 h ou 15 h	VÉRIFIER LA CUISSON DES POIRES, ÉTUVER TROMPETTES AVEC ÉCHALOTE
15	DÉSOSSER LE OU LES RÂBLES
30	CONFECTIONNER LE FOND BRUN AVEC OS DES RÂBLES TC = 40 MIN
45	FONCER LES DEUX CERCLES → RÉSERVER AU FROID
10 h ou 16 h	DÉTAILLER EN CUBES L'ESCALOPE, CONFECTIONNER LA FARCE FINE, AJOUTER LES TROMPETTES
15	CONFECTIONNER LA CRÈME D'AMANDES, GARNIR LES FONDS DE TARTE AVEC LA CRÈME ET LES 1/2 POIRES
30	MARQUER LES TARTES EN CUISSON. T°C = 200 °C. TC = < 35 MIN
45	FARCIR LES RÂBLES, ENVELOPPER DE CRÉPINE, FICELER
11 h ou 17 h	VÉRIFIER CUISSON DES TARTES, RÉSERVER SUR GRILLE MARQUER EN CUISSON LES RÂBLES « CUISSON SAUTER ». TC FOUR À COUVERT = < 40 MIN
15	LEVER LES POMMES NOISETTE
30	MARQUER « SAUTER » LES POMMES NOISETTE
45	VÉRIFIER CUISSON DES RÂBLES → RÉSERVER AU CHAUD → CONFECTIONNER LA SAUCE FORESTIÈRE
12 ou 18 h	DRESSER ET ENVOYER LES RÂBLES AVEC LES POMMES NOISETTE
15	ABRICOTER LES TARTES OU SAUPOUDRER DE SUCRE GLACE
30	ENVOYER LES TARTES
SERVICE	
HEURE	12 h 00 / 18 h 00
RÂBLE	Sur assiette, râbles escalopés (faire apparaître la farce) accompagnés des pommes noisette, saupoudrés de persil haché
TARTES	Sur plat ou assiette avec papier dentelle
OBSERVATIONS	
Cuire les poires en demi, meilleure cuisson	
Bien crémer la crème d'amandes	
Bien réserver la tarte au froid avant de mettre en cuisson	
Bien colorer les râbles avant de terminer la cuisson au four	
Bien colorer les pommes à l'huile très chaude avant de beurrer et mettre au four (risque de coller)	

Fiche de progression simple (CAP)

Exercice 1 Mots croisés

Remplissez la grille suivante à l'aide des définitions.

#exercices
Exercices supplémentaires
foucherconnect.fr/25vtechculi04

Vertical

1. Elle est obligatoire en cuisine et fait partie de la tenue.
2. Elle reprend l'ensemble des produits vendus.
3. Sans elle, rien ne se ferait correctement.
4. On respecte l'... établi par le chef.
5. Une des qualités requises pour être cuisinier.
6. Il fait partie de la tenue de cuisine.
7. Il est au poste où on réalise les préparations de poissons, crustacés, coquillages.
8. Il comprend l'HACCP, les bonnes pratiques d'hygiène et la traçabilité.
9. Il est responsable de son poste.

Horizontal

13. Il gère la cuisine dans sa totalité.
14. Endroit où l'on envoie les préparations.
15. On le porte autour de la taille.
16. Il fait partie des sens.
17. D'après la citation de Jean-Anthelme Brillat-Savarin, « On devient cuisinier, mais on naît ... »
18. Il est au passe et annonce les commandes.
19. Il travaille avec les fonds et fumets de cuisine

10. Il garde les stocks de cuisine et réalise les préparations froides.
11. Ils sont obligatoires et ne pas les porter pourrait s'avérer dangereux dans certains cas.
12. Elle est une qualité nécessaire pour renouveler la carte.
20. Respecter le produit et éviter le gaspillage, c'est faire preuve d'...
21. Il élabore la fabrication des garnitures, potages, entrées chaudes...
22. On traite le client avec...
23. Elle fait partie des qualités d'un membre de la brigade.

Exercice 2 La fiche d'ordonnancement

Avec l'aide d'un livre de cuisine, établissez la fiche de progression de façon chronologique, cohérente et dans les règles, pour les 2 recettes suivantes :

1. Contre-filets OU pavés grillés sauce béarnaise 2. Choux Chantilly

INTITULÉ DES PRÉPARATIONS	
PROGRESSION	
8 h 00 ou 15 h	
15	
30	
45	
9 h 00 ou 16 h	
15	
30	
45	
10 h 00 ou 17 h	
15	
30	
45	
11 h 00 ou 18 h	
15	
30	
45	
12 00 ou 19 h	
SERVICE 15	
30	
SERVICE	
OBSERVATIONS	

#corrigés
Corrigés des exercices
foucherconnect.fr/25vtechculi05

Module 2

LE MATÉRIEL

Fiche 8

Les petits matériels mobiles

1 Présentation

L'ensemble du matériel et des « ustensiles » (petits matériels) mobiles, nécessaires à la préparation, à la cuisson et au stockage des aliments, se nomment la **batterie de cuisine**. Elle regroupe les couteaux et le petit outillage, le matériel mobile de préparation et de stockage et le matériel mobile de cuisson.

2 Les matériaux utilisés

- Les 3 métaux principaux qui ont longtemps été utilisés sont le **cuivre** (parfait conducteur thermique) pour la cuisson, l'**aluminium** (léger) pour la cuisson et la préparation, et l'**inox** pour le débarrassage.
- Avec l'émergence des nouveaux fourneaux, de l'induction et le durcissement des règles d'hygiène, l'**aluminium a disparu de nos cuisines** car jugé **toxique** (des composés de métaux pouvant migrer dans les aliments et être ingérés) ; tout comme le **cuivre**, qui est un métal **onéreux**, **lourd** et **difficile d'entretien**.
- L'**inox** est privilégié. Ce métal est traité de 2 manières différentes selon qu'il est destiné à la **cuisson** (conducteur de chaleur) ou à la **préparation** (inaltérable, facile d'entretien).

3 Les différents petits matériels mobiles

A. Les couteaux et petit outillage

MATÉRIEL ET EXEMPLES D'UTILISATIONS			
Couteau d'office 	Tailler et éplucher	**Éminceur** 	Émincer les légumes
Filet de sole à lame souple 	Lever les filets de poissons plats	**Désosseur** 	Dénerver et désosser les morceaux de viande et de volaille
Tranchelard 	Trancher de fines tranches de jambon ou de saumon fumé	**Couteau génoise** 	Détailler la génoise

MATÉRIEL ET EXEMPLES D'UTILISATIONS			
Fusil 	Affûter les lames des couteaux	**Couteaux japonais** 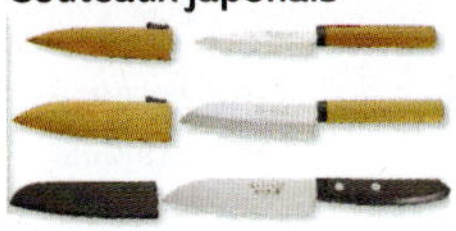	De différentes tailles, ils sont plus larges et ont une bonne prise en main
Économe « rasoir » ou « castor » 	Éplucher les légumes	**Économe** 	Éplucher les légumes
Aiguille à brider 	Brider (ficeler) les volailles	**Ciseaux à poisson** 	Ébarber les poissons
Pince 	Saisir les viandes sans les piquer	**Pince à désarêter** 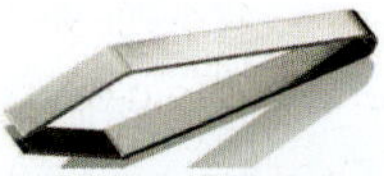	Ôter les arêtes des filets de poisson sans les abîmer
Cuillère à pomme parisienne 	Réaliser des billes de légumes	**Canneleur** 	Réaliser de fines entailles sur les fruits et légumes (décors)
Zesteur 	Prélever le zeste des agrumes sans le ziste	**Râpe microplane** 	Râper (fromage, truffe, muscade…)
Maryse 	Corner efficacement tous types de récipients	**Spatules droites** 	Lisser une crème sur un entremets
Spatules 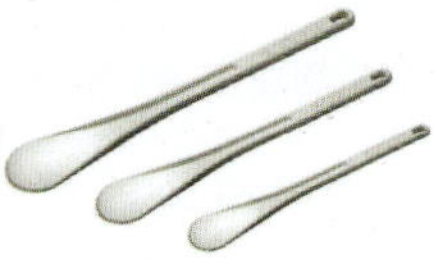	Mélanger des appareils ou des légumes lors de cuissons	**Spatules coudées** 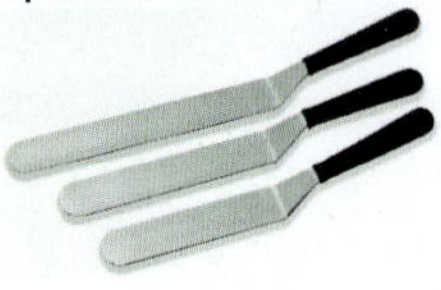	Lisser une crème sur un entremets ou déplacer des tartes

MATÉRIEL ET EXEMPLES D'UTILISATIONS			
Spatules 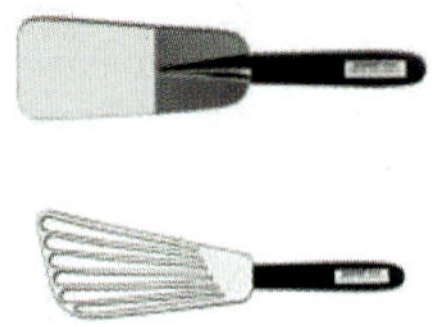	Retourner des viandes ou des poissons sans les abîmer	**Pinceaux** 	Dorer des choux, napper des tartes...
Fourchette diapason 	Piquer des viandes grillées	**Écailleur** 	Écailler de gros poissons
Fouet à blancs 	Monter en neige des blancs d'œufs plus rapidement	**Fouet à sauce** 	Plus allongé que le fouet à blancs, ce fouet permet d'émulsionner des sauces
Louche 	Servir une grande quantité de potage ou autre liquide	**Pochon** 	Petite louche droite, elle permet de prélever une petite quantité de liquide, arroser des sauces, glacer des viandes poêlées...
Écumoire 	Prélever des aliments cuits dans l'eau	**Araignée** 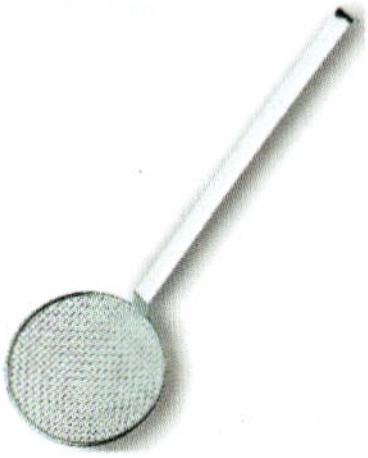	Prélever des aliments cuits en friture

B. Le petit matériel de préparation et à débarrasser

MATÉRIEL ET EXEMPLES D'UTILISATIONS	
Calotte  Stocker des appareils liquides, confectionner des appareils…	**Cul-de-poule**  Réaliser des mousses
Bahut  Stocker des aliments liquides ou dans un liquide	**Planches**  Supports sur lesquels les aliments sont taillés
Bacs gastro  De toutes tailles, ce sont des bacs de stockage et de cuisson normés aux différents appareils de cuisson (fours) et de stockage (cellules…)	**Plaque à débarrasser** 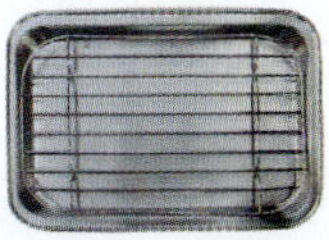 Stocker des aliments solides
Mandoline  Tailler des légumes en lamelles, julienne, gaufrette…	**Balance** 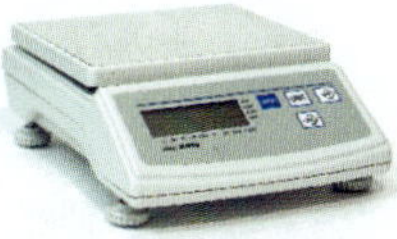 Peser des aliments
Thermomètre sonde 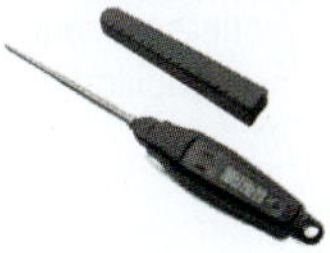 Permet de déterminer la température à cœur d'un aliment	**Thermomètre à sucre**  Permet de déterminer la température du sucre pouvant atteindre les + 200 °C
Chinois ou chinois étamine  Filtrer plus ou moins finement des liquides	

C. Le petit matériel de cuisson

MATÉRIEL ET EXEMPLES D'UTILISATIONS			
Russe 	Cuire dans un liquide	**Sauteuse** 	À bords évasés, elle permet d'étuver des légumes et de réaliser des sauces émulsionnées chaudes
Sautoir 	Faire sauter des aliments	**Poêle anti-adhésive** 	Faire sauter des aliments sans matière grasse
Rondeau haut 	Cuire des viandes ou volailles poêlées en ragoût…	**Rondeau bas** 	Braiser des légumes, cuire du riz pilaf…
Marmite 	Réaliser des fonds, des consommés…	**Plaque à rôtir** 	Rôtir des viandes et volailles
Poêles rondes 	De toutes tailles, elles permettent de faire sauter des aliments : légumes, petites pièces de viande, volaille, poisson, crêpes, blinis, œufs…	**Poissonnière** 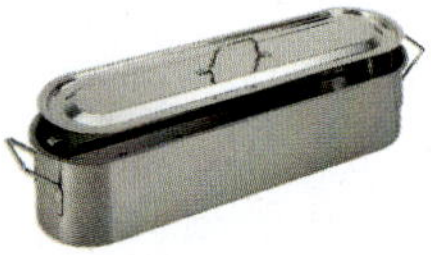	Cuire des poissons entiers au court-bouillon

Fiche 9 Les gros matériels

1 Les différents fourneaux

Il existe deux types de fourneaux (que l'on nomme également « pianos ») :
- le **piano simple service** qui est généralement contre un mur ;
- le **piano double service** autour duquel on peut circuler.

↑ *Piano simple service*

↑ *Piano double service*

2 Les éléments du fourneau

Les éléments du piano sont choisis selon l'utilisation souhaitée par le **chef de cuisine**. Voici ce que l'on peut y trouver :

MATÉRIEL ET EXEMPLES D'UTILISATIONS			
Feux vifs ou brûleurs 	Cuissons vives pour saisir, colorer, sauter, cuire dans un liquide…	**Plaque de mijotage** 	Cuissons douces (mijoter, bain-marie, maintien au chaud…)
Plancha 	Saisir directement sur la plancha des aliments coupés fin pour une cuisson à la minute	**Gril** 	Griller des aliments

MATÉRIEL ET EXEMPLES D'UTILISATIONS	
Friteuse  Frire des aliments	**Salamandre**  Gratiner, glacer, maintenir au chaud les plats
Four à sole  Cuire par le bas (sole du four), tels les fours à pains et pâtisseries	

3 Les gros matériels de cuisson

D'autres équipements de cuisson peuvent venir compléter le fourneau :

MATÉRIEL ET EXEMPLES D'UTILISATIONS	
Four mixte 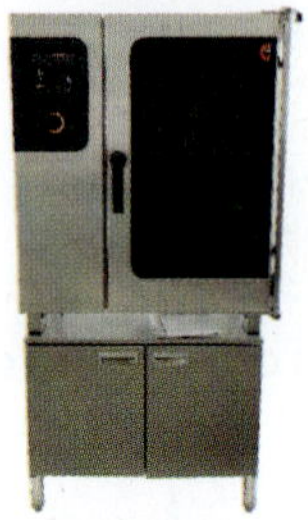 Réaliser plusieurs types de cuissons homogènes (chaleur sèche ou vapeur)	**Cuiseur-vapeur**  Cuire des aliments à la vapeur grâce à la pression
Étuve ou table chaude 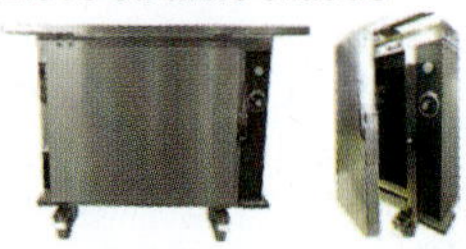 Garder au chaud des plats ou des assiettes	**Micro-ondes**  Réchauffer un aliment ou cuire par micro-ondes
Déshydrateur  Confectionner des fruits et légumes déshydratés	**Fumoir** 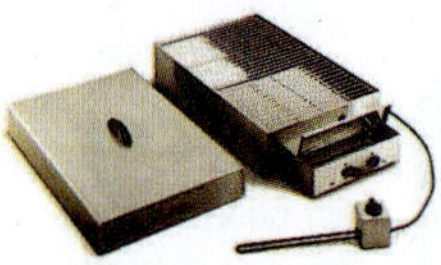 Fumer des saumons ou autres poissons, coquillages, volailles, viandes, charcuteries

4 Les gros matériels de stockage

Aux équipements de cuisson s'ajoute le matériel de stockage et de préparation :
- la chambre froide positive ou négative ;
- les armoires réfrigérées simples ou doubles ;
- le timbre réfrigéré ;
- la cellule de refroidissement rapide ;
- la machine sous vide.

MATÉRIEL ET EXEMPLES D'UTILISATIONS			
Cellule de refroidissement et de congélation rapide 	Refroidir rapidement et selon la réglementation les aliments chauds	**Machine sous vide** 	Conditionner des aliments sous vide pour conservation ou pour cuisson

Fiche 10

Les autres matériels

1 Le matériel électromécanique

Le matériel électromécanique est l'ensemble du matériel possédant un moteur électrique utilisé pour la préparation des aliments.

A. Le petit électromécanique

MATÉRIEL ET EXEMPLES D'UTILISATIONS		
Batteur mélangeur  Mélanger, émulsionner, battre, pétrir…	**Blender**  Mixer finement des potages, smoothies, fruits secs…	**Centrifugeuse** 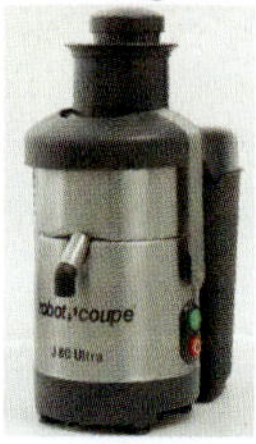 Extraire le jus des fruits et légumes
Cutter Robot Coupe®  Selon la lame utilisée, permet de hacher, tailler en rondelles, râper des légumes ou autres aliments	**Hachoir**  Hacher des viandes ou des volailles	**Sorbetière**  Confectionner des glaces et des sorbets
Robot type PacoJet®  Turbiner de la glace et des sorbets rapidement, hacher finement des olives ou des noix…	**Mixeur plongeant ou girafe**  Mixer une grande quantité de liquide (potage, sauce…)	

B. Le gros électromécanique

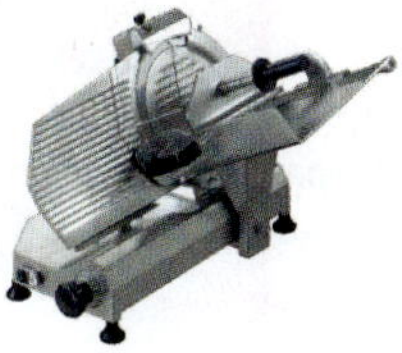

L'appareil ci-contre, la trancheuse, permet de trancher plus ou moins finement des charcuteries, viandes...

2 Le gros matériel en restauration collective

■ En restauration collective, le nombre de couverts servis varie entre 50 et plus de 1 500 couverts par jour.

■ Afin de préparer les repas, le matériel est **adapté au nombre de portions servies**, c'est pourquoi il existe du gros matériel spécifique à ce type de restauration.

A. Le matériel de cuisson

	Sauteuse basculante	Marmite basculante	Fours mixtes
MATÉRIEL ET EXEMPLES D'UTILISATIONS	 Sauter, saisir, colorer une grande quantité d'aliments	 Cuire une grande quantité d'aliments dans un liquide, réaliser des potages...	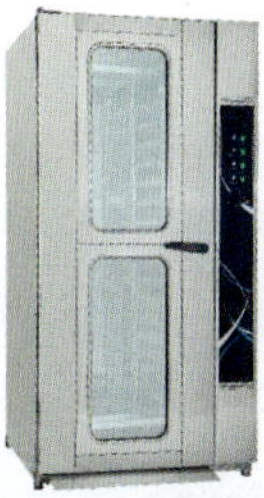 Ces fours de grande taille ont la même utilisation que les fours plus petits ; des échelles peuvent être directement placées en cuisson

B. Les ustensiles

Les ustensiles sont également adaptés à ce type de restauration : ils ont un manche plus long et sont plus larges.

MATÉRIEL ET EXEMPLES D'UTILISATIONS			
Araignée carrée collective 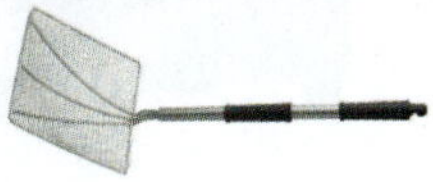	Cuire en friture	**Fouets à purée** 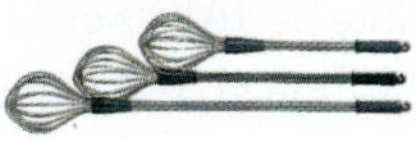	Remuer de grandes quantités de purée
Pelles de collectivité 	Très grandes spatules permettant de remuer de grandes quantités de légumes sautés	**Pelles spatules** 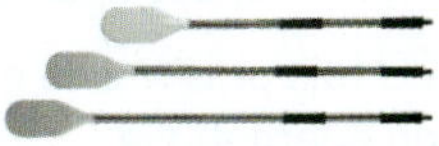	Remuer une grande quantité d'aliments

MATÉRIEL ET EXEMPLES D'UTILISATIONS	
Spatule à réduction 	Décoller les sucs de cuisson des viandes dans les grandes sauteuses basculantes

3 Le matériel nouvelle génération

A. Les nouvelles cuissons

Les tendances en matière de cuisson font émerger de **nouveaux types** de matériels. Le tactile fait partie intégrante du matériel nouvelle génération et les fours deviennent de plus en plus indépendants en fonction de leurs programmes.

B. Le matériel de cuisson

1. Le thermoplongeur

- **Principe** : résistance à plonger dans un bac d'eau permettant la chauffe rapide à un degré préréglé.
- **Objectif** : réchauffer à la juste température des aliments cuits ou crus sous vide.

2. Les robots-cuiseurs type Thermomix®, Chef Natura®

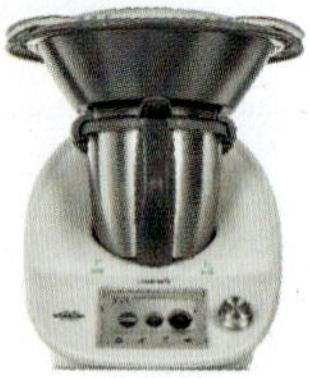

- **Principe** : tailler, mixer, pétrir, hacher, émulsionner, fouetter, cuire, mijoter, rissoler, sauter, cuisson vapeur sur plusieurs niveaux...
- **Objectifs** : gain de temps et précision (avec la fonction balance et tare intégrée par exemple).

3. Les fours « self cooking center » de Frima®, Rational®

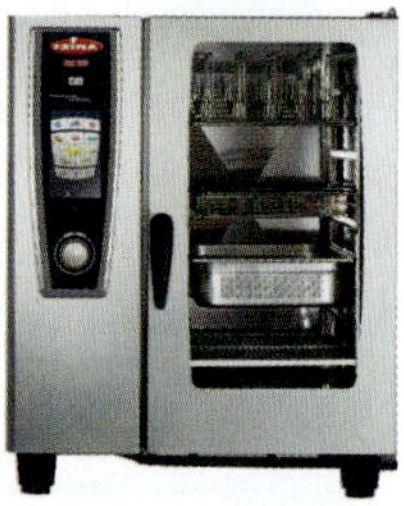

- **Principe** : fiche technique/process de cuisson pré-programmée, aliment sondé à cœur puis cuit en fonction du mode de cuisson sélectionné jusqu'au degré de cuisson à cœur voulu. Pas de dessèchement, pas de rupture de liaison chaude.
- **Objectifs** : cuire à basse température, gagner du temps, économiser de la matière car faible perte lors de la cuisson, respect du produit, respect de la réglementation en matière de chaîne du chaud.

4. Le four à cuisson accélérée Eikon e2 d'Enodis®

- **Principe** : alliance de 3 technologies de cuisson : jets d'air chaud guidés, micro-ondes et air pulsé.
- **Objectifs** : cuisson 20 fois plus rapide qu'un four normal, faible utilisation énergétique.

Fiche 11

Les sources d'énergie

1 Les différentes sources d'énergie

Il existe deux principales sources d'énergie alimentant les fourneaux professionnels : le **gaz** et l'**électricité**. Ces sources ont leurs propres spécificités selon leurs utilisations.

2 Le gaz

ORIGINE	· Gaz de ville · Propane (bouteille)
PRINCIPE	Le gaz sort par les brûleurs et chauffe en direct les récipients et leur contenu 
AVANTAGES	· Montée rapide en température · Facile d'utilisation, régulation aisée · Coût d'achat fourneau et matériel moins cher
INCONVÉNIENTS	· Risque de fuite de gaz et donc d'intoxication · Nécessite une ventilation performante aux normes · Risque d'explosion si mauvaise utilisation ou stockage (pour les bouteilles)

3 L'électricité

Les plaques de cuisson électriques n'utilisent pas directement les flammes comme source d'énergie, mais le courant électrique.

#vidéo
Principe de la plaque à induction
foucherconnect.fr/25vtechculi06

<table>
<tr><th>VITROCÉRAMIQUE</th><th>INDUCTION</th></tr>
<tr><th colspan="2">ORIGINE</th></tr>
<tr><td colspan="2">Électricité de ville</td></tr>
<tr><td>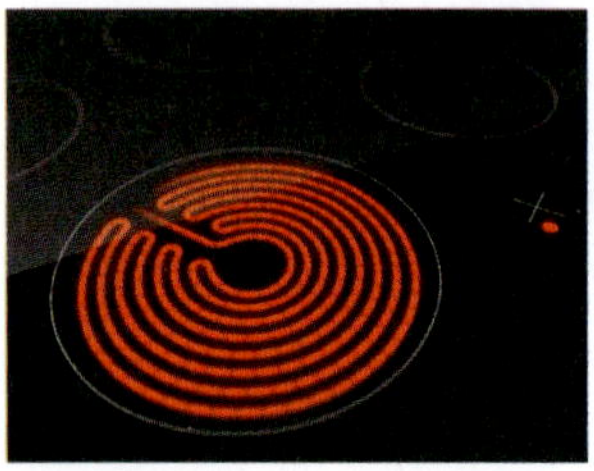
Les résistances électriques chauffent le dessous d'une plaque en vitrocéramique qui transmet la chaleur au récipient et à son contenu</td><td>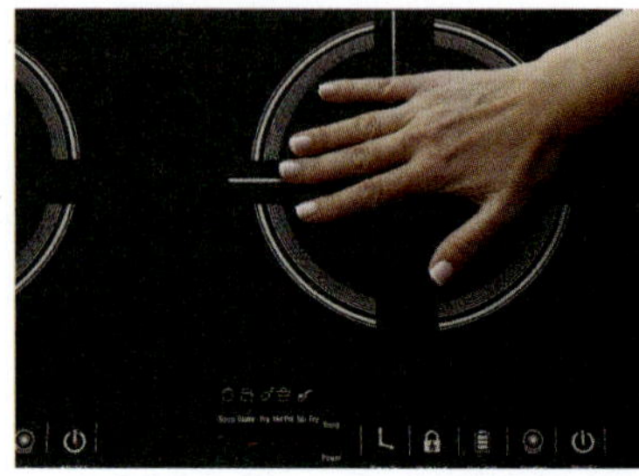
Un courant électrique circule dans une bobine de cuivre qui émet un champ magnétique. Le récipient entre en contact avec ce champ magnétique : le métal contenu dans ce récipient traduit cette énergie magnétique en énergie thermique</td></tr>
<tr><th colspan="2">PRINCIPE</th></tr>
<tr><td>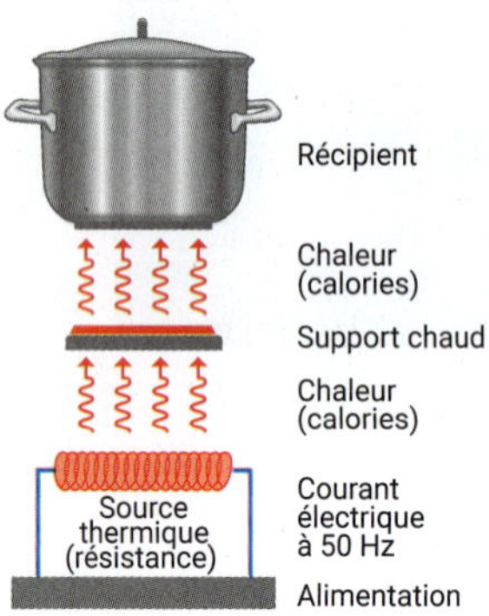
</td><td>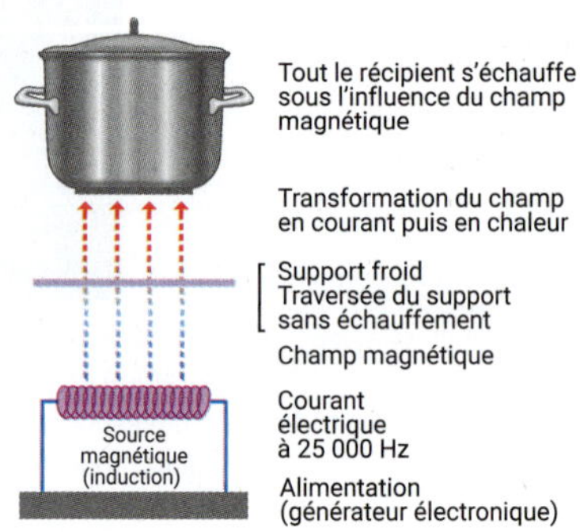
</td></tr>
<tr><th colspan="2">AVANTAGES</th></tr>
<tr><td>· Facile d'entretien
· Pas de risque d'incendie</td><td>· Économie d'énergie
· Pas de cuisine surchauffée
· Faible risque de brûlure par matériel interposé (froid)
· Montée rapide en température
· Facile d'entretien</td></tr>
<tr><th colspan="2">INCONVÉNIENTS</th></tr>
<tr><td>· Montée lente en température
· Difficile à réguler</td><td>Matériel et fourneau onéreux à l'achat</td></tr>
</table>

Exercice 1 Mots croisés

À l'aide des définitions, retrouvez les mots croisés dans la grille.

Horizontal

1. Matériel rond, haut, à bords évasés, permettant de stocker des liquides. **2.** Russe à bords évasés servant à étuver des légumes et à réaliser des sauces émulsionnées. **3.** Permet d'affûter les couteaux. **4.** Couteau éplucheur. Personne qui fait attention à son argent. **5.** Permettent de dorer ou napper les pâtisseries. **6.** Permet de tailler en julienne, en lamelles, des pommes gaufrettes… **7.** Spatule souple permettant de récupérer un maximum d'appareil sur les bords des récipients.

Vertical

8. Plaque de cuisson au nom espagnol permettant de réaliser des cuissons sauter minute. **9.** Fourchette à deux dents très longues. Peut donner le « la ». **10.** Ensemble du petit matériel de cuisine, homonyme d'un instrument de musique percutant. **11.** Gros matériel servant à réchauffer les assiettes ou gratiner. **12.** « Casserole » en cuisine familiale, permet de cuire dans un liquide. **13.** Gros et grand couteau, aussi appelé « le couteau du chef ». **14.** Petite louche à sauce. **15.** Ustensile permettant de mélanger efficacement des appareils et de monter des blancs en neige.

Exercices

Exercice 2 **Anagrammes**

Trouvez les anagrammes suivantes.

- OPINA : ....
- FRUITEES : ....
- SURDOSEES : ....
- EXCUSAI : ....
- ENRAGEAI : ....
- OUTRAIS : ....

Exercice 3 **Rébus**

Résolvez les rébus suivants.

#corrigés

Corrigés des exercices

foucherconnect.fr/25vtechculi07

Module 3

LES FAMILLES DE PRODUITS

LES PRODUITS LAITIERS

Le lait

1 Présentation

■ L'homme utilise le lait comme un aliment. Dans le monde entier, les fermes laitières ont produit environ 964 millions de tonnes de lait en 2023. En Europe, la France est le 2e producteur après l'Allemagne et a produit 22,8 milliards de litres de laits collectés en 2023.

■ Le lait, liquide biologique, généralement blanchâtre, est le **produit comestible issu de la traite des mammifères femelles** (vache, brebis, chèvre, ânesse, jument, chamelle, bufflonne…). L'appellation « lait » désigne du **lait de vache**, sinon la provenance est précisée (exemple : lait de chèvre).

■ Le lait, ainsi que tous les produits qui en découlent, ont une saveur différente en fonction de la **saison** mais aussi du **terroir** ; c'est d'ailleurs pourquoi il existe une multitude de fromages.

■ Pour être reconnu comme bio, un lait doit respecter plusieurs critères relatifs à des **normes spécifiques d'élevage et de culture**. Il reçoit alors la mention **AB (issu de l'agriculture biologique)**.

CERTIFIÉ AB AGRICULTURE BIOLOGIQUE

■ Le « lait de pâturage » est un lait garantissant que les vaches pâturent **au moins 120 jours par an**.

■ Le lait « délactosé » est un lait dont le **lactose a été retiré ou annihilé** par l'ajout de lactase (enzyme produite par nos intestins pour digérer le lactose) lors de sa fabrication.

2 Classification

■ On distingue **4 catégories** de lait : le **lait cru**, le **lait entier**, le **lait demi-écrémé**, le **lait écrémé**.

#vidéo
Les différents laits
foucherconnect.fr/25vtechculi08

■ D'autres laits spécifiques à des régions, des pays, sont consommés en boisson et d'autres utilisés en cuisine :
- le **lait ribot** : lait breton (lait acidifié suite à une fermentation naturelle) ;
- le **kéfir** : boisson d'origine caucasienne, réalisée à base de lait (mais gazeux, acide et alcoolisé) ;
- le **koumis** : boisson d'Asie centrale, faite de lait de jument fermenté.

3 Commercialisation

COULEUR DE L'EMBALLAGE				
DÉSIGNATION	Lait cru	Lait entier	Lait demi-écrémé	Lait écrémé
TENEUR EN MATIÈRE GRASSE (MG)	+ de 3,5 %	3,5 %	1,5 %	- de 0,5 %

4 Conservation

TYPE DE LAIT ET TRAITEMENT	CONSERVATION AVANT OUVERTURE	CONSERVATION APRÈS OUVERTURE
Lait cru	+ 3 °C (48 heures après la traite)	• Ébullition durant 5 à 8 min • Consommation immédiate
Lait frais pasteurisé (+ 72 à + 85 °C pendant quelques secondes)	+ 3 °C (7 jours après conditionnement) selon DLC	+ 3 °C (24 heures)
Lait stérilisé UHT (+ 140 à + 150 °C pendant 2 à 5 secondes)	+ 15 °C à l'économat (90 jours après conditionnement) selon DLC	+ 3 °C (1 à 2 jours)
Lait concentré	+ 15 °C à l'économat (12 à 18 mois) selon DDM	+ 3 °C (1 à 2 jours)
Lait en poudre	+ 15 °C à l'économat (12 à 18 mois) selon DDM	+ 15 °C (entier : 10 jours, 1/2 écrémé : 2 sem., écrémé : 3 sem.)
Lait micro filtré (sans chauffage, lait passé dans un tamis à nanoparticules pour retenir les bactéries)	+ 3 °C	Quelques jours

5 Utilisation culinaire

EN CUISINE		EN PÂTISSERIE	
Les sauces	Béchamel et dérivés, appareil à crème prise salé…	**Les crèmes**	Pâtissière, anglaise, glaces
• **Les soupes** • **Les crèmes** • **Les potages**	Au chou-fleur, à la citrouille, au panais, à la tomate, aux fruits de mer…	**Les mousses**	Bavarois, mousse aux fruits

EN CUISINE		EN PÂTISSERIE	
Les quiches	Lorraine, aux fruits de mer…	**Les tartes**	Appareil à crème prise sucré (tarte alsacienne…)
Les soufflés	Au fromage, aux noix…	**Les soufflés**	À base de crème pâtissière (Grand Marnier…)
Les cuissons	Courts-bouillons : poissons (haddock), foie, rognons…	**Les pâtes**	Pâte à choux, à crêpes, blinis, gaufres…
Les gratins et les farces	De légumes, macaronis, tomates farcies, petits farcis…	**Le riz**	Riz au lait

6 Processus de transformation du lait stérilisé UHT

La stérilisation UHT du lait est un principe de chauffage très rapide à 140 °C (2 à 5 secondes) suivi d'un refroidissement à 25 °C. La grande force de ce concept est l'obtention d'une durée de conservation du produit de 3 à 6 mois à température ambiante, avec une excellente préservation des vitamines et des qualités organoleptiques originelles. **Le lait aura un goût d'autant plus « frais » que les temps de chauffage et de refroidissement seront courts.**

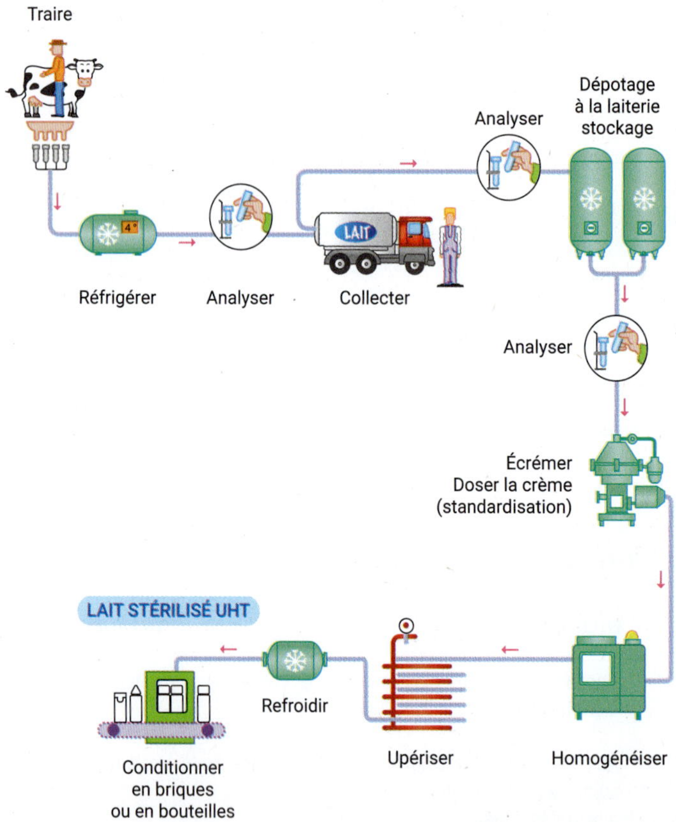

La crème

1 Présentation

La crème est le produit de l'**écrémage centrifuge du lait**. La centrifugeuse sépare la crème, plus légère, et le petit lait, plus lourd. Il faut en moyenne 7 litres de lait pour obtenir 1 kg de crème à 30 % de matière grasse.

2 Classification

■ Différentes catégories de crèmes sont commercialisées et se distinguent par leur **teneur en matière grasse**. Les crèmes sont regroupées en 2 grandes familles.

CRÈME À 30 % DE MG ET PLUS	CRÈME LÉGÈRE ENTRE 12 % ET 30 % DE MG
· Crème crue · Crème fraîche liquide pasteurisée · Crème fraîche épaisse pasteurisée · Crème AOC · Crème liquide stérilisée · Crème liquide UHT	· Crème légère épaisse pasteurisée · Crème légère liquide pasteurisée · Crème légère liquide UHT · Crème fouettée ou à fouetter · Crème sous pression

■ Il existe deux **appellations d'origine contrôlée** (AOC) : la crème d'Isigny et la crème de Bresse.

3 Commercialisation

1. Nom commercial
2. Dénomination de vente
3. Composition
4. Valeur nutritionnelle
5. Identification du responsable de la communication
6. Code-barres
7. DLC
8. Marque de salubrité ou n° d'agrément sanitaire
9. N° de lot de fabrication

4 Conservation

La crème est un produit extrêmement fragile et doit être conservée à + 3 °C jusqu'à la DLC inscrite sur l'emballage. Il faut la consommer le plus rapidement possible.

INFO Au XVIIe siècle, le célèbre intendant Vatel découvrit la recette de la crème Chantilly.

CRÈMES	T° DE CONSERVATION AVANT OUVERTURE	DLC/DDM
Crème crue	Entre + 3 °C et + 6 °C	7 jours maxi après la date de conditionnement
Crème fraîche pasteurisée liquide ou épaisse	Entre + 3 °C et + 6 °C	30 jours maxi après la date de conditionnement
Crème stérilisée	Température inférieure à + 18 °C	8 mois à partir de la date de conditionnement
Crème UHT (brique)	Température inférieure à + 18 °C	4 mois à partir de la date de conditionnement

5 Utilisation culinaire

EN CUISINE		
Les sauces	Appareil à crème prise salé, liaison des sauces (blanquette, vin blanc, beurre nantais...)	
· Les soupes, les potages **· Les crèmes**	· Au chou-fleur, à la citrouille, au panais, à la tomate, aux fruits de mer · Crème fouettée salée	
Les quiches	Lorraine, aux fruits de mer...	
Les gratins et les farces	Dauphinois, farces mousselines (poisson, veau, volaille)	

EN PÂTISSERIE		
Les crèmes	Chantilly, crème brûlée	
Les mousses	Bavarois, mousse aux fruits	
Les tartes	Appareil à crème prise sucré (tarte alsacienne...)	

6 Processus de fabrication

■ La **traite des vaches laitières** permet de récolter le lait nécessaire à la fabrication de la crème. Il est ensuite stocké dans des cuves réfrigérantes au sein même de la ferme laitière, avant d'être collecté par des camions-citernes isothermes qui l'acheminent vers la laiterie. Analysé dans les fermes pour vérifier sa qualité, le lait est également contrôlé à la laiterie.

#vidéo
Crème fraîche fermière : le bon goût du cru
foucherconnect.fr/25vtechculi09

■ La **pasteurisation** a pour but d'éliminer un certain nombre de micro-organismes indésirables pour l'homme. Dans ce but, le lait est placé au contact de plaques chaudes pendant 15 secondes, le temps de le faire monter à 72 °C, température à laquelle les micro-organismes non désirés disparaissent.

■ L'**écrémage** a pour but de séparer la crème du lait à l'aide d'une écrémeuse-centrifugeuse qui fait tourner le lait à vive allure afin de séparer les deux éléments.

■ L'**ensemencement de la crème** obtenue après écrémage consiste à y introduire des ferments lactiques. On laisse alors la crème mûrir en cuve pendant quelques heures. Cela permet d'obtenir ensuite une crème qui s'acidifie, s'épaissit et prend du goût.

Le beurre

1 Présentation

Le beurre est un incontournable de la cuisine française. La dénomination « beurre » est exclusivement réservée au produit obtenu après **barattage de la crème de lait pasteurisée ou non et maturée**. L'écrémage et le malaxage étaient auparavant simplement réalisés à la main. Aujourd'hui, les machines permettent de produire de plus grosses quantités tout en respectant le même procédé.

INFO

Le barattage est l'action qui consiste à brasser la crème du lait pour obtenir le beurre. Cette agitation énergique fait éclater les globules de matière grasse et les soude entre eux pour former les grains de beurre en libérant le babeurre. Ce procédé s'effectue dans un outil appelé baratte.

#vidéo
Beurre : quels critères pour bien choisir ?
foucherconnect.fr/25vtechculi10

2 Classification

DÉNOMINATION	DÉFINITION
Beurre fermier ou cru	Artisanal, réalisé à partir de crème crue, aucune pasteurisation réalisée
Beurre pasteurisé (extra-fin, fin, concentré, allégé)	Pasteurisation de la crème puis barattage
Beurre demi-sel	Contient moins de 5 % de sel au kg
Beurre salé	Contient 5 à 10 % de sel au kg
Beurre AOP : beurre des Charentes-Poitou, beurre d'Isigny et de Bresse	Garantit une qualité particulière liée à la méthode de fabrication et aux caractéristiques régionales
Beurre cuisinier	Pasteurisé, il contient au moins 96 % de matières grasses laitières
Beurre concentré	Beurre frais dont on a extrait l'eau, contenant 99,80 % de matière grasse laitière

DÉNOMINATION	DÉFINITION
Beurre allégé	Indication sur l'emballage, il doit contenir entre 41 et 65 % de matière grasse
Beurre à tartiner	Indication sur l'emballage, il doit contenir entre 20 et 40 % de matière grasse

3 Commercialisation

■ Les conditionnements du beurre sont très variés, du micropain (8 g) à la motte (25 kg).

↑ *Différents conditionnements du beurre*

■ L'étiquetage doit comporter les mentions suivantes :

1. Nom commercial
2. Dénomination de vente
3. Valeur nutritionnelle
4. Identification du responsable de la communication
5. Code-barres
6. DLC
7. N° de lot de fabrication
8. Marque de salubrité ou n° d'agrément sanitaire

4 Conservation

Le beurre a la propriété de s'**imprégner des odeurs** ; il doit donc être conservé à l'écart des produits qui ont une odeur prononcée (fraises, ananas, oignon...).

DÉNOMINATION	CONSERVATION
Beurre fermier ou cru	Entre + 4 et + 6 °C jusqu'à la DLC inscrite
Beurre pasteurisé (extra-fin, fin, concentré, allégé)	Entre + 4 et + 6 °C jusqu'à la DLC inscrite
Beurre demi-sel	Entre + 4 et + 6 °C jusqu'à la DLC inscrite
Beurre salé	Entre + 4 et + 6 °C jusqu'à la DLC inscrite

DÉNOMINATION	CONSERVATION
Beurre AOC/AOP : (beurre des Charentes-Poitou, ou beurre des Deux-Sèvres et beurre d'Isigny)	Entre + 4 et + 6 °C jusqu'à la DLC inscrite
Beurre concentré	9 mois à + 18 °C maximum, jusqu'à la DLC inscrite
Beurre congelé	24 mois maximum à − 18 °C

5 Utilisation culinaire

EN CUISINE	
Les sauces	Beurre blanc, béarnaise, hollandaise, meunière
Les liaisons	Émulsions, sauce vin blanc, bordelaise...
Les beurres composés	Maître d'hôtel, escargot...
Les cuissons	Étuver, suer, sauter, poêler...
La brillance	Lustrer, monter au beurre
Les condiments	Charcuterie, fruits de mer, fromages...

EN PÂTISSERIE	
Les pâtes	Brisée, sablée, feuilletée, à choux, brioche, viennoiseries...
Les crèmes	Amande, beurre, mousseline...
Autres	Caramel au beurre salé, ganache

FOCUS

Beurre Charentes-Poitou AOP

#vidéo
À la découverte des éleveurs et du beurre avec Nina Métayer
foucherconnect.fr/25vtechculi11

LES PRODUITS LAITIERS

Les fromages

1 Présentation

■ Le fromage est consommé par l'homme vraisemblablement depuis la Préhistoire. Grâce à sa situation géographique et à la diversité de ses terroirs, la France est constituée d'un ensemble de régions qui possèdent leurs propres spécialités fromagères (on compte environ 500 fromages différents en France). Les Français en sont de gros consommateurs, environ 20 kg par personne et par an. Les fromages servent également à certaines préparations en cuisine.

■ L'appellation « fromage » est réservée exclusivement au **produit obtenu à partir de lait, crème, lait écrémé ou en mélange par coagulation ou égouttage**. Le fromage peut être fermenté ou non, affiné ou non.

#vidéo
Tout un fromage
foucherconnect.fr/25vtechculi12

DÉNOMINATION	FABRICATION / COMPOSITION
Au lait cru	Fabriqué avec du lait non pasteurisé
Fermier	Issu d'une exploitation agricole. L'affinage peut se faire ailleurs
Laitier	Fabriqué en laiterie artisanale
Pur chèvre	Exclusivement fabriqué à partir de lait de chèvre
Mi-chèvre	Au moins 50 % de lait de chèvre
Au lait de chèvre	Moins de 50 % de lait de chèvre

2 Classification

FAMILLES	EXEMPLES	
FROMAGES FRAIS	Fromages blancs, petits suisses, crémets d'Anjou, jonchées d'Aunis…	
PÂTES MOLLES À CROÛTE FLEURIE	Camembert, brie de Meaux et de Melun, Coulommiers, carré de l'Est…	
PÂTES MOLLES À CROÛTE LAVÉE	Pont-l'Évêque, livarot, époisses, reblochon, munster, Maroilles…	
FROMAGES DE CHÈVRE	Sainte-Maure, crottin de Chavignol, chabichou, cabécou, valençay…	
PÂTES PERSILLÉES	Bleus d'Auvergne, de Bresse, des Causses, de Gex, du Quercy, Roquefort…	
PÂTES PRESSÉES NON CUITES	Cantal, Saint-Nectaire, tomme de Savoie, de Laguiole, des Pyrénées, Ossau Iraty, Saint-Paulin, mimolette…	

PÂTES PRESSÉES CUITES	Gruyère français, emmental, beaufort, comté…	
FROMAGES FONDUS	Fromages à tartiner, crème de gruyère, de Roquefort…	

3 Commercialisation

1. Nom commercial
2. Dénomination de vente
3. Composition
4. Taux de matière grasse
5. Logo AOP
6. Identification du responsable de la communication
7. Code-barres
8. DLC
9. Marque de salubrité ou numéro d'agrément sanitaire
10. Numéro de lot de fabrication

4 Conservation

Renfermant moisissures et bactéries responsables de fermentations, les fromages demandent des **conditions rigoureuses de conservation** pour contrôler leur évolution :
- les fromages frais se conservent entre + 2 et + 6 °C jusqu'à leur DLC ;
- les autres familles de fromages entre + 6 et + 8 °C au taux d'humidité idéal de 90 %, à l'abri des autres aliments du fait de leur forte odeur.

5 Utilisation culinaire

APPELLATIONS	EXEMPLES
Fromages blancs, petits suisses, crémets d'Anjou, jonchées d'Aunis…	Sauces additionnées d'herbes, d'épices et de jus de citron (assaisonnement crudités, salades), amuse-bouches, canapés, farces, mousses
Camembert, brie de Meaux et de Melun, Coulommiers, carré de l'Est…	Plateau de fromages
Pont-l'Evêque, livarot, époisses, reblochon, munster, maroilles…	Plateau de fromages
Sainte-Maure, crottin de Chavignol, chabichou, cabécou, valençay…	Plateau de fromages
Bleus de Bresse, d'Auvergne, des Causses, de Gex, du Quercy, Roquefort…	Plateau de fromages, assaisonnement de salades, canapés, beurres composés, soufflés
Cantal, Saint-Nectaire, tomme de Savoie, de Laguiole, des Pyrénées, Ossau Iraty, Saint-Paulin, mimolette…	Plateau de fromages
Gruyère français, emmental, beaufort, comté	Plateau de fromages, gratins, fondue, omelettes, crêpes, quiches, sauce Mornay, accompagnement des pâtes alimentaires
Fromages à tartiner, crème de gruyère, de Roquefort…	Plateau de fromages, canapés apéritifs…

#vidéo

Histoire de plat : le fromage

foucherconnect.fr/25vtechculi13

Fiche 16

Les yaourts ou yoghourts

1 Présentation

Le yaourt est un lait fermenté à saveur acidulée obtenu **après ensemencement par un mélange de 2 bactéries lactiques**, qui doivent se trouver vivantes dans le produit fini. Les laits utilisés peuvent être écrémés ou non, pasteurisés ou stérilisés, éventuellement additionnés de poudre de lait.

2 Classification

Les yaourts sont classés par rapport à 2 critères : leur **teneur en matière grasse** (maigres à – de 1 % de MG, nature à 1 % de MG, au lait entier à 3,5 % de MG), et le **goût** (nature, aromatisé, aux fruits, miel, confiture, fermenté au bifidus actif, ferme coagulé en pot, sucré, brassé, à boire, bulgare, lait ribot).

3 Commercialisation

YAOURTS
Les yaourts au lait entier : ils sont fabriqués à partir de lait ayant gardé toute sa crème
Le yaourt nature : c'est le yaourt simple, sans adjonction de sucre ou d'autres aromates
Les yaourts allégés : fabriqués à partir de lait écrémé, c'est-à-dire sans matière grasse, ces yaourts à 0 % de matière grasse sont parfaits pour tous les régimes minceur
Le yaourt brassé : plus crémeux et onctueux, il est passé dans une machine qui le brasse

↑ *Yaourt nature*

↑ *Yaourt brassé*

Les yaourts aromatisés et à base de fruits : la fabrication du yaourt permet d'obtenir une multitude de goûts et de possibilités
Le yaourt à boire : il est fabriqué à partir de yaourt brassé. Pour obtenir cette texture liquide, il suffit de le battre
Les laits fermentés : si tous les yaourts sont des laits fermentés, tous les laits fermentés ne sont pas des yaourts. Ils sont généralement fabriqués avec les mêmes ferments lactiques que le yaourt, plus d'autres ferments ou additifs qui les font sortir de cette catégorie réglementée (bifidus)

↑ *Lait fermenté*

DESSERTS LACTÉS
Les laits emprésurés aromatisés : ils sont composés de lait caillé aromatisé
Les laits gélifiés aromatisés : ils sont composés de lait, de sucre ou de matières sucrantes, d'arômes
Les laits gélifiés avec crème fouettée : ils sont faits de lait gélifié recouvert d'une crème foisonnée
Les crèmes desserts : à base de lait additionné ou non de crème, elles contiennent des matières sucrantes, des arômes, des gélifiants, des épaississants
Les mousses et assimilés : desserts frais et foisonnés
Les crèmes brûlées : elles intègrent de la crème (à 30 % de matière grasse au minimum), des œufs (10 % minimum pour les desserts « traditionnels »). La cuisson au four est obligatoire. Aucun gélifiant n'est autorisé
Les îles flottantes : elles contiennent des blancs d'œufs battus en neige et de la crème anglaise
Les gâteaux de riz : les composants « clés » sont le lait, le riz (pas moins de 10 % pour les desserts lactés « traditionnels » et 5 % pour les autres) et les œufs (5 % minimum). Le riz doit être cuit dans le lait pour que le gâteau de riz puisse être qualifié de traditionnel
Les gâteaux de semoule : ils doivent répondre aux mêmes critères que les gâteaux de riz mais avec la semoule pour céréale principale

↑ *Dessert lacté aromatisé*

↑ *Flan aux œufs*

↑ *Gâteau de riz*

Les œufs au lait : les œufs doivent être présents dans une proportion de 15 % minimum pour les desserts « traditionnels ». La cuisson se fait au four et les gélifiants sont proscrits

Les flans aux œufs : comme pour les œufs au lait

Les crèmes caramel : les œufs entrent pour un minimum de 15 % dans la composition (desserts « traditionnels »)

Les riz au lait : le riz entre pour 8 % dans la composition des desserts lactés « traditionnels »

Les crèmes aux œufs : elles doivent contenir plus de 15 % de crème et 10 % d'œufs pour les produits « traditionnels »

↑ *Crème caramel*

↑ *Riz au lait*

4 Conservation

Les yaourts doivent être conservés en **chambre réfrigérée à + 4 °C** jusqu'à la DLC inscrite sur l'emballage. Celle-ci ne peut être postérieure à 28 jours après la date de fabrication.

5 Utilisation culinaire

Il est préférable de parler « d'effets » sur les aliments que d'utilisation culinaire à proprement parler.

EFFET APPORTÉ	EXEMPLES
Saveur lactique et acide	Sauces (salades), potages froids, entremets et glaces
Douceur	Préparations épicées orientales, marinades (cuisine indienne)
Légèreté	Gâteaux et glaces
Assaisonnement	Crudités et salades composées (généralement additionnées d'herbes)

#vidéo
Les secrets de la fabrication du yaourt
foucherconnect.fr/25vtechculi14

#vidéo
Yaourt tradition : vieux pot, nouvelle fortune !
foucherconnect.fr/25vtechculi15

Fiche 17

Les corps gras

1 Présentation

■ Les corps gras utilisés en cuisine ont un intérêt nutritionnel important dans le fonctionnement de nos cellules, notamment pour leur richesse en vitamines dites « liposolubles » (A, D et E).

■ Un corps gras est une **substance composée de molécules ayant des propriétés hydrophobes** (non solubles dans l'eau).

■ Les **huiles végétales** sont principalement extraites des graines ou des fruits des plantes oléagineuses.

■ Les **graisses animales** sont obtenues par la fonte et la clarification des tissus adipeux du porc (saindoux), de l'oie et du canard.

■ Les **margarines** sont des substances alimentaires autres que le beurre, quelles que soient leur origine, leur provenance et leur composition, qui présentent l'aspect du beurre et sont préparées pour le même usage. Il s'agit d'émulsions constituées de matière grasse (80 % minimum) et d'une phase aqueuse à base d'eau ou de lait (20 %).

#vidéo
Beurre VS margarine : quelles différences ?
foucherconnect.fr/25vtechculi16

2 Classification

Les différents corps gras utilisés en cuisine sont d'origine **animale**, **végétale** ou **mixte**.

ORIGINE	DÉNOMINATION	SOURCE
Animale	· Beurre · Saindoux · Blancs (*shortenings*)  	· Lait de vache · Graisse de porc · Graisse de bœuf, de rognon, d'oie

ORIGINE	DÉNOMINATION	SOURCE
Végétale fluide (liquide à T° ambiante)	• Huile d'olive • Huiles d'arachide, de colza, de maïs 	• Fruits de l'olivier • Extraites de plantes oléagineuses
Végétale concrète (solide à T° ambiante)	• Végétaline • Huile de palme • Huile de palmiste 	• Coprah de la noix de coco • Pulpe de la noix du palmier à huile • Amande du noyau du palmier à huile
Mixte	• Margarines • *Shortenings* 	• Mélange de corps gras d'origine animale et végétale • Graisses raffinées et hydrogénées

 # vidéo
À la découverte des huiles d'olive
foucherconnect.fr/25vtechculi17

3 Commercialisation

ÉTIQUETAGE ET MENTIONS PRINCIPALES DES CORPS GRAS USUELS	
HUILES	**MARGARINES**
• **Huile de...** : l'huile provient d'une seule graine ou d'un seul fruit et a subi des opérations de raffinage (huile de tournesol...) • **Huile vierge de...** : l'huile est obtenue exclusivement par pression à froid et filtration, sans aucun traitement chimique (olive, noix...). On distingue par ordre de qualité l'huile vierge extra, vierge fine, vierge semi-fine ou courante • **Huile végétale** : elle est constituée d'un mélange d'huiles raffinées. L'énumération des composants se fait par ordre décroissant, suivie d'une représentation graphique indiquant les proportions (exemple : 70 % arachide, 30 % tournesol)	• Le mot « margarine » doit apparaître au moins sur 4 des faces du conditionnement • La composition précise et l'énumération décroissante des corps gras utilisés et des autres composants (sel, sucre, amidon et autres additifs autorisés) • Les traitements particuliers appliqués (hydrogénation...) • La mention « aromatisé au diacétyle » s'il y a lieu (donne une note caractéristique de beurre) • La marque commerciale • Le nom et l'adresse du fabricant • Le poids net • La DDM • Peuvent également figurer, sans caractère obligatoire, des conseils d'utilisation et de conservation

1. Origine de l'huile d'olive
2. Dénomination commerciale
3. Nom/Raison sociale et adresse
4. Définition de la catégorie
5. Date de durabilité minimum et conditions de conservation
6. Quantité nette
7. N° d'agrément

4 Conservation

■ **Huiles végétales** : la température idéale de conservation embouteillée est de + 15 °C à + 18 °C, à l'abri de la lumière, 2 ans au maximum (huile d'olive), en respectant la DDM.

■ **Graisses animales** : + 3 °C, respect de la DLC.

■ **Margarines** : dans un local sec, aéré et à l'abri de la lumière, entre + 12 °C et + 16 °C, respect de la DDM (6 à 8 semaines après la fabrication).

5 Utilisation culinaire

BEURRE	GRAISSE D'OIE	SAINDOUX	HUILES	MARGARINES
· Les cuissons · Les liaisons des sauces · Les beurres composés · La pâtisserie · Les canapés	· Le cassoulet · Les confits · Les légumes sautés · La cuisine du Sud-Ouest…	· Les confits · Les rillettes · La choucroute · Les pâtés en croûte…	· Tous les assaisonnements de salades · Les cuissons à haute température · Les fritures…	· Les pâtisseries · Les cuissons · Le feuilletage

VOCABULAIRE

- **Huile concrète** : huile solide à température ambiante.
- **Huile fluide** : huile liquide à température ambiante.
- **Beurre clarifié** : beurre légèrement chauffé afin de pouvoir le décanter, c'est-à-dire séparer ses composants : caséine, matière grasse et petit lait.
- **Point de fusion** : température à laquelle le corps gras devient liquide.
- **Point de fumée** : température à laquelle le corps gras se dégrade.

#vidéo
Quelles huiles utiliser en assaisonnement et en cuisson ?
foucherconnect.fr/25vtechculi18

Exercice 1 **Le lait**

1. Reliez la couleur de l'emballage de commercialisation au lait correspondant.

[bleu] •		• Lait cru
[jaune] •		• Lait écrémé
[vert] •		• Lait entier
[rouge] •		• Lait demi-écrémé

2. Expliquez le principe de stérilisation du lait UHT et ses avantages.

....

....

....

Exercice 2 **La crème**

Complétez le tableau sur la conservation des différentes crèmes.

CRÈMES	T° DE CONSERVATION AVANT OUVERTURE	DLC/DDM
Crème crue		
Crème fraîche pasteurisée liquide ou épaisse	Entre + 3 °C et + 6 °C	
Crème stérilisée		8 mois à partir de la date de conditionnement
Crème UHT (brique)	Température inférieure à + 18 °C	

Exercice 3 **Le beurre**

Retrouvez le nom des principales mentions obligatoires figurant sur cette plaquette de beurre.

1. ....
2. ....
3. ....
4. ....
5. ....
6. ....
7. ....
8. ....

Exercice 4 Les fromages

Donnez la composition des fromages suivant leur dénomination.

DÉNOMINATION	FABRICATION / COMPOSITION
Au lait cru	Fabriqué avec…
Fermier	Issu d'une…
Laitier	Fabriqué en…
Pur chèvre	Exclusivement…
Mi-chèvre	Au moins…
Au lait de chèvre	Moins de…

Exercice 5 Les corps gras

1. Complétez le tableau suivant en indiquant deux corps gras selon la famille à laquelle ils/elles appartiennent. Indiquez une utilisation en cuisine.

ORIGINE	APPELLATION	UTILISATION EN CUISINE
2 huiles végétales fluides		
1 huile végétale concrète		
2 corps gras (d'origine animale)		

2. Complétez le tableau suivant se rapportant aux appellations d'origine.

CORPS GRAS	
2 appellations d'origine contrôlée (AOC)	Beurres AOC :
2 indications géographiques protégées (IGP) ou appellations d'origine contrôlée (AOC)	Huiles d'olive IGP/AOC :

corrigés
Corrigés des exercices
foucherconnect.fr/25vtechculi19

Les œufs

1 Présentation

■ L'œuf est un produit agricole animal utilisé comme aliment et servant dans la composition de nombreux plats. La France produit en moyenne 14 milliards d'œufs par an, ce qui la place parmi les premiers pays producteurs européens devant l'Espagne et l'Allemagne. L'œuf est présent dans la gastronomie de nombreux pays du monde.

■ L'œuf est un **corps organique** qui se forme chez la femelle ovipare et qui contribue à perpétuer l'espèce. La dénomination « œuf » est exclusivement réservée à l'œuf de poule. Les autres doivent avoir la dénomination de l'animal (caille, autruche, etc.). Sa composition est illustrée sur ce schéma :

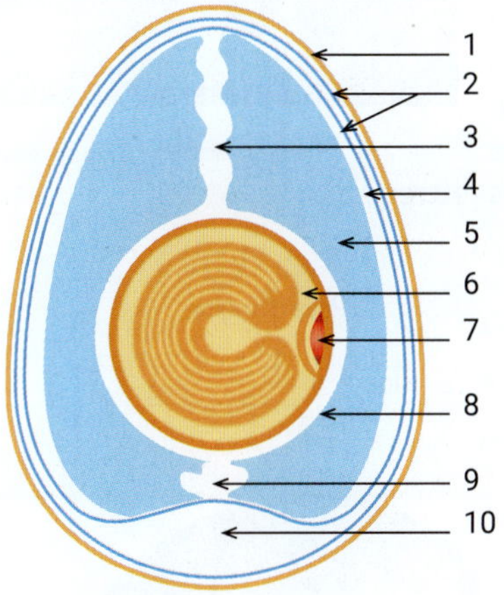

1. Coquille calcaire
2. Membranes coquillières
3. Chalaze
4. Blanc d'œuf (ou albumen) externe (fluide)
5. Blanc d'œuf (ou albumen) intermédiaire (visqueux)
6. Jaune d'œuf (ou vitellus) formé
7. Point blanc (cicatricule) puis embryon
8. Blanc d'œuf (ou albumen) interne (fluide)
9. Chalaze
10. Chambre à air

2 Classification et qualité

■ Il y a 2 classes d'œufs :
- **classe A** : œufs extra frais ou frais (l'appellation « extra frais » est réservée aux œufs datant de moins de 9 jours, date de la ponte) ;
- **classe B** : œufs de 2e qualité ou conservés, utilisés pour la fabrication d'ovoproduits.

ŒUFS DE FRANCE

#vidéo
Film filière œufs de France
foucherconnect.fr/25vtechculi20

■ Plusieurs calibres sont identifiés :

CALIBRE DES ŒUFS	POIDS CORRESPONDANT	UNE MESURE DE 1 LITRE CONTIENT
Très gros (TG)	> 73 g	Jaunes : 50
Gros (G)	63 à 73 g	
Moyen (M)	53 à 63 g	Jaunes : 32
Petit (P)	< 53 g	

3 Commercialisation

■ **Vente par le producteur ou sur un marché** : pas d'indications relatives à la qualité, au poids, à la catégorie ou à la mention frais et extra. Seule la date de durabilité minimale de 28 jours après la ponte doit être indiquée.

■ **Vente par un professionnel non producteur d'œuf** : les œufs proviennent obligatoirement d'un centre d'emballage agréé. Les œufs sont présentés par catégorie de qualité, de poids et de mode d'élevage. Les modes d'élevage sont indiqués par un code imprimé sur l'emballage ou sur la coquille devant les lettres FR :

Code 0 : **œufs bio**	Élevage en plein air, respect du cahier des charges de l'agriculture biologique
Code 1 : **œufs de plein air**	Élevage en plein air, parcours extérieur au moins égal à 4 m^2 par poule
Code 2 : **œufs au sol**	Élevage au sol en bâtiment, pas d'accès à l'air libre
Code 3 : **Cages aménagées**	Élevage en cage

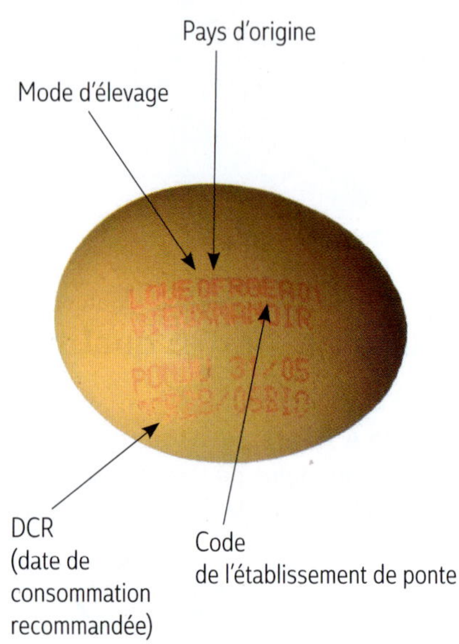

4 Conservation

■ **Ne pas laver les œufs** : le lavage enlève la cuticule protectrice naturelle de l'œuf et le rend perméable aux bactéries de surface.

■ Les entreposer dans un local propre, sec et frais (+ 6 °C à 8 °C).

5 Utilisation culinaire

CUISSONS ET APPELLATIONS			
Pochés : 2 min	Œuf à la Clamart, à la bourguignonne, cardinal… 	**Cocotte** : 3 à 4 min	Œuf à la crème, à la bordelaise, à la dieppoise, à la portugaise… 
Au plat : 3 à 4 min	Œuf à la forestière, aux fruits de mer, aux foies de volaille… 	**Sautés** : < 2 min	Œuf au bacon, à l'espagnole, à la diable… 
Frits : 1 min	Œuf pané, à la bordelaise, à l'espagnole… 	**À la coque** : 3 min	Œuf aux truffes, aux asperges, au caviar… 
Mollets : 5 à 6 min suivant la grosseur	Œuf en gelée, nature, à la florentine, à la bayonnaise… 	**Durs** : 10 à 11 min suivant la grosseur	Œuf mayonnaise, mimosa, aux anchois, aux crevettes, farcis Chimay… 
Brouillés : suivant la quantité	Œuf aux asperges, aux truffes, aux fines herbes, à la portugaise… 	**Omelettes** : 2 min	Omelettes roulées ou plates (nature, aux champignons, aux fines herbes, au jambon, au fromage…) 

Fiche 19

LA FILIÈRE VOLAILLE

Les ovoproduits

1 Présentation

■ L'œuf, aliment de référence sur le plan diététique, est consommé sous toutes ses formes dans le monde entier. Il constitue une matière première de choix avec un rapport qualité/prix excellent.

■ Le terme « ovoproduits » désigne les **formes de présentation, de conservation et de commercialisation des œufs**, mises au point par l'industrie agroalimentaire. Ces différentes formes sont obtenues à partir de l'œuf, de ses différents composants ou de leur mélange après élimination de la coquille et des membranes.

↑ *Œufs conditionnés en seau de 5 kg*

2 Classification

Les ovoproduits se divisent en 3 gammes : la **gamme frais réfrigérés**, la **gamme surgelés**, et la **gamme déshydratés et lyophilisés**.

#vidéo
Ces œufs que les industriels utilisent...
foucherconnect.fr/25vtechculi21

3 Commercialisation et conservation

DÉNOMINATION	CARACTÉRISTIQUES TECHNIQUES CONDITIONNEMENT	DLC
	GAMME FRAIS RÉFRIGÉRÉS	
Œufs durs écalés prêts à l'emploi	En saumure, barquette thermoformée de 40 œufs durs calibre 53 ou 53/63 g ou seau plastique inviolable de 80 œufs	· 28 jours · 0 à + 4 °C
Œufs durs en barre	En rouleau à découper ou prédécoupé	· 28 jours · 0 à + 4 °C
Œufs pochés/moulés	· Barquette thermoformée de 4 œufs calibre 53/63 ou seau de 60 pièces · Remise en T° : se conformer à la fiche technique du fabricant	· 28 jours · 0 à + 4 °C
Omelettes	· Individuelles de 60, 90 ou 135 g en barquette GN 1/3 (325 × 182 × 45 mm) garnie ou non. · Réchauffage en four vapeur, air pulsé · Micro-ondes en respectant les consignes du fabricant	· 21 jours · 0 à + 4 °C

DÉNOMINATION	CARACTÉRISTIQUES TECHNIQUES CONDITIONNEMENT	DLC
	GAMME FRAIS RÉFRIGÉRÉS	
Œufs brouillés	• Barquette polypropylène GN 1/4 (265 × 182 × 45 mm) • Réchauffage en portion individuelle micro-ondes, vapeur ou air pulsé • En multi-portions, suivre les indications	• 21 jours • 0 à + 4 °C
Œufs entiers	En briques ou bidons de 1, 2 ou 5 kg	• 28 jours • 0 à + 4 °C • 48 heures après ouverture
Jaunes d'œufs	En briques ou bidons de 1, 2 ou 5 kg	• 28 jours • 0 à + 4 °C • 48 heures après ouverture
Blancs d'œufs	En briques ou bidons de 1, 2 ou 5 kg	• 28 jours • 0 à + 4 °C • 48 heures après ouverture
	GAMME SURGELÉS	
Omelettes	• Individuelles de 60, 90 ou 135 g en barquette GN 1/3 (325 × 182 × 45 mm) • En vrac (75 pièces) ou en barquette • Réchauffage au micro-ondes, four air pulsé, vapeur, en respectant les consignes du fabricant	• 9 mois • – 18 °C
• Œufs entiers • Jaunes ou blancs	Décongélation en enceinte réfrigérée + 3 °C	• 9 mois • – 18 °C
	GAMME DÉSHYDRATÉS ET LYOPHILISÉS	
Œufs en poudre, entiers, jaunes, blancs	• Les œufs sont soumis à une dessiccation. Conditionnés en sac étanche • À utiliser rapidement après ouverture • Suivre la fiche technique pour la réhydratation des différents produits	• 12 à 24 mois • + 15 °C
Concentré de jaune	Confits d'œufs	12 mois à température ambiante

À SAVOIR

Pour la conservation, quelques règles d'hygiène sont à respecter :
- bien refermer le conditionnement et utiliser rapidement ;
- respecter les températures de stockage ;
- adapter ses recettes afin d'éviter les risques microbiens pendant la conservation.

4 Utilisation culinaire

DÉNOMINATION	UTILISATION
GAMME FRAIS RÉFRIGÉRÉS	
Œufs durs écalés prêts à l'emploi	Salades composées, œufs mayonnaise, mimosas, farcis Chimay
Œufs durs en barre	Canapés, salades composées (niçoise...)
Œufs pochés/moulés	Chauds ou froids : aspics, entrée froide, en meurette
Omelettes	Prêtes à l'emploi, utilisées en collectivité et restauration rapide
Œufs brouillés	Peuvent être agrémentés d'une garniture classique
Œufs entiers en brique	Réalisation d'omelette, crème prise
Jaunes d'œufs en brique	Crème anglaise, velouté, sauces émulsionnées
Blancs d'œufs en brique	Soufflés chauds, glacés, meringues
GAMME SURGELÉS	
Omelettes	Réchauffer selon la fiche technique du fabricant
Œufs entiers/jaunes ou blancs	Utilisation classique en cuisine ou en pâtisserie
GAMME DÉSHYDRATÉS ET LYOPHILISÉS	
Œufs en poudre, entiers, jaunes, blancs	En biscuiterie, pâtisserie, préparations déshydratées, omelettes diverses, œufs brouillés
Concentré de jaune	En pâtisserie, biscuiterie, crème anglaise, mayonnaise

5 Avantages et inconvénients des ovoproduits

A. Avantages

- Qualité constante.
- Sécurité et économie de temps.
- Disponibilité de toutes les catégories rapidement (jaunes/blancs).
- Suppression du contact avec les coquilles.
- Garantie bactériologique.
- Facilité d'emploi et de stockage.

B. Inconvénients

- Se conformer au respect des températures, attention à la rupture de la chaîne du froid.
- Se conformer aux modalités de stockage.
- Qualités organoleptiques moyennes pour les ovoproduits traités.

Fiche 20

LA FILIÈRE VOLAILLE

Les volailles

1 Présentation

■ La viande de volaille tient une place importante dans notre consommation du fait de son rapport qualité/prix, de la diversité de ses produits et des nombreuses utilisations en cuisine. Elle est la viande la plus consommée au monde et la deuxième la plus consommée en France.

■ L'appellation « volaille » désigne les **animaux de basse-cour élevés à l'état domestique** (gallinacés et palmipèdes) ainsi que les **volatiles de même espèce que le gibier** s'ils sont **nés et élevés en captivité** (caille, pigeon).

INFO
Le **lapin domestique** est rattaché à la filière volaille.

#info
Chiffres clés de la volaille
foucherconnect.fr/25vtechculi22

2 Classification

■ On distingue 2 classes de volailles :
– Les **volailles à chair blanche** : coquelet ⩽ 0,800 kg, poulet et poularde < 0,800 kg, coq, et chapon, poule et coq, dindonneau et dinde, lapin.
– Les **volailles à chair brune** : canard, oie, pintade, pigeon et caille d'élevage.

■ Une classification particulière est établie pour les poulets :

APPELLATION	CALIBRE	POIDS (ANIMAL VIVANT)
Poussin	–	0,800 kg max
Poulet « petit »	1	< 1,300 kg
Poulet « moyen »	2	1,300 kg < 1,700 kg
Poulet « gros »	3	1,700 kg < 2,200 kg
Poulet « très gros »	4	2,200 kg

3 Commercialisation

PRÉSENTATION COMMERCIALE		
Volailles éviscérées	• Ablation totale des viscères et du cou, avec ou sans abattis • Souvent présentées en PAC (prêtes à cuire)	
Volailles effilées (pour des questions d'hygiène, de moins en moins commercialisées)	Seul l'intestin est retiré (abattis et viscères encore présents, tête et pattes non coupées)	
Volailles découpées	Découpe et conditionnement dans des ateliers agréés (cuisses, ailes, pilons, suprêmes…)	

CLASSES	
Classe A	Sans défauts apparents (fractures, ecchymoses…), corps musclé, mince couche de graisse
Classe B	Un ou deux défauts, corps suffisamment musclé
Classe C	• Ne peut être vendu en l'état • Transformation en produits dérivés

ÉLEVAGE INDUSTRIEL ET LABELS					
Poulet standard	**Label Rouge**	**IGP**	**AOC**	**AOP**	**Volaille française**

INFO
- Il faut être AOC pour devenir AOP.
- La volaille de Bresse est la seule à bénéficier de l'AOC.

#vidéo
Chapon de Bresse
foucherconnect.fr/25vtechculi23

ÉTIQUETAGE COMMERCIAL DE LA VOLAILLE	
	1. Dénomination 2. Provenance 3. Type d'élevage 4. Durée de l'élevage 5. Mode d'alimentation 6. Classe 7. Température de conservation 8. N° de l'abattoir 9. Label de qualité

ESTAMPILLE SANITAIRE

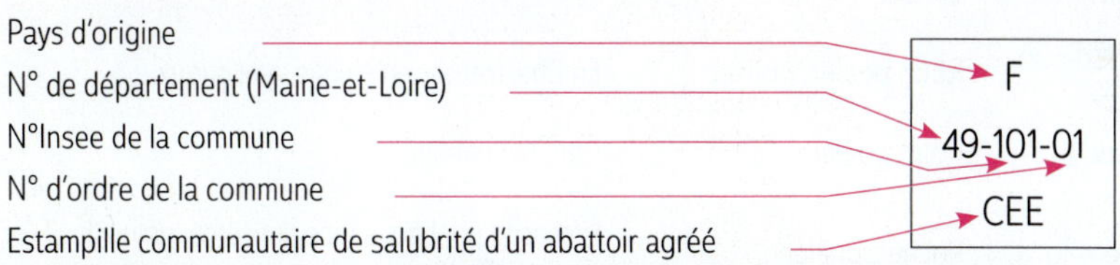

#vidéo
Les différents labels d'élevage de poulets
foucherconnect.fr/25vtechculi24

#vidéo
Label Rouge : quelles garanties et quels contrôles ?
foucherconnect.fr/25vtechculi25

4 Conservation

- **En milieu réfrigéré** : entre 0 °C et + 4 °C, respecter la DLC.
- **En milieu surgelé** : – 18 °C, respecter la DDM.

5 Utilisation culinaire

VOLAILLES	MODES ET TECHNIQUES DE CUISSON	EXEMPLES
Caille	Rôtir, poêler, braiser	Farcie et poêlée aux raisins, rôtie
Canard	Rôtir, poêler, sauter, braiser	Canard à l'orange, aux navets, au sang
Coquelet	Rôtir, griller, poêler	Coquelet en crapaudine, à l'américaine (paner moutarde)
Coq	En ragoût, braiser	Coq au vin, à la bière
Chapon	Rôtir, poêler	Chapon braisé, rôti de Noël
Dinde	Sauter, rôtir	Dinde de Noël farcie et rôtie, escalopes viennoises, blanquette
Lapereau	Rôtir, sauter	À la moutarde, sauté aux champignons, aux olives, aux pruneaux
Lapin	Rôtir, sauter, braiser, en ragoût	À la moutarde, sauté aux champignons, aux olives, aux pruneaux, râble farci « sauté »
Oie	Rôtir, poêler, braiser	Oie rôtie, rillettes, civet
Pigeonneau et pigeon	Rôtir, griller, poêler, braiser	Aux petits pois (à la française), en salmis, aux choux
Pintade	Rôtir, poêler, braiser	En Chartreuse, en salmis, aux choux
Pintadeau	Rôtir, poêler	Rôti, sur canapé
Poularde	Pocher, poêler	Poularde pochée, sauce suprême, demi-deuil (contisée avec truffes)
Poule	Pocher	Poule au pot, au riz, farcie
Poulet	Rôtir, griller, poêler, pocher, sauter	Poulet sauté chasseur, fricassée de poulet, poulet cocotte grand-mère, grillé à l'américaine, en crapaudine

INFO Pour les appellations, se référer au *Répertoire de la cuisine* de Gringoire et Saulnier.

Exercice 1 Les ovoproduits

1. Citez les 3 gammes d'ovoproduits et les règles d'hygiène à respecter lors de leur emploi.

GAMMES	RÈGLES D'HYGIÈNE
1. 2. 3.	1. 2. 3.

2. Après avoir pesé le pour et le contre, vous décidez d'utiliser dans votre cuisine des ovoproduits. Justifiez votre choix.

....

....

Exercice 2 Les volailles

1. Citez les indications de l'étiquette de la volaille.

1.
2.
3.
4.
5.
6.
7.
8.
9.

2. Quelles sont les 2 catégories de volailles ? Pour chacune d'elles, donnez 3 exemples.

• Les volailles à chair .... :

....

....

....

• Les volailles à chair........................ :

....

....

....

Exercices

Exercice 3 Points à relier

Reliez les ovoproduits à leur principale utilisation.

Dénomination

- Œufs durs écalés prêts à l'emploi •
- Œufs durs en barre •
- Œufs pochés/moulés •
- Omelettes •
- Œufs brouillés •
- Œufs entiers en brique •
- Jaunes d'œufs en brique •
- Blancs d'œufs en brique •

Utilisation

- • Canapés, salades composées (niçoise)
- • Peuvent être agrémentés d'une garniture classique
- • Réalisation d'omelette, crème prise
- • Salades composées, œufs mayonnaise, mimosas, farcis Chimay
- • Soufflés chauds, glacés, meringues...
- • Crème anglaise, veloutés, sauces émulsionnées...
- • Chauds ou froids : aspics, entrée froide...
- • Prêtes à l'emploi. Utilisées en collectivité, en restauration rapide

Exercice 4 Les classes de volaille

Les volailles sont distinguées en 3 classes. Donnez les spécificités de chacune.

CLASSES	SPÉCIFICITÉ
Classe A	
Classe B	
Classe C	

Exercice 5 Les œufs

Le code imprimé détermine la nature de l'élevage, complétez le tableau.

CODE	APPELLATION DU CODE	NATURE DE L'ÉLEVAGE
Code 0		
Code 1		
Code 2	Œufs au sol	Élevage au sol en bâtiment, pas d'accès à l'air libre
Code 3		

#corrigés
Corrigés des exercices
foucherconnect.fr/25vtechculi26

Les fruits

1 Présentation

■ La France produit de nombreuses variétés de fruits toute l'année. Le marché national absorbe une grande partie de la production et le reste est exporté vers les pays de la CEE. Les fruits dits « exotiques » proviennent des départements et régions d'outre-mer (DROM) et de différents pays étrangers.

■ Le fruit est un **aliment végétal plus ou moins sucré, généralement consommé en dessert**. Il est issu des plantes à fleurs. Il contient les graines et succède à la fleur.

À SAVOIR

Il est possible de se procurer certains fruits toute l'année, mais tout bon cuisinier doit respecter une règle simple : à chaque fruit sa saison ! Respecter les rythmes naturels et cuisiner des fruits et légumes de saison vous apporteront les meilleures qualités gustatives. Par exemple, vous trouverez des fraises sur les étals dès le mois d'avril, mais c'est l'été qu'elles seront les meilleures.

2 Classification

CLASSIFICATION	TYPE	
Agrumes	Oranges, mandarines, citrons, pamplemousses	
Fruits exotiques	Ananas, mangues, papayes, bananes, goyaves, kakis, fruits de la passion, noix de coco	
Fruits rouges	Fraises, framboises, groseilles, myrtilles, mûres	
Fruits noyaux	Pêches, abricots, prunes, cerises	

Fruits pépins	Raisins, pommes, poires, melons, kiwis	
Fruits oléagineux	Noix, noisettes, amandes, olives	
Fruits amylacés	Bananes, châtaignes	
Fruits secs	Pruneaux, figues, dattes, abricots, raisins secs	

MÉMO

- Certains fruits peuvent être classés dans plusieurs catégories (ex. : la cerise est un fruit à noyau et un fruit rouge).
- Les fruits oléagineux donnent de l'huile.
- Les fruits amylacés contiennent de l'amidon.

#vidéo
Fruits et légumes : depuis quand sont-ils dans notre assiette ?
foucherconnect.fr/25vtechculi27

3 Commercialisation

A. Catégories

Généralement frais, les fruits (comme les légumes) se présentent sous **4 catégories** :

CATÉGORIE EXTRA	Étiquette rouge		Qualité supérieure
CATÉGORIE I	Étiquette verte		Bonne qualité, légers défauts possibles
CATÉGORIE II	Étiquette jaune		Qualité marchande, défauts d'aspect
CATÉGORIE III	Étiquette grise		Défauts importants (relativement rare)

B. Calibres

Les calibres s'expriment en **code alphabétique** A, B, C, en **chiffres** 1, 2, 3, ou en **nombres correspondant au diamètre** 60/65, 70/75. Le calibre peut correspondre à la **longueur du fruit**, à son **diamètre** (exemple : pêche), à son **poids** (exemple : tomate).

C. Étiquetage

Sur les conditionnements et emballages, l'étiquette des fruits et légumes est **obligatoire**. Elle doit comporter les indications suivantes :
- la **catégorie de qualité** (couleur de l'étiquette) en plus de l'indication ;
- la **provenance des fruits** (l'origine, le pays, la région, etc.) ;
- le **nombre** ou la **masse nette** (les poids) ;
- le **calibre** (exemple : 60/65) ;
- la **dénomination du produit** (exemple : brugnon) ;
- le **nom** et l'**adresse** de l'emballeur, l'expéditeur ;
- la mention **produit bio** (AB) si c'est le cas.

CLASSIFICATION	NORMES DE COMMERCIALISATION			CRITÈRES DE QUALITÉ
	TYPE	ORIGINE	SAISONNALITÉ	ASPECT
Agrumes	Oranges, mandarines, citrons, pamplemousses	CEE	Novembre à mars	Couleurs vives et brillantes
Fruits exotiques	Ananas, mangues, papayes, bananes, goyaves…	DOM, Afrique	Octobre à avril	Brillants, juteux
Fruits rouges	Fraises, framboises, groseilles, myrtilles, mûres	CEE	Mai à septembre	Couleurs vives
Fruits noyaux	Pêches, abricots, prunes, cerises	CEE	Juin à septembre	Fermes, lisses
Fruits pépins	Raisins, pommes, poires, melons, kiwis	CEE	Août à octobre/ novembre	Fermes, juteux
Fruits oléagineux	Noix, noisettes, amandes, olives	CEE	Septembre à novembre/ décembre	Sans taches, ni chocs
Fruits amylacés	Bananes, châtaignes	DOM, Afrique	Fin septembre à mi-décembre	Fermes
Fruits secs	Pruneaux, figues, dates, abricots, raisins secs	Pays méditerranéens	Toute l'année	Sans taches, ni chocs

4 Conservation

Les fruits sont généralement **très fragiles** : ils supportent mal les chocs thermiques et physiques et doivent être manipulés avec **précaution**. La température de stockage se situe entre + 6 °C et + 8 °C, sauf pour les bananes et les ananas qui doivent être conservés dans un local frais et aéré, à une température de + 15 °C maximum. Lorsqu'un fruit est taché ou abîmé, il faut le retirer du colis car il altère rapidement les autres fruits.

CLASSIFICATION	CONSERVATION		
	TYPE	DURÉE	T° DE STOCKAGE
Agrumes	Oranges, mandarines, citrons, pamplemousses	2 à 3 semaines	+ 6 °C à 8 °C
Fruits exotiques	Ananas, mangues, papayes, bananes, goyaves...	2 à 3 semaines	+ 15 °C (ananas)
Fruits rouges	Fraises, framboises, groseilles, myrtilles, mûres	Quelques jours	+ 3 °C
Fruits noyaux	Pêches, abricots, prunes, cerises	2 à 3 semaines	+ 3 °C
Fruits pépins	Raisins, pommes, poires, melons, kiwis	1 à 2 semaines	+ 3 °C
Fruits oléagineux	Noix, noisettes, amandes, olives	Plusieurs semaines	T° ambiante
Fruits amylacés	Bananes, châtaignes	Plusieurs semaines	+ 15 °C T° ambiante
Fruits secs	Pruneaux, figues, dates, abricots, raisins secs	Plusieurs mois	T° ambiante

5 Utilisation culinaire

Quelques précautions sont à prendre avant leur utilisation :

- les fruits doivent être **lavés** et **essuyés**. Il faut insister sur les agrumes qui sont souvent traités avec un produit chimique (exemple : diphényle) ;
- d'autres fruits nécessitent d'être **épluchés** et quelquefois **citronnés** pour éviter leur oxydation (exemples : bananes, poires, pommes, avocats...) ;
- les noix et les noisettes sont **décortiquées** avant d'être parfois mondées ;
- les olives et les pruneaux doivent être **dénoyautés**, les grains de raisins **mondés** et **épépinés** ;
- certains fruits doivent être **mondés** : pêches, brugnons, nectarines, abricots, châtaignes... ;

– les fraises, après lavage, doivent être **équeutées** afin qu'elles ne se gorgent pas d'eau ;
– les agrumes sont généralement **pelés à vif** et **levés en segments**. Les zestes sont soigneusement débarrassés de la partie blanchâtre amère appelée « ziste ». Ces zestes (partie orange) peuvent être utilisés en julienne ou en brunoise. Il ne faut pas utiliser la peau des fruits qui ont été traités par un procédé chimique.

MODES D'UTILISATION	TYPE D'ALIMENT	FRUITS UTILISÉS	EXEMPLES D'UTILISATION
Salades composées		Oranges, mandarines, pamplemousses, citrons	Salade d'agrumes
		Pamplemousses, poires, pommes, raisins blancs, oranges	Salade Alexandre
		Pommes vertes, groseilles	Salade Alice
		Ananas, bananes, pamplemousses, pommes	Salade Florida
Garnitures de...	**Poissons**	Oranges, pamplemousses, citrons	Sole aux agrumes
	Volailles	· Oranges · Pruneaux	· Canard à l'orange  · Lapin aux pruneaux
	Viandes	· Figues · Ananas	· Jambon braisé aux figues · Carré de porc Virginie
	Abats	Baies de cassis	Foie de veau au cassis
	Gibiers	· Raisins · Gelée de groseilles	· Cailles aux raisins · Chevreuil Grand veneur
Sauces		Oranges bigarades	Sauce bigarade (canard à l'orange)
		Oranges sanguines	Sauce maltaise
		Jus de citron	Sauce hollandaise

MODES D'UTILISATION	TYPE D'ALIMENT	FRUITS UTILISÉS	EXEMPLES D'UTILISATION
Décors		· Segments d'oranges, de citrons, de pêches… · Juliennes, lanières de peau de fruits · Agrumes	· Festonnages de plats (pour entourer un plat) · Historiés
Pâtisseries		Fraises, framboises, abricots…	Coulis (purée de fruits)
		Tous les fruits	Salades de fruits
		Tous les fruits	Soufflés, bavarois, mousses, beignets
		Oranges, citrons	Crêpes Suzette

#vidéo
Les fruits et légumes c'est quoi ?
foucherconnect.fr/25vtechculi28

Fiche 22

LES PRODUITS MARAÎCHERS ET DU VERGER

Les légumes

1 Présentation

■ Les légumes ont une connotation positive sur la diététique et la santé. La consommation croissante de produits bio, la mise sur le marché des légumes oubliés et le souci du « bien manger » font apparaître de nouveaux modes de vie et d'alimentation (végétariens, vegan).

■ Le légume est la **partie comestible d'une plante potagère**. Les légumes sont en majorité saisonniers, mais grâce aux procédés de conservation performants et aux transports et échanges internationaux rapides, on trouve une grande variété de légumes tout au long de l'année.

2 Classification

CLASSIFICATION	TYPE	CLASSIFICATION	TYPE
Bulbes	Oignons, ail 	Racines	Carottes, navets 
Feuilles	Salades, épinards 	Fruits	Tomates, courgettes, haricots verts 
Tiges	Asperges, poireaux, céleri branche 	À cosses	Petits pois, haricots verts 

Tubercules	Pommes de terre 	**Fleurs**	Choux-fleurs 
Légumineuses	Lentilles, haricots blancs 	**Champignons**	Ni animal, ni végétal, ils sont considérés comme des légumes en cuisine : Pleurote, de Paris, Cèpes 
Algues	Brunes : wakamé, haricots de mer Rouges : dulse, nori Vertes : laitue de mer 		

3 Commercialisation

A. Étiquetage

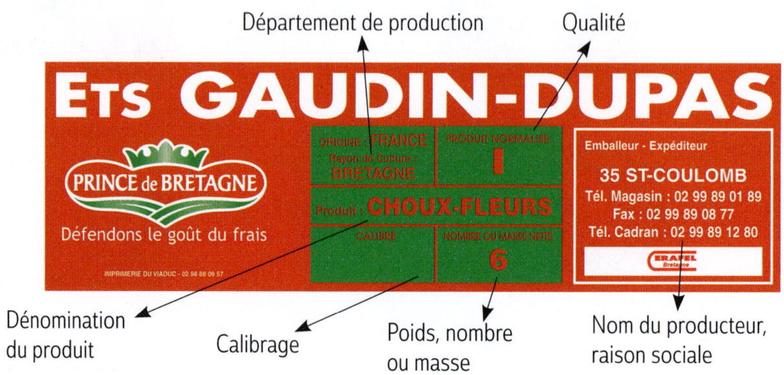

B. Gammes

Les légumes sont commercialisés en 5 gammes :
- 1re **gamme** : produits frais et réfrigérés ;
- 2e **gamme** : appertisés, boîtes, bocaux, conserves et semi-conserves ;
- 3e **gamme** : surgelés entiers détaillés, en purée, en galet ;
- 4e **gamme** : crus, conditionnés sous vide ou sous atmosphère contrôlée et réfrigérés ;
- 5e **gamme** : cuits, conditionnés sous vide et réfrigérés.

CLASSIFICATION	NORMES DE COMMERCIALISATION 1RE GAMME (FRAIS)		CRITÈRES DE QUALITÉ
	TYPE	SAISONNALITÉ	ASPECT
Bulbes	Oignons, ail	Récolte juin à août	Fermes et brillants
Racines	Carottes, navets	Toute l'année	Fermes et bien lisses
Feuilles	· Salades · Épinards	· Toute l'année · Avril à octobre	Feuilles croquantes
Fruits	Tomates, courgettes, haricots verts	Mai à septembre	Sans taches
Tiges	Asperges, poireaux, céleri branche	Avril à juin	Tiges blanches
À cosses	· Petits pois · Haricots verts	· Mai à septembre · Juillet à septembre	Bien sèches et propres
Tubercules	Pommes de terre	Avril à juillet	Fermes et sans taches
Fleurs	Choux-fleurs	Septembre à mai	· Pomme blanche · Lourds et fermes
Légumineuses	Lentilles, haricots blancs	Toute l'année	Secs et propres
Champignons	· Pleurotes, Paris · Cèpes · Truffe	· Toute l'année · Août à novembre · Septembre à mars	· Fermes et sans taches · Fermes · Fermes
Algues	· Brunes : wakamé · Rouges : Dulse · Vertes : Laitue de mer	· Hiver et printemps · 1er mai au 15 novembre · Toute l'année	· Ferme et bonne couleur · Ferme et bonne couleur · Ferme et bonne couleur

4 Conservation

Les légumes se conservent entre + 3 °C et + 6 °C exceptés les tubercules qui doivent être conservés à température ambiante et à l'abri de la lumière, ainsi que certains bulbes comme l'ail, les oignons et les échalotes.

5 Utilisation culinaire

LÉGUMES	PRÉSENTATION	COMMERCIALISATION	EXEMPLES
Carottes	• Rondelles • Râpées • Juliennes • Entières • Jardinières	• Fraîches • Appertisées • Surgelées • Sous vide	• Carottes râpées au cumin • Gratin de carottes • Carottes Vichy • Carottes glacées
Haricots verts	Entiers	• Frais • Appertisés • Surgelés • Sous vide	• Fagots de haricots verts • Haricots verts vinaigrette • Salade niçoise
Épinards	Entiers, hachés	Frais, appertisés, surgelés	• Épinards sauce Mornay • Œufs mollets, florentine
Oignons	Entiers, émincés, hachés	Frais, surgelés	• Beignets d'oignons • Oignons confits
Tomates	Entières, concentrées, concassées, entières mondées	Fraîches, appertisées, surgelées	• Tomates confites • Sauce américaine • Coulis de tomates
Pommes de terre	• Entières • Rondelles • Râpées • Bâtonnets, cubes	Fraîches, surgelées, sous vide	• Pommes Darphin • Gratin façon dauphinois • Pommes rissolées • Pommes sautées à cru

Exercice 1 Livraison des fruits et légumes

Votre maraîcher vient de vous livrer la marchandise pour réaliser une partie du repas. Le chef vous demande de vérifier les produits et leur qualité.

1. À l'aide de l'étiquette ci-dessus, complétez le tableau suivant :

MENTIONS OBLIGATOIRES	RENSEIGNEMENTS DE L'ÉTIQUETTE
Emballeur	
Nom du produit et variété	
Catégorie	
Origine	
Calibre	
Nombre ou poids	

2. Les fruits rouges livrés ne sont pas de bonne qualité et votre fournisseur n'en a plus en stock. Par quels fruits à noyaux peut-on les remplacer ? ....

Exercice 2 Familles de fruits et légumes

1. Attribuez 2 à 3 fruits à chaque famille listée dans le tableau ci-dessous :

FAMILLES	FRUITS
Agrumes	
Fruits exotiques	
Fruits rouges	
Fruits noyaux	
Fruits pépins	
Fruits oléagineux	
Fruits amylacés	
Fruits secs	

2. Attribuez les légumes listés ci-dessous à leur famille correspondante dans le tableau : *lentilles, navets, asperges, pommes de terre, salades, choux-fleurs, petits pois, ail, tomates, carottes, courgettes, épinards, haricots verts, oignons.*

FAMILLES	LÉGUMES
Bulbes	
Racines	
Feuilles	
Fruits	
Tiges	
À cosses	
Tubercules	
Fleurs	
Légumineuses	

3. Donnez 2 à 3 applications culinaires pour chacun des fruits ou légumes suivants :

LÉGUMES/FRUITS	EXEMPLES D'UTILISATION CULINAIRE
Carottes	
Haricots verts	
Épinards	
Oranges, citrons, pamplemousses	
Ananas	
Oignons	
Tomates	
Pommes de terre	

#corrigés
Corrigés des exercices
foucherconnect.fr/25vtechculi29

LES PRODUITS DE LA PÊCHE

Les poissons, les coquillages et les crustacés

1 Présentation

■ Les produits de la pêche sont nombreux : poissons, coquillages et crustacés. Chaque année les Français consomment en moyenne 32,5 kg de produits aquatiques par habitant dont 24 kg de poissons et 8,5 kg de fruits de mer. Par leur teneur haute en protéines et faible en lipides, les produits aquatiques possèdent de **bonnes qualités nutritionnelles et diététiques**. Face à la raréfaction des ressources, les produits de pisciculture (élevage) trouvent leur place sur le marché.

■ Les **poissons** sont des **animaux vertébrés aquatiques** à branchies, dotés de nageoires, dont le corps est souvent couvert d'écailles. On les trouve dans les eaux douces, les mers, les sources de montagne et les hauts fonds marins.

■ Les **coquillages** sont des **animaux à corps mou**, protégés par une coquille, dont la majorité est aquatique. Ils se divisent en 2 groupes : les lamellibranches bivalves (2 coquilles) et les gastéropodes univalves (1 coquille).

■ Les **céphalopodes** sont des **mollusques marins** sans coquille (ou avec une coquille interne). Ils ont une tête bien développée et plusieurs bras ou tentacules munis de ventouses.

■ Les **crustacés** sont des **animaux aquatiques**, principalement marins, qui ont une carapace rigide (appelée exosquelette) et plusieurs paires de pattes avec un abdomen plus ou moins développé.

2 Classification

Différentes classifications existent : par **anatomie**, par **habitat** (eau douce, eau salée, diadrome), par **origine** (sauvage ou élevage), ou encore par **teneur en matière grasse**.

A. Les poissons

CLASSIFICATION	FORMES	ESPÈCES	NOMBRE DE FILETS
Poissons de mer	**Poissons plats** 	• Barbue, plie • Turbot • Sole	• 4 filets • 4 filets • 4 filets
	Poissons plats cartilagineux	• Raie	• Joues et ailes
	Poissons ronds 	• Saint-Pierre • Dorade royale • Loup • Merlan • Cabillaud • Truite de mer, bar • Thon, sardine	• 2 filets • 2 filets • 2 filets • 2 filets • 2 filets • 2 filets • 2 filets
Poissons d'eau douce	**Poissons ronds** 	• Truite • Sandre • Brochet • Carpe	• 2 filets • 2 filets • 2 filets • 2 filets
Poissons diadrome (eau de mer et eau douce)	**Poissons ronds**	• Saumon	• 2 filets
	Poissons serpentiformes	• Lamproie • Anguille	• Aucun • 2 filets

POISSONS MAIGRES	POISSONS GRAS	POISSONS TRÈS GRAS
– de 5 % de lipides	5 à 10 % de lipides	+ de 10 % de lipides
• La sole • Le turbot • Le merlan	• La sardine • La carpe	• Le thon • Le saumon

B. Les coquillages

LES COQUILLAGES BIVALVES	Huîtres, moules, **Saint-Jacques**, pétoncles ou vanneaux, praires, clams, palourdes, couteaux, coques, amandes de mer, vernis	
LES COQUILLAGES UNIVALVES	**Bigorneaux**, buccins, ormeaux, escargots terrestre, patelle ou bernique	
LES CÉPHALOPODES	Calamar, seiche, poulpe, pieuvre	

À SAVOIR

Dénomination des cultures de coquillages :
- **la conchyliculture** : culture des coquillages ;
- **l'ostréiculture** : culture des huîtres ;
- **la mytiliculture** : culture des moules ;
- **la pectiniculture** : culture des coquilles Saint-Jacques ;
- **la vénériculture** : culture des praires, clams, palourdes.

C. Les crustacés

LES CRUSTACÉS AVEC ABDOMEN DÉVELOPPÉ	Queue longue présentant un abdomen développé (**crevette**, langouste, homard)	
LES CRUSTACÉS AVEC ABDOMEN ATROPHIÉ	Queue large dont l'abdomen est court. Aussi appelés brachyoures (araignée, **tourteau**)	

3 Commercialisation

■ Il existe de nombreux **types de pêches** classés en fonction :

- de la **taille du bateau** et du **temps écoulé en mer** :
  - **côtière** : petit bateau partant pour la journée ;
  - **hauturière** : bateau moyen partant en haute mer pour plusieurs jours ;
  - **terra-nova** : bateau usine partant plusieurs mois.
- du **matériel utilisé pour pêcher** : ligne, senne, casier, chalut, filet maillant, drague, à pied...

■ Les réglementations UE 1379/2013 et UE 1420/2013 imposent l'étiquetage des produits de la pêche et de la pisciculture qui doit indiquer :

- la **dénomination commerciale** ;
- le **nom scientifique** ;
- la **zone de pêche** ou le **pays d'élevage** ;
- la **méthode de production** (pêché en mer, en eau douce ou élevé) ;
- la **catégorie de l'engin de pêche** ;
- la **mention « décongelé »** le cas échéant.

#vidéo
Traçabilité/étiquetage
foucherconnect.fr/25vtechculi30

■ Cette réglementation est valable **pour tous les produits** vendus au détail en poissonnerie, en grande surface ou sur les marchés, qu'ils soient à l'état frais, réfrigérés, congelés, entiers ou en filets, salés, séchés ou en saumure. L'obligation s'applique aussi bien aux produits pêchés ou élevés en France, qu'aux produits issus d'autres États de l'Union européenne ou aux produits importés de pays tiers.

#vidéo
Critères de fraîcheur et de qualité
foucherconnect.fr/25vtechculi31

4 Conservation

#vidéo
Stockage et conservation
foucherconnect.fr/25vtechculi32

■ Les poissons sont des produits fragiles et se consomment rapidement après la pêche. Ils doivent être conservés sous glace et à part des autres aliments. Selon leur présentation commerciale, il est impératif de ne pas rompre la chaîne du froid :

FRAIS SOUS GLACE NON ÉVISCÉRÉ	FRAIS DÉTAILLÉ SOUS VIDE	DÉTAILLÉ, EN FILET SOUS BARQUETTE OPERCULÉE PRÊT À CUIRE	SURGELÉ	PLATS CUISINÉS ÉLABORÉS À L'AVANCE (PCEA)
0 + 2 °C	0 + 2 °C	0 + 2 °C	– 18 °C	0 + 3 °C
DLC 3 à 6 jours	9 jours	7 jours	DDM : plusieurs mois	14 jours

■ Les coquillages se conservent 3 à 5 jours maximum à + 5 °C sans rupture de froid.

■ Les crustacés se conservent plusieurs jours hors de l'eau : vivants à + 2 °C , surgelés à – 18 °C , et en semi-conserves (crevettes en saumure à + 2 °C pendant 4 à 9 semaines).

5 Utilisation culinaire

A. Les poissons

RÉPARATIONS OU MODES DE CUISSON	TECHNIQUES	EXEMPLES
Cru traité en marinade	Scandinave : mariné avec un mélange de sel, de sucre, de poivre, d'aneth et d'huile	• Filet de bar mariné au fenouil • Grawlax
Fumé à froid	Traité industriellement	Saumon d'Écosse fumé, esturgeon fumé, filet d'églefin (haddock)
Poché départ à froid	Dans un court-bouillon ou eau additionnée de lait	• Tronçon de colin-saumon en belle vue (servi entier froid et décoré) • Brochet poché-haddock
Poché départ à chaud	Cuisson spéciale dite « au bleu » dans une nage : liquide aromatique comme un court-bouillon	• Truite brocheton, carpe • Petite nage de poisson
À la vapeur	• Dans un cuiseur à vapeur avec ou sans pression • Les petites pièces peuvent être traitées à la vapeur	Blanc de turbot à la vapeur d'aromates
En papillote	Enveloppé dans du papier sulfurisé ou d'aluminium	Papillote de bar aux zestes de bigarades
À court mouillement	Recouvert partiellement de fumet et de vin	Tous les poissons sauce vin blanc et leurs dérivés (bonne-femme, dieppoise)
Sous vide	Placé dans un sachet spécial de cuisson, le vide d'air est appliqué	• Tresse de sole et saumon • Escalope de turbot aux morilles
Sauté à la poêle	Cuisson dite « meunière », poisson épongé, assaisonné, fariné et sauté dans l'huile et le beurre	Sole, truite, darne de colin, meunière, murat aux amandes
Pané sauté	Le poisson sauté peut être pané	Merlan à l'anglaise, côtelette de saumon Déjazet, sole Richelieu
Pané puis grillé	Les filets de poisson grillé peuvent être panés	• Filet de barbue St Germain • Épigramme de sole sauce tartare
Frit	• Petites pièces de poisson • Préparation : lait salé et farine, bière salée et farine, pâte à frire, pâte à crêpes, panure à l'anglaise	• Petites fritures • Merlan frit • Croquette, goujonnette

RÉPARATIONS OU MODES DE CUISSON	TECHNIQUES	EXEMPLES
Grillé	· Petites pièces ou leurs filets · Placés en marinade instantanée, grillés sur grill propre et chaud	· Sole, tronçon de turbot, darne de saumon · Bar grillé au fenouil, beurre d'anis
Braisé	Grosses pièces de poissons au four sur garniture aromatique avec fumet réduit, vin blanc ou rouge selon la recette	· Turbot braisé au champagne · Gigot de lotte braisé aux choux verts
Sauté en sauce (ragoûts)	· À brun (technique du ragoût) · Le poisson est détaillé, rissolé et cuit à couvert avec fumet au vin rouge, velouté et garniture aromatique · À blanc (technique de fricassée)	· Matelote d'anguille normande, marinière · Fricassée de lotte aux petits légumes, basilic
Au plat	Poisson au four dans un plat beurré, échalotes ciselées, jus de citron, essence de truffes, vin blanc ou vin rouge. Cuisson du poisson obtenue simultanément à la réduction de la sauce	· Sole au plat · Sole au plat Othello · Merlan au plat
Au gratin	Cuisson au plat pour obtenir un triple résultat : – la cuisson du poisson ; – la réduction de la sauce à l'état sirupeux ; – l'obtention d'un gratin par ajout de mie de pain et de parcelles de beurre.	· Sole Albert · Sole Mireille

#vidéo
Cuisiner le poisson cru
foucherconnect.fr/25vtechculi33

B. Les coquillages

	MODES DE CUISSON ET UTILISATIONS						
	POCHER	À LA MARINIÈRE	GRILLER	EN RAGOÛT	VAPEUR	SAUTER	FRIRE
Huîtres	Farcies		Brochettes	Ragoût de fruits de mer		Panées	
Coquilles Saint-Jacques	· Dieppoise · Gratin · Feuilletés		Brochettes		· Feuilletés · Garniture de poissons	· Simples · Panées	

	MODES DE CUISSON ET UTILISATIONS						
	POCHER	À LA MARINIÈRE	GRILLER	EN RAGOÛT	VAPEUR	SAUTER	FRIRE
Moules		· Farcies, gratinées · Garniture de quiche		Ragoût de fruits de mer		· Panées · Garniture de poisson	· Enrobage · Pâte à frire
Praires, palourdes		· Garniture de poisson · Garniture de quiche				· Panées · Garniture de poisson	· Enrobage · Pâte à frire
Coques		· Garniture de poisson · Garniture de quiche		Ragoût de fruits de mer		· Panées · Garniture de poisson	· Enrobage · Pâte à frire
Bigorneaux	Plateau de fruits de mer						
Buccins ou bulots	Plateau de fruits de mer						
Ormeaux				Ragoût de fruits de mer		Persillade	
Escargots	Farcis au beurre escargot			Cassolette			

#vidéo
Coquillages à la carte !
foucherconnect.fr/25vtechculi34

C. Les crustacés

	MODES DE CUISSON ET UTILISATIONS						
	POCHER	À LA NAGE	GRILLER RÔTIR	RAGOÛT	VAPEUR	SAUTER	FRIRE
Crabe	Plateau de fruits de mer						
Crevette, gambas	Plateau de fruits de mer	Servie avec nage	Béarnaise, tartare			Flambé	Beignets
Écrevisse		Servie avec nage		À la bordelaise	Garniture de salades	Bisque	
Étrille						Base de sauce américaine	
Homard	Froid en Bellevue, aspics	Servie avec nage	Thermidore	À l'américaine	Garniture de salades	Base de sauce américaine	
Langouste	Plateau de fruits de mer, gratins	Servie avec nage	Beurre de corail	Ragoût de fruits de mer	Garniture de salades	Au beurre d'herbes	
Langoustine	Plateau de fruits de mer, gratins	Servie avec nage	Béarnaise, tartare, hollandaise	Ragoût de fruits de mer	Garniture de salades	Flambée à l'armagnac	Beignets

Exercice 1 Les poissons

1. Donnez les critères de fraîcheur des poissons en complétant le schéma ci-dessous :

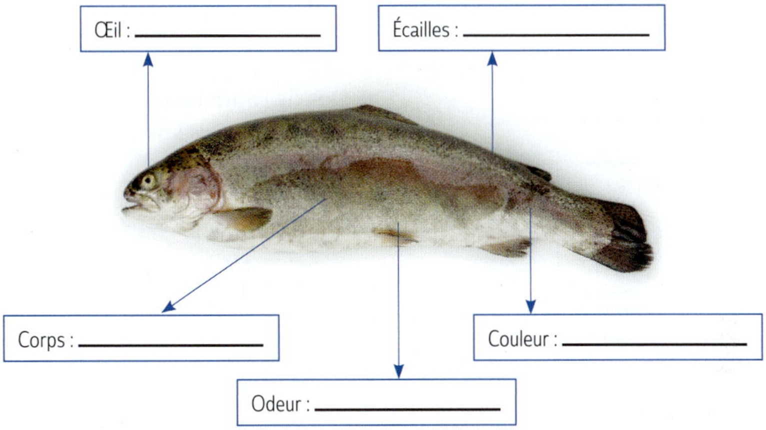

2. Citez 3 formes de conservation du poisson :

3. Complétez le tableau suivant :

POISSONS DE	FORME	NOMBRE DE FILETS
Cabillaud		
Turbot		
Saint-Pierre		
POISSONS D'..........................	**FORME**	**NOMBRE DE FILETS**
Sandre		

4. Complétez le tableau suivant :

PRÉSENTATION	T° DE CONSERVATION	LIMITES DE CONSERVATION
Frais sous glace non éviscéré	De 0 à + 2 °C	DLC 3 à 6 jours
Frais détaillé sous vide		
• Détaillé, en filet sous barquette operculée • Prêt à cuire		
Surgelé		DDM plusieurs mois
Plats cuisinés élaborés à l'avance (PCEA)		

Exercice 2 **Légender**

Complétez les informations manquantes qui font référence à l'étiquette :

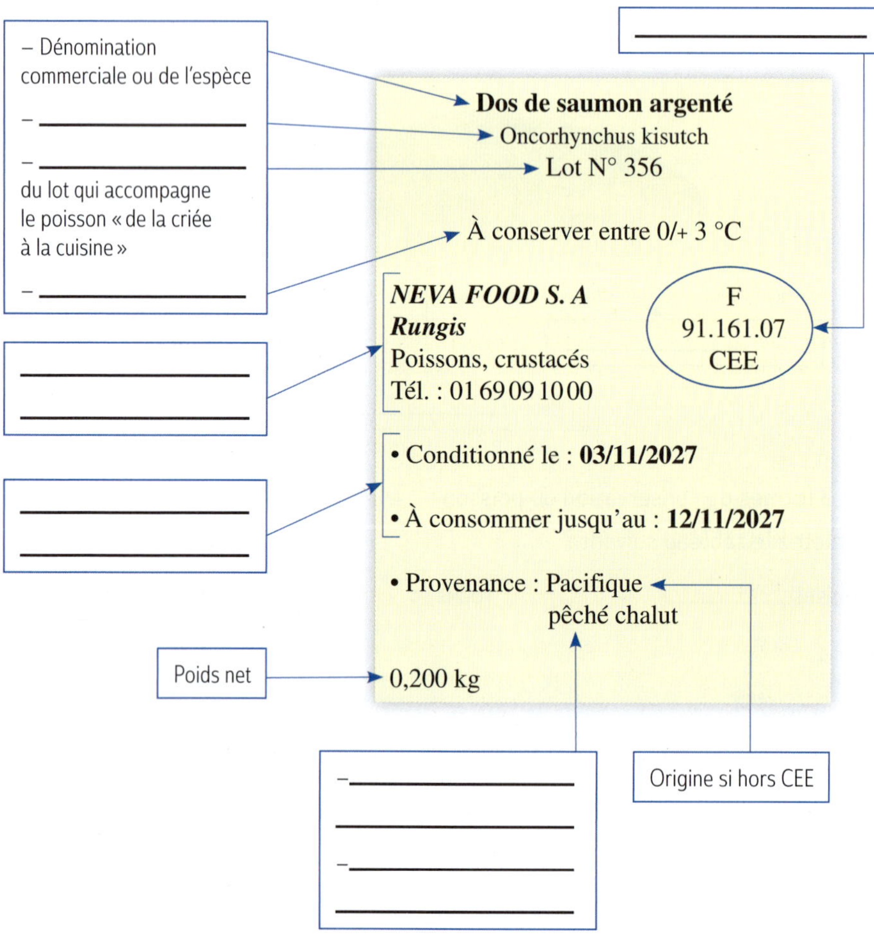

#corrigés
Corrigés des exercices
foucherconnect.fr/25vtechculi35

Fiche 24

Présentation générale

1 Présentation

■ La viande est l'aliment principal des Européens. Pour des questions de santé et de diététique, les habitudes alimentaires ont évolué : la consommation de viande se fait plus modérée et la qualité est privilégiée. Le cuisinier doit être capable de connaître un certain nombre de morceaux et de différencier la qualité afin de réaliser ses plats.

■ Le mot « viande » désigne la **chair musculaire des animaux domestiques**. La viande de boucherie qualifie plus spécifiquement la chair des bovins, ovins, caprins, porcins et équidés.

INFO

L'origine du mot « viande » provient du latin « vivenda » qui désignait autrefois l'ensemble des mets destinés à l'alimentation, et ce jusqu'au XVIIe siècle.

2 Classification

A. Par familles

LES BOVINS	Le bœuf, la vache, le taureau
LES OVINS	Le mouton, l'agneau, la brebis
LES PORCINS	Le porc, le cochon de lait, le porcelet
LES CAPRINS	La chèvre, le chevreau
LES ÉQUIDÉS	Le cheval, la jument

INFO

La viande de cheval n'est pas proposée en restauration pour des questions éthiques.

#vidéo

Rungis : le temple de la viande française

foucherconnect.fr/25vtechculi36

B. Par couleurs

LES VIANDES ROUGES	Le bœuf et le mouton (le cheval est commercialisé séparément)
LES VIANDES BLANCHES	Le veau, l'agneau de lait, le porc et le chevreau

C. Par catégories

CATÉGORIES	LOCALISATION
1re catégorie	Parties postérieures (cuisses) et lombaires (dos)
2e catégorie	Parties antérieures (épaule) et région costale
3e catégorie	Poitrine, collier, abdomen, extrémités des membres

D. Par la qualité

■ Elle n'est pas liée à la catégorie car elle est la même pour tout animal. Elle dépend de facteurs très divers tels que :

- l'**âge** ;
- le **sexe** ;
- la **race** ;
- le **mode d'élevage** ;
- l'**alimentation**...

■ L'âge de l'animal et son alimentation jouent un rôle important dans la couleur de la viande.

CRITÈRES	VIANDE DE BONNE QUALITÉ	VIANDE DE QUALITÉ INFÉRIEURE
Aspect	Masse musculaire volumineuse, compacte, ferme et souple sous la pression des doigts	Musculature insuffisante, flasque, poisseuse, élastique
Couleur	· **Pour le bœuf et le mouton** : rouge vif, brillante et soutenue · **Pour le porc** : rose pâle et sans trace d'humidité · **Pour le veau** : blanc satiné avec des reflets irisés	· **Pour le bœuf** : rouge trop clair, rouge terne, noirâtre, verdâtre ou trop foncé · **Pour le porc ou le veau** : rouge
Odeur	Douce et agréable	Pas d'odeur ou odeur trop forte
Finesse du grain à la coupe	Blanche et ferme, présence de persillé et de marbré	Grain rugueux
Aspect et couleur de la graisse	Blanche	Jaunâtre, molle, pas de marbré ou de persillé

3 Commercialisation

Pour choisir ses carcasses de bovins et ovins, le professionnel est aidé par le sigle « **EUROP** ». Chaque lettre correspond à la **conformation musculaire** (rapport muscles et os). La numérotation de 1 à 5 est liée à l'**état d'engraissement** (quantité de graisse) et la numérotation de 1 à 4 est attribuée spécifiquement à la **couleur de la chair** du veau.

LETTRES – CONFORMATION MUSCULAIRE				
E	U	R	O	P
Excellente	Très bonne	Bonne	Assez bonne	Passable
CHIFFRES – ÉTAT D'ENGRAISSEMENT				
1	2	3	4	5
Maigre	Ciré ou peu couvert	Couvert	Gras	Très gras
COULEUR DE LA CHAIR DU VEAU				
0	1	2	3	4
Blanc	Rosé très clair	Rosé clair	Rosé	Rouge

4 Conservation

La **maturation** est une étape décisive dans l'obtention d'une viande de qualité. Pour améliorer la tendreté de la viande, on la conserve dans des chambres froides ventilées de 0 à +2 °C. La durée de maturation est variable selon le type de viande :
- pour le **bœuf** : 10 à 12 jours ;
- pour le **mouton** : 6 à 7 jours ;
- pour le **porc et le veau** : 4 à 5 jours.

#vidéo
Viande maturée : information et explication
foucherconnect.fr/25vtechculi37

5 Utilisation culinaire

La catégorie est directement liée à l'emplacement du morceau sur la carcasse et détermine son mode de cuisson.

CATÉGORIES	MODE DE CUISSON
1re catégorie	**Cuissons courtes** : griller, sauter, rôtir
2e catégorie	**Cuissons mi-longues** : poêler, braiser, sauter en sauce
3e catégorie	**Cuissons longues** : pocher, braiser, sauter en sauce

Fiche 25

LES VIANDES DE BOUCHERIE

Le bœuf

1 Présentation

■ La viande de bœuf est la 2e viande la plus consommée en France. La consommation de viande est en baisse régulière depuis une douzaine d'années : les crises sanitaires, les préoccupations écologiques et éthiques peuvent expliquer cette baisse.

■ L'appellation « bœuf » désigne les viandes de différents **bovins** : **génisse, bœuf, jeune vache, vache adulte, taureau**. Ces viandes bovines sont vendues selon leur type racial : **races laitières**, **races à viande** et **races mixtes** (qui produisent beaucoup de lait et une viande de qualité).

 # vidéo
Quelles races de vaches trouve-t-on en France ?
foucherconnect.fr/25vtechculi38

2 Classification

A. Les différents bovins

DÉNOMINATIONS	CARACTÉRISTIQUES DE L'ANIMAL	RACES
Génisse	Femelle n'ayant jamais vêlé. Abattue à environ 28 mois	Charolaise, Blonde d'Aquitaine, Rouge des prés, Normande, Limousine, Gasconne, Aubrac…
Jeune vache	Femelle de moins de 5 ans ayant vêlé	
Vache adulte	Femelle de plus de 5 ans ayant vêlé. Abattue entre 6 et 8 ans	
Jeune bovin	Mâle castré de moins de 2 ans (bouvillon). Abattu entre 15 et 18 mois	
Taureau	Mâle de plus de 2 ans	
Bœuf	Mâle castré de plus de 2 ans. La viande est meilleure quand l'animal est abattu entre 3 et 5 ans	

B. Les morceaux et les catégories

CATÉGORIES	QUARTIER ARRIÈRE
1re	Tranche, tranche grasse, rumsteck, faux-filet, contre-filet, filet, milieu de train de côtes (2 côtes premières, 3 côtes secondes), entrecôtes (milieu de train de côtes)
2e	Semelle ou gîte à la noix, aiguillette de rumsteck, aiguillette baronne
3e	Crosse, jarret ou gîte-gîte
CATÉGORIES	**QUARTIER AVANT**
1re	Pas de morceaux de 1re catégorie
2e	Épaule ou raquette, plat de côtes couvert et découvert, macreuse à pot-au-feu, paleron, derrière de paleron, surlonge
3e	Flanchet, milieu de poitrine, gros bout de poitrine, crosse, gîte de devant, veine grasse, veine maigre

 # vidéo
Découper un carré de bœuf
foucherconnect.fr/25vtechculi39

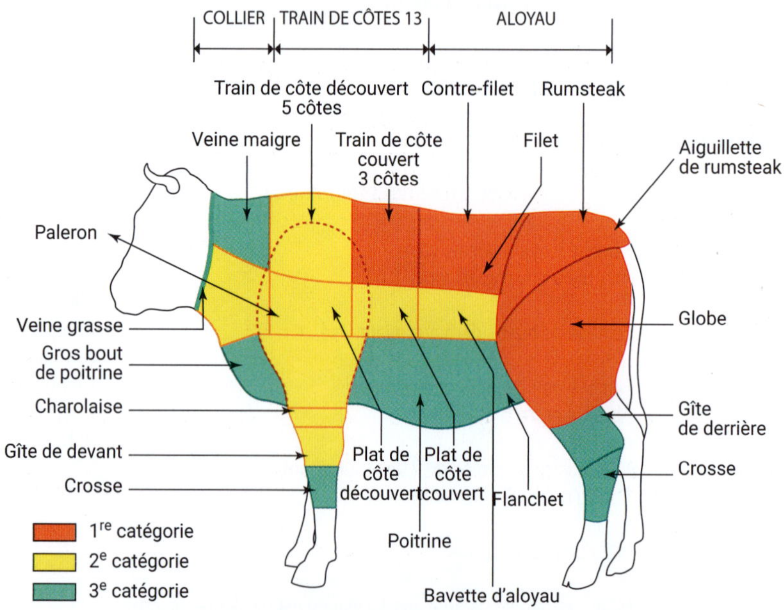

↑ *Catégories et morceaux du bœuf*

3 Commercialisation

■ Chaque bovin possède un « passeport », le document d'accompagnement bovin (**DAB**), qui suit l'animal de l'abattage jusqu'à la distribution. Ce système, qui garantit l'origine précise de la viande, est ce que l'on appelle la « **traçabilité** ».

■ L'**attestation sanitaire** doit obligatoirement être collée après analyse sur le passeport : elle certifie que l'animal est sain.

■ Le n° de la boucle mise à l'oreille de l'animal à la naissance est son **n° d'identification** qui le suit tout au long de sa vie (n° de travail).

■ Le sigle **VBF** (**viande bovine française**) confirme que le bovin est né, a été élevé puis abattu en France. Si l'animal n'est pas né en France, l'étiquette doit préciser le pays de naissance.

VIANDES OCCITANES 82000 MONTAUBAN				
Lieu de naissance FRANCE		Catégorie VACHE ADULTE		Type VIANDE
Pays d'élevage FRANCE		Lieu d'abattage FRANCE FR82-121-0060		Lieu de découpe FRANCE FR82-121-384CE
BOURGUIGNON CUBE S/OS Viande Bovine À conserver entre 0 °C et 4 °C				
Emballé le : 02.10.2025		N° de LOT : À consommer jusqu'au :		8105515 17.10.2025
				Poids nets 0,636 kg

4 Conservation

■ Les **viandes découpées** se conservent 3 à 4 jours au réfrigérateur dans leur papier d'origine à + 2 °C maximum. Congélation à – 18 °C.

■ Les **viandes hachées** préparées par le boucher doivent être consommées dans les 12 heures qui suivent l'achat à + 2 °C maximum. Congélation à - 18 °C.

■ Il ne faut jamais recongeler un produit déjà congelé.

5 Utilisation culinaire

Le cuisinier doit connaître les principaux morceaux pour réaliser des recettes de base.

MORCEAUX	CATÉGORIES		MODES DE CUISSON	TEMPS DE CUISSON	APPELLATIONS CULINAIRES
Grosses pièces : tranche, tende de tranche, rumsteck, entrecôte, filet, faux-filet	1re		Rôtir	Suivant le poids	Filet de bœuf et bouquetière de légumes, faux-filet rôti et jardinière de légumes, filet de bœuf Wellington
Pièces détaillées : rumsteck, faux-filet, entrecôte, filet, côte de bœuf, bavette	1re		• Sauter • Griller	Court	Tournedos sauté châtelaine, entrecôte bordelaise, Chateaubriand béarnaise, côte de bœuf garniture nivernaise
Grosses pièces : gîte, plat de côte, flanchet, poitrine, paleron, collier, jumeaux, macreuse	2e	3e	• Pocher • Braiser	Long à très long	Pot-au-feu, consommé de bœuf, aiguillette braisée garniture bourgeoise
Pièces détaillées : paleron, gîte à la noix, aiguillette baronne, basse-côte	2e	3e	En ragoût	Long à très long	Bœuf bourguignon, estouffade provençale, goulasch hongrois
Viande hachée					Steak tartare, hamburgers grillés ou sautés, cromesquis

INFO Pour les appellations culinaires, se référer au *Répertoire de la cuisine* de Gringoire et Saulnier.

Fiche 26

LES VIANDES DE BOUCHERIE

Le veau

1 Présentation

■ Avec une consommation de 3,5 kilos par an et par habitant, la France est le plus gros consommateur de viande de veau en Europe. Elle est aussi le premier producteur (environ 200 000 tonnes), devant les Pays-Bas et l'Italie. Peu grasse, source de protéines, de vitamines et de nutriments, cette viande blanche est souvent recommandée par les nutritionnistes dans le cadre d'une alimentation équilibrée.

■ Le veau est un **jeune bovin mâle ou femelle**, abattu non sevré à environ 4 mois pour les veaux de lait et à 6-10 mois pour les veaux lourds sevrés. Sa viande est dite « **blanche** » du fait que le veau ne consomme que du lait au cours de son élevage.

2 Classification

A. Les différentes classes de veaux

TYPES DE PRODUCTION	CARACTÉRISTIQUES DE L'ANIMAL	RACES
Veau élevé sous la mère (entre 110 et 150 kg)	Abattu à 3 mois, il est nourri exclusivement au lait de sa mère ou d'une vache allaitante	Veau du Limousin, de l'Aveyron, du Ségala, de Normandie (IGP)
Veau nourri au lait entier naturel	Abattu à 5 mois, il est nourri au lait entier naturel	
Veau de tradition française	Abattu à 5 mois, il est nourri de lait ou de produits laitiers	
Veau fermier lourd élevé sous la mère	Abattu entre 6 et 10 mois, il est nourri au lait de sa mère et aux céréales	

B. Les races françaises

Les veaux élevés sous la mère peuvent bénéficier de différents labels (label Rouge, IGP, AOP). Les principales races sont la Limousine, la Blonde d'Aquitaine, la Charolaise, la Gasconne, Salers...

C. Les morceaux et les catégories

La catégorie dépend de la situation des morceaux sur la bête.

#vidéo
La découpe du veau
foucherconnect.fr/25vtechculi40

■ **Le pan** : parties postérieures et lombaires

CATÉGORIES	PIÈCES PRINCIPALES
1re	· Cuisseau : quasi, culotte, cuisseau raccourci (noix, sous noix, noix pâtissière) · Carré couvert, longe, filet
3e	Extrémités : jarret et crosse

■ **La basse ou devant** : parties antérieures et lombaires

CATÉGORIES	PIÈCES PRINCIPALES
1re	Carré découvert
2e	Épaule, flanchet, tendron
3e	Collet, poitrine, jarret et crosse

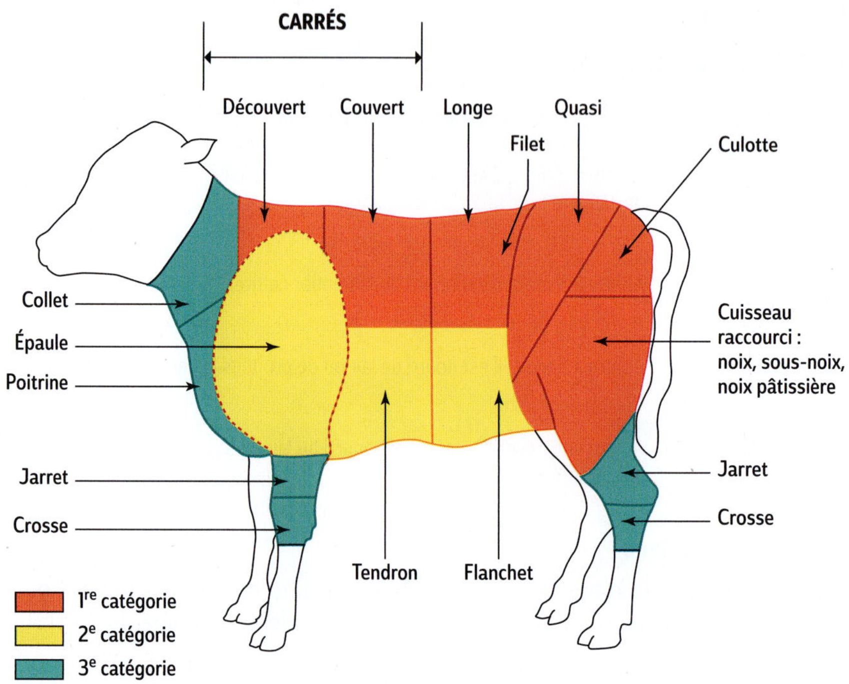

↑ *Catégories et morceaux du veau*

3 Commercialisation

Comme pour le bœuf, le veau possède un « passeport », le document d'accompagnement bovin (**DAB**), qui suit l'animal de l'abattage jusqu'à la distribution. Ce système, qui garantit l'origine précise de la viande, est ce que l'on appelle la **traçabilité**. Le logo « **viande bovine française** » (**VBF**) certifie quant à lui que l'animal est né, élevé et abattu en France. Les obligations d'étiquetage sont les mêmes que pour le bœuf.

 # vidéo
Produit du jour : le veau
foucherconnect.fr/25vtechculi41

4 Conservation

■ Les viandes découpées se conservent 3 à 4 jours au réfrigérateur dans leur papier d'origine à + 2 °C maximum. Congélation à – 18 °C.

■ Il ne faut jamais recongeler un produit déjà congelé.

5 Utilisation culinaire

La catégorie détermine souvent le mode de cuisson.

 # vidéo
Cuisiner le veau
foucherconnect.fr/25vtechculi42

MORCEAUX	CATÉGORIES		MODES DE CUISSON	TEMPS DE CUISSON	APPELLATIONS CULINAIRES
Grosses pièces : quasi, longe, carré, noix, épaule	1re		· Rôtir · Poêler	Suivant le poids	Carré de veau poêlé Choisy, longe de veau Richelieu, bruxelloise
Pièces détaillées : paillardes, piccatas, escalopes, côtes, médaillons	1re		· Sauter · Griller	Court	Viennoise, Milanaise, Maraîchère, cocotte, paprika, Zingara, Duroc
Grosses pièces et pièces détaillées : selle, noix, grenadin, tendrons, fricandeau	2e	3e	· Poêler · Braiser	Moyennement long à long	Briarde, Renaissance, chasseur
Pièces détaillées : collier, poitrine, épaule, tendron, flanchet	2e	3e	En ragoût	Moyennement long à long	Fricassée à l'ancienne, veau marengo, à la catalane
Pièces détaillées : collier, poitrine, épaule, filet	2e	3e	Pocher	Moyennement long à long	· Blanquette à l'ancienne, primeurs et concombre · Filet de veau poché à la ficelle (petit pot-au-feu)

Le mouton

1 Présentation

■ En recul depuis 30 ans pour des raisons de concurrence et de mise en danger des troupeaux par la présence du loup, le mouton français ne représente plus que 45 % de la viande ovine consommée dans le pays.

■ Le mouton est une **espèce domestique de mammifères herbivores** appartenant à la sous-famille des **caprinés**. La viande de mouton est dite « rouge », sauf pour l'agneau de lait qui fait partie des viandes blanches. L'agneau tient une place prépondérante dans les traditions culinaires (Pâques).

2 Classification

A. Les différentes appellations

NOMS	ÂGE	POIDS	PARTICULARITÉS
AGNEAU			
Agneau de lait	5 à 7 semaines	8 kg	Sacrifié très jeune, il est uniquement nourri au lait maternel. Il est vendu chez le volailler
Agneau blanc ou de cent jours	3 à 4 mois	10 à 20 kg	Sacrifié avant d'être sevré, il est principalement nourri au lait de la mère
Agneau gris (souvent de pré-salé)	4 à 10 mois	20 kg et plus	Après le sevrage, les éleveurs poursuivent leur préparation pour la boucherie
MOUTON			
Mouton	12 à 18 mois	28 kg environ	Peut avoir l'appellation d'Antenais ou Broutart
Brebis	1 à 2 ans et plus	25 à 45 kg	Animaux de réforme
Bélier	1 à 2 ans et plus	25 à 45 kg	Animaux de réforme

INFO

Les animaux de réforme sont des animaux qui ne remplissent plus leur fonction première, comme une vache ayant pris de l'âge et qui n'est plus apte pour la production de lait. Elle est alors engraissée puis destinée à la boucherie.

B. Les morceaux et les catégories

La catégorie dépend de la situation des morceaux sur la bête.

#vidéo
La découpe de l'agneau
foucherconnect.fr/25vtechculi43

Les parties postérieures et lombaires

CATÉGORIES	PIÈCES PRINCIPALES
1re	· Carré couvert (côtes premières et secondes), selle anglaise, selle de gigot · Gigot raccourci

Les parties antérieures et lombaires

CATÉGORIES	PIÈCES PRINCIPALES
1re	Carré découvert
2e	Épaule
3e	Collier, haut de côtelettes, poitrine

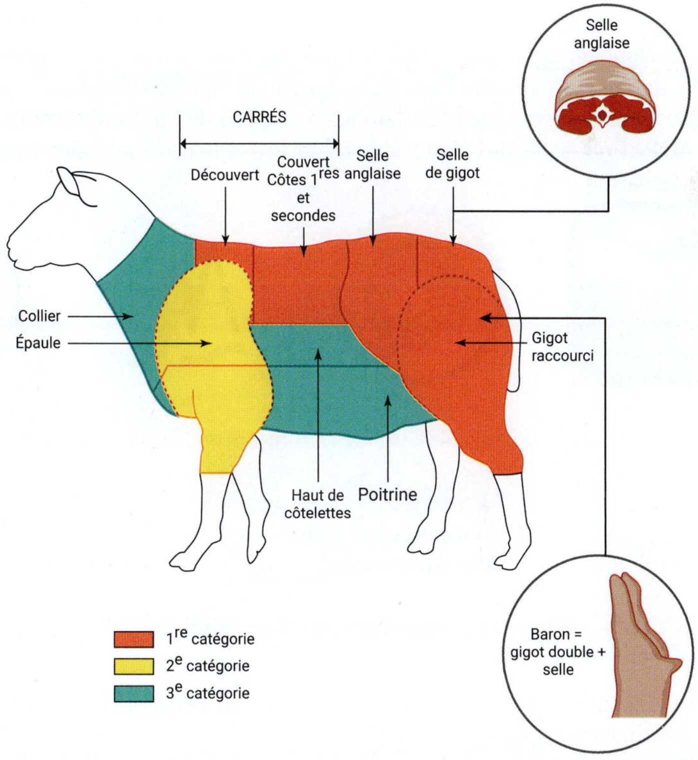

Catégories et morceaux du mouton

3 Commercialisation

↑ *Boucles pour ovins*

- Depuis 2010, tous les agneaux nés dans une exploitation doivent être identifiés :
  - **avant l'âge de 6 mois**, de préférence au plus près de la naissance ;
  - **avant toute sortie de l'exploitation**, si celle-ci a lieu avant que l'animal ait atteint l'âge de 6 mois.
- L'identification se fait en posant **2 boucles**, une à chaque oreille, l'une des 2 boucles doit obligatoirement être **électronique**.
- Le logo « viande ovine française » certifie quant à lui que l'animal est né, élevé et abattu en France.

- Les moutons et agneaux sont vendus sous différents labels :
  - **label Rouge** : agneau de lait des Pyrénées, agneau de Pauillac, agneau de Sisteron, agneau de Vendée, agneau du Bourbonnais, agneau du Périgord, agneau laiton de l'Aveyron, agneau fermier des Pays d'Oc, agneau fermier du Quercy ;
  - **IGP** : agneau de Lozère, agneau du Limousin, agneau de Poitou-Charentes ;
  - **AOC et AOP** : Prés-salés de la baie de Somme, Pré-salé du Mont Saint-Michel, mouton Barèges-Gavarnie.

#vidéo Produit du jour : l'agneau
foucherconnect.fr/25vtechculi44

4 Conservation

- Les viandes découpées se conservent 3 à 4 jours au réfrigérateur dans leur papier d'origine à + 2 °C maximum. Congélation à - 18 °C.
- Il ne faut jamais recongeler un produit déjà congelé.

5 Utilisation culinaire

La catégorie détermine souvent le mode de cuisson.

#vidéo
Agneau à la carte !
foucherconnect.fr/25vtechculi45

MORCEAUX	CATÉGORIES		MODES DE CUISSON	TEMPS DE CUISSON	APPELLATIONS CULINAIRES ET GARNITURES
Grosses pièces : gigot, baron, selle, carré, épaule	1re	2e	• Rôtir • Poêler	Suivant le poids	Selle d'agneau rôtie fleuriste, carré d'agneau poêlé pommes boulangères. Autres garnitures : pommes Anna, flageolets, haricots verts
Pièces détaillées : rouelles de gigot, brochettes côtelettes, noisettes, lamb-chop	1re		• Sauter • Griller	Court	Garnitures : Rachel, Maréchal, vert pré, Champvallon
Grosses pièces : gigot, selle, épaule farcie	1re	2e	• Poêler • Braiser	Moyennement long à long	À la bordelaise
Pièces détaillées : épaule, collier, poitrine, haut de côtelettes	2e	3e	En ragoût	Moyennement long à long	Curry, navarin aux pommes, navarin printanier, couscous, Irish stew, fricassée de veau aux primeurs
Pièces détaillées : collier, poitrine, épaule	2e	3e	Pocher	Moyennement long à long	Blanquette d'agneau printanière, aux courgettes

LES VIANDES DE BOUCHERIE

Le porc

1 Présentation

■ La viande de porc est la plus consommée dans le monde, même si dans certaines religions, elle fait l'objet d'un interdit alimentaire. On la retrouve dans de nombreuses préparations culinaires et en charcuterie, d'autant que toutes les parties du porc sont comestibles. Sa consommation est en progression par rapport à la viande bovine et atteint 32,5 kg par an et par habitant en France, du fait de son coût moins onéreux.

■ **Animal domestique de la famille des suidés**, le porc est essentiellement élevé pour sa chair. Le nom commun est le « cochon ». Le porc mâle (non castré) nommé « verrat » et le porc femelle nommé « truie » (pour la reproduction) sont surtout destinés à la fabrication de la charcuterie. La viande porcine fait partie des viandes blanches.

■ Les principales régions de production sont situées dans le Sud-Ouest, les Pays de la Loire, la Bretagne, la Basse-Normandie et le Poitou-Charentes.

2 Classification

A. Le classement EUROP

Contrairement au bœuf, au veau et au mouton, le porc n'a pas de catégorie. Les carcasses de porc sont classées selon le code EUROP d'après la teneur estimée en viande maigre par rapport au poids de la carcasse :

CLASSEMENT	EE	E	U	R	O	P
Teneur en viande maigre en %	> 60 %	De 55 à 60 %	De 50 à 55 %	De 45 à 50 %	De 40 à 45 %	< 40 %

#vidéo
Produit du jour : le porc
foucherconnect.fr/25vtechculi46

B. Les morceaux

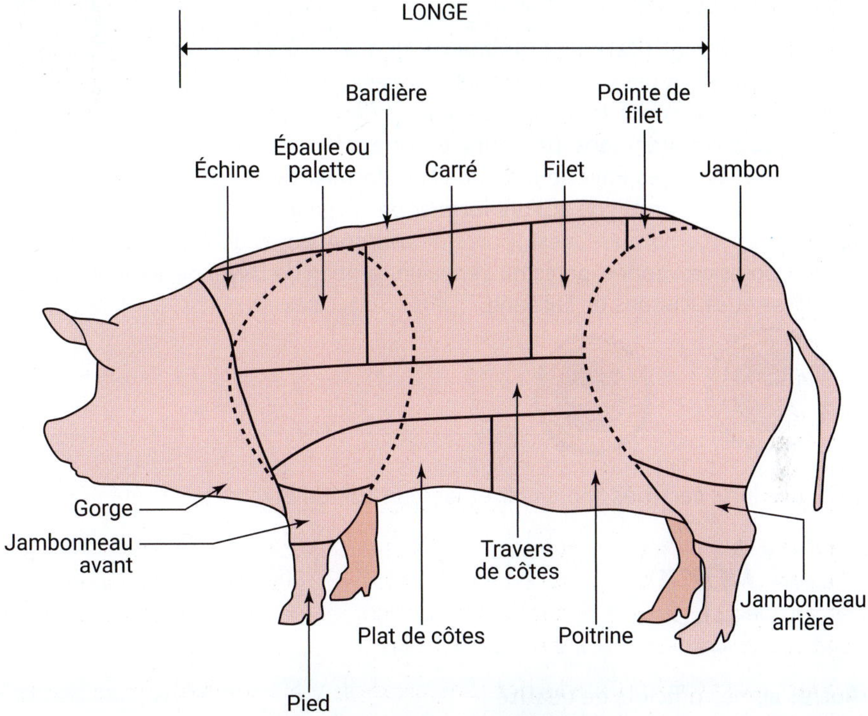

#vidéo
La découpe du demi-porc
foucherconnect.fr/25vtechculi47

3 Commercialisation

A. Identification des porcs

■ Les porcs doivent être identifiés avant de quitter leur élevage. Dans le cas d'une vente ou d'un transfert entre exploitations, cette identification doit être réalisée :

- soit par **tatouage à l'oreille**, avec l'indicatif de marquage de l'exploitation ;
- soit par la **pose d'une boucle jaune** portant l'indicatif de marquage de l'exploitation.

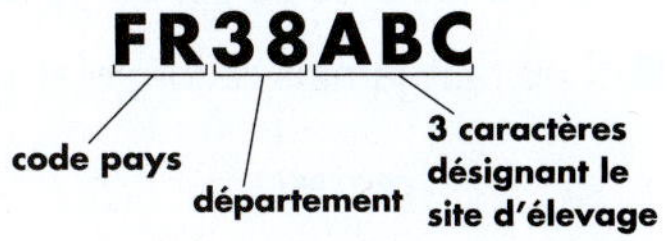

■ Le logo « **viande de porc française** » (VPF) certifie quant à lui que l'animal est né, a été élevé et abattu en France.

B. Labels

Le porc est vendu sous différents labels :

- les « **labels Rouges fermiers plein air** » sont localisés en Auvergne-Limousin, Rhône-Alpes et Aquitaine. Ils représentent 3 labels : Porc fermier d'Auvergne, Porc fermier du Sud-ouest et Porc fermier du Mistral ;
- les « **labels Rouges sans parcours extérieur** » sont présents en Bretagne et dans les Pays de la Loire : Porc fermier de la Sarthe, au Porc tradition de Bretagne et Porc fermier de l'Argoat ;
- **IGP/AOP** : porcs du Sud-Ouest, porcs d'Auvergne, porcs de Normandie, porcs de la Sarthe, porcs de Vendée, porcs du Limousin, jambon de Bayonne, jambon de Lacaune, saucisses et saucissons de Lacaune.
- **AOC produits certifiés** : porc noir et jambon noir de Bigorre ;
- **Autres signes officiels de qualité** :

4 Conservation et critères de qualité

■ Les viandes blanches se conservent 3 jours maximum en enceinte réfrigérée entre 0 °C et 4 °C. Congélation à - 18 °C. Il faut respecter la DLC.

■ La viande crue se conserve aussi dans une marinade ou badigeonnée d'huile d'olive.

■ Il ne faut jamais recongeler un produit déjà congelé.

CRITÈRES	VIANDE DE QUALITÉ
La couleur	Blanche, rosée
La graisse	Bien blanche, ferme et abondante
Le grain	Fin et tendre à la découpe
L'odeur	Douce et peu prononcée

5 Utilisation culinaire

MORCEAUX	MODES DE CUISSON	TEMPS DE CUISSON	APPELLATIONS CULINAIRES ET GARNITURES
Carré couvert et découvert, filet, filet-mignon, jambon, longe	Rôtir	Suivant le poids	Rôti de porc pommes boulangères, aux lentilles, aux choux, aux haricots, avec gratins divers…
Côtes filet, côtes secondes, filet mignon, pieds, poitrine, grillades	· Sauter · Griller	Court	Pieds de porc panés, côte de porc grillée pommes mousselines, pommes sautées, grillades…
Poitrine, jambon, carré couvert et découvert, filet mignon, longe	· Poêler · Braiser	Moyennement long à long	Carré poêlé, Choisy, Flamande, Bruxelloise, jambon braisé caramélisé au miel, à l'ananas…
Échine, épaule	En ragoût	Moyennement long à long	Civet de porc, sauté de porc aux olives…
Échine, épaule, jambon, jambonneau, pieds, travers	Pocher	Moyennement long à long	Jambon de Paris, petit salé aux lentilles, garnitures choucroute alsacienne (palette, poitrine, jambonneau et charcuterie)
PRÉPARATIONS CHARCUTIÈRES			
· Terrines, pâtés, galantine, andouille, andouillette, rillons, rillettes · Saucisses et saucissons : de Morteau, de Strasbourg ou knack, de Toulouse, de Montbéliard, saucisse d'herbes de Lozère, gendarme, saucisson à l'ail, figatellu corse			

INFO

Pour les appellations culinaires, se référer au *Répertoire de la cuisine* de Gringoire et Saulnier.

 # vidéo

Histoire de plat : les jambons

foucherconnect.fr/25vtechculi48

Exercices

Exercice 1 Le bœuf

1. La conformation musculaire est caractérisée par le sigle EUROP et l'état d'engraissement est apposé sur la carcasse selon des critères officiels allant de 1 à 5. Complétez le tableau ci-dessous par les critères correspondants :

#exercices
Exercices supplémentaires
foucherconnect.fr/25vtechculi49

LETTRES OFFICIELLES	CONFORMATION MUSCULAIRE	CRITÈRES OFFICIELS	ÉTAT D'ENGRAISSEMENT
E		1	
U	Très bonne	2	Ciré
R		3	
O		4	
P		5	Très gras

2. Complétez le texte suivant à propos de la viande de bœuf :

Après l'abattage de la bête, la viande doit se mortifier ___________ jours ___________ afin de développer ___________ et ___________. La catégorie est déterminée en fonction de ___________ du morceau de viande sur l'animal. La catégorie donnée à un morceau détermine son ___________ générale.

3. Complétez le tableau suivant en fonction des contraintes qui vous sont imposées.

PLAT À BASE DE BŒUF	INTITULÉ DU PLAT	GARNITURE ET SAUCE D'ACCOMPAGNEMENT (DESCRIPTIF SUCCINCT)
1 plat à base de viande crue		
2 plats de viandes grillées dont un morceau noble		
1 plat de viande rôtie		
1 plat de viande sautée (morceau pour 2 personnes)		
1 plat de viande braisée		

Exercice 2 Le mouton

Replacez les différents morceaux du mouton au bon endroit.

Haut de côtelettes, gigot raccourci, carrés, couvert côtes premières et secondes, selle de gigot, collier, poitrine, selle anglaise, épaule, découvert.

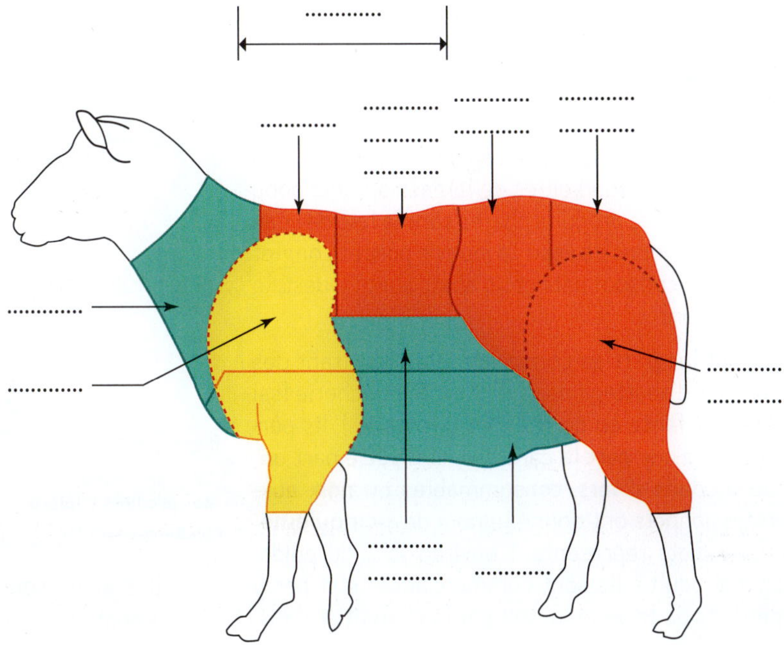

Exercice 3 Le porc

Définissez les 4 critères de qualité de la viande de porc.

CRITÈRES	VIANDE DE QUALITÉ
La couleur	
La graisse	
Le grain	
L'odeur	

#corrigés
Corrigés des exercices
foucherconnect.fr/25vtechculi50

Fiche 29

Les abats

1 Présentation

■ Les abats racontent les traditions, les particularités et les saveurs de notre terroir. Chaque région française a ses recettes d'abats, petites merveilles de la gastronomie populaire. En restauration, les produits phares sont le foie de veau, les ris de veau, les rognons de veau, la joue de porc et l'onglet. Les régions les plus consommatrices d'abats sont l'Ouest, le Centre-Est et le Nord.

↑ *Foie de veau*

#vidéo
Le grand retour des produits tripiers
foucherconnect.fr/25vtechculi51

■ Les abats sont les **parties consommables** résultant des différentes phases d'abattage des animaux de boucherie (saignée, éviscération, fente en demi ou en quartiers…). Ils permettent d'obtenir d'une part la carcasse, et d'autre part un ensemble de produits divers, consommables ou non, auxquels les professionnels ont donné le nom de « **cinquième quartier** ». Ces abats représentent environ 15 % du poids total de l'animal adulte. Ils sont commercialisés soit par le tripier (les abats sont aussi appelés « produits de triperie »), soit par le charcutier dans le cas des abats de porc.

2 Classification

A. Les abats blancs

■ Certains ne sont livrés aux consommateurs qu'après avoir subi une préparation à l'abattoir (vidage, lavage, grattage, épilage, échaudage), selon leur nature et leur utilisation : les **estomacs de bovins** (panse, bonnet, feuillet, caillette), les **intestins** gros et grêle (fraise de veau ou menu de porc), les **pieds**, les **têtes**, les **amourettes** (partie antérieure de la moelle épinière des bovins de moins de 12 mois).

■ D'autres abats blancs ne subissent aucun traitement à l'abattoir et sont directement livrés en l'état : ris, cervelles, crépine (coiffe ou voilette suivant les régions).

B. Les abats rouges

Ils sont collectés dans les abattoirs sans préparation particulière : foie, rognons, cœur, rate (pancréas), joues, palais et museau de bœuf, langue, sang, queue.

INFO Chez le veau et le mouton, l'ensemble poumons-cœur-foie-rate-ris enlevés en une seule pièce s'appelle la « fressure ».

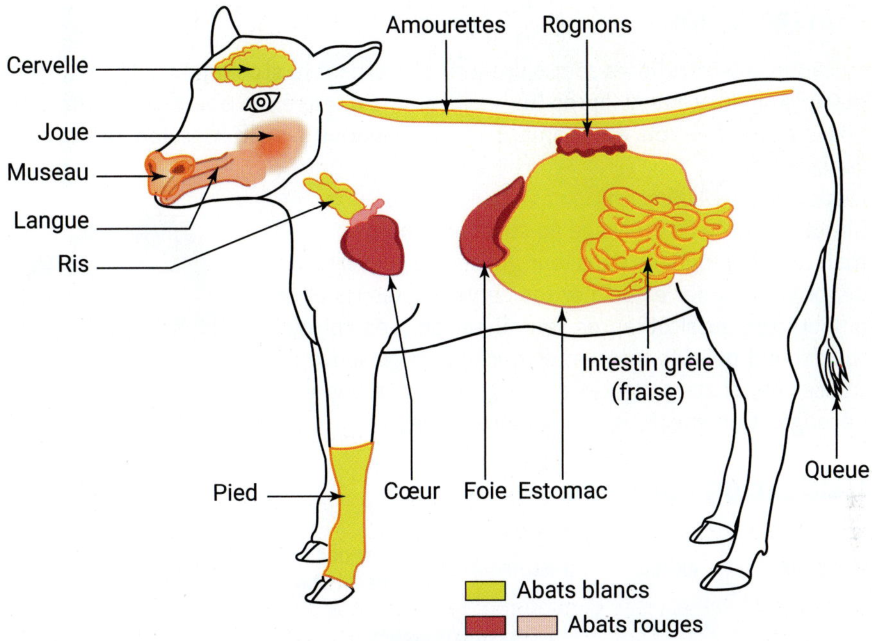

Localisation des abats blancs et rouges

3 Commercialisation

A. Réglementation concernant la vente de certains abats

La vente de certains abats de bovins (bœuf et veau) puis d'ovins (mouton, agneau) a été strictement réglementée à partir de 1996 pour cause d'ESB (encéphalopathie spongiforme bovine). Tous les abats vendus actuellement sont autorisés et sont donc sans danger.

> **INFO**
> Seuls les ris et la cervelle de veau provenant d'animaux de moins de 12 mois sont consommés.

B. Précautions à prendre lors de l'achat des abats

- Ils ne doivent pas baigner dans leur sang.
- Ils doivent être brillants, sans odeur particulière, légèrement humides au toucher, sans aucune trace de poissage.
- Ils doivent provenir d'abattoirs ou d'ateliers de découpe agréés (immatriculés).
- Les abats surgelés ou congelés doivent être livrés dans un véhicule frigorifique, dans leur emballage d'origine et portant la date de congélation.

> **ATTENTION**
> **Cas particulier de la langue**
> Les langues doivent obligatoirement provenir d'un atelier de découpe agréé et être présentées avec la coupe « **suisse** » dite aussi « **coupe short** », c'est-à-dire débarrassées de l'arrière-gorge.

4 Conservation

Des précautions particulières sont à prendre concernant le **stockage** :

- placer immédiatement après les vérifications d'usage les abats en chambre froide positive à + 3 °C, ou en chambre froide négative à – 18 °C selon le procédé de conservation ;
- respecter les DDM et DLC ;
- limiter la durée de stockage au strict minimum ;
- maintenir les rognons dans leur graisse de couverture ;
- dégorger, limoner et pocher les cervelles, les ris et les amourettes aussitôt après leur livraison. Les refroidir rapidement puis les réserver en enceinte frigorifique ;
- utiliser les abats congelés ou surgelés après une semi-décongélation effectuée en chambre froide.

↑ *Langue de bœuf*

5 Utilisation culinaire

MORCEAUX	ANIMAL	PRÉLIMINAIRES	MODE DE CUISSON	UTILISATIONS CULINAIRES
LES ABATS BLANCS				
Tête	· Veau · Porc	· Désosser · Dégorger · Blanchir	Pocher dans un blanc	· Chaude avec cervelle et langue · Sauce poulette · Froide sauce ravigote, gribiche
Cervelle	· Veau · Agneau · Porc	· Dégorger · Limoner · Blanchir	· Pocher · Frire · Sauter	· Servie avec la tête · Sautée meunière, beignets, fritots · Sautée, pochée
Ris	· Veau · Agneau	· Dégorger · Blanchir · Parer · Presser, clouter	· Pocher · Braiser · Griller · Sauter	· Garniture de bouchée · Florentine (sur lit d'épinards) · Jocelyn (purée soubise tomatée et piments grillés) · Escalopés et sautés
Tripes	· Bœuf · Veau · Mouton · Porc	· Dégorger · Blanchir	· Braiser · Sauter	· Tripes à la mode de Caen · Gras double à la Lyonnaise · Tripoux et pieds paquets · Boyaux
Pieds	· Bœuf · Veau · Mouton · Porc	· Dégorger · Blanchir · Désosser · Cuire dans un blanc	· Braiser · Pocher · Frire · Griller	· Tripes à la mode de Caen · Gelée et fond · Saint Ménéhould (pané à l'anglaise et frits) · Panés et grillés

LES ABATS ROUGES				
• Langue **• Joues**	• Mouton • Veau • Bœuf	• Dégorger • Blanchir • Dépouiller	• Pocher • Braiser	• Petit ragoût • Servie avec la tête • Braisée, à l'écarlate
Cœur	• Bœuf • Génisse • Veau • Agneau	• Parer • Dégorger	• Braiser • Rôtir • Sauter • Griller	• Matelote • Détaillé en tranche et sauté • Cœur de veau en casserole • Grillé
Rognons	• Agneau • Veau • Bœuf	• Dégraisser • Parer	• Sauter • Griller • Poêler	• Mixed grill • Baugé (sauté à la moutarde) • Entier bonne femme
Foie	• Veau • Génisse	• Parer • Dépouiller	• Sauter • Griller • Rôtir	• Foie de veau à la lyonnaise • À l'anglaise • Piqué au lard, mis en crépine et rôti

#vidéo
Tradition : les produits tripiers
foucherconnect.fr/25vtechculi52

Fiche 30

Les gibiers

1 Présentation

■ En France, 15 000 tonnes de viande de gibier sont consommées par an. Il est importé à hauteur de 70 à 80 %, notamment d'Amérique du Sud, d'Australie et d'Europe centrale. La France est pourtant, de loin, le premier pays européen en nombre de chasseurs grâce à ses forêts parmi les plus giboyeuses d'Europe. Les Français sont de faibles consommateurs de gibier par rapport à leurs voisins européens, avec 600 g par an et par habitant.

■ Le gibier est l'ensemble des **animaux sauvages que l'on chasse** et dont la viande est destinée à la vente ou à la consommation. Il est courant en restauration d'employer du gibier né et élevé en captivité ou en semi-liberté et abattu en abattoirs agréés.

2 Classification

La classification s'effectue par nature et par taille :

■ **Gibier à plumes**
Canard colvert, pigeon ramier, perdrix/perdreau gris et rouge, faisan, caille (élevage).

↑ *Faisan*

↑ *Perdrix*

Gibier à poils

Petite venaison : lièvre, lapin, ragondin, marmotte.

↑ *Lièvre*

↑ *Lapin*

Grand gibier*

Grande venaison : chevreuil, cerf/biche, sanglier, chamois, isard, mouflon, daim.

↑ *Cerf*

↑ *Biche*

↑ *Sanglier*

↑ *Mouflon*

* Toutes les autres espèces sont interdites à la vente ou à la cession même gracieuse.

3 Commercialisation

A. La traçabilité

#vidéo

Le gibier : une viande qui ne manque pas de caractère

foucherconnect.fr/25vtechculi53

■ Pour les professionnels des métiers de bouche, il n'y a plus aucune restriction de périodes liées à celle d'ouverture de la chasse depuis 2006. Ils peuvent vendre du gibier toute l'année sans autres contraintes particulières que celles de la **traçabilité** et de la **fiche d'accompagnement du gibier**. Cette fiche est le seul document qui peut être demandé lors de contrôles des services vétérinaires ou de la répression des fraudes pour justifier de l'origine légale des gibiers (règlement européen 178/2002), le carnet de chasse étant supprimé depuis 2006.

■ **Pour les grands gibiers** : la traçabilité est individuelle et se matérialise par des bracelets numérotés uniques, par espèce, départementalisés et annuels. Ils sont apposés immédiatement après la mort, avant tout déplacement de la carcasse par le chasseur. Ils sont inviolables une fois mis en place. Cette identification suit la carcasse tout au long de sa commercialisation, ce qui évite le braconnage.

■ **Pour les petits gibiers** : l'identification porte sur le lot en général.

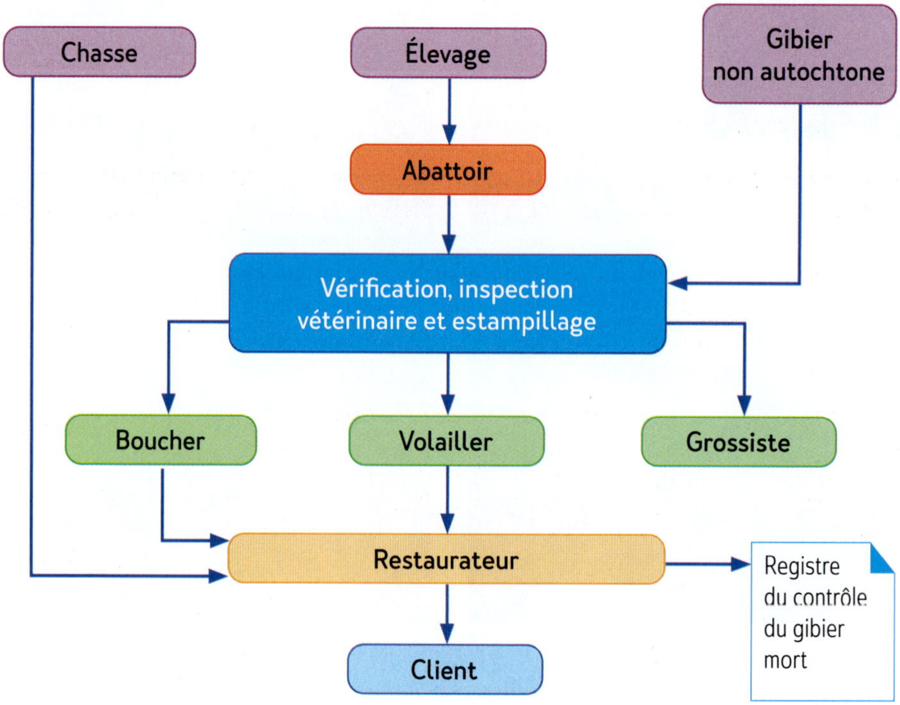

Circuit du gibier de chasse, d'élevage et d'importation

B. L'étiquetage

Une marque de salubrité est apposée sur les produits sains d'une façon indélébile ou sur l'emballage :
- de **forme pentagonale** pour les ateliers agréés CEE (pour commercialiser les gibiers en France et dans les pays de l'UE) ;
- de **forme ronde** pour les ateliers agréés loco-régionaux (en France seulement).

REMARQUE
Il ne sera pas possible de trouver du gibier de chasse français frais toute l'année, que ce soit en circuit court ou long, mais il sera toutefois commercialisé sous forme congelée ou surgelée.

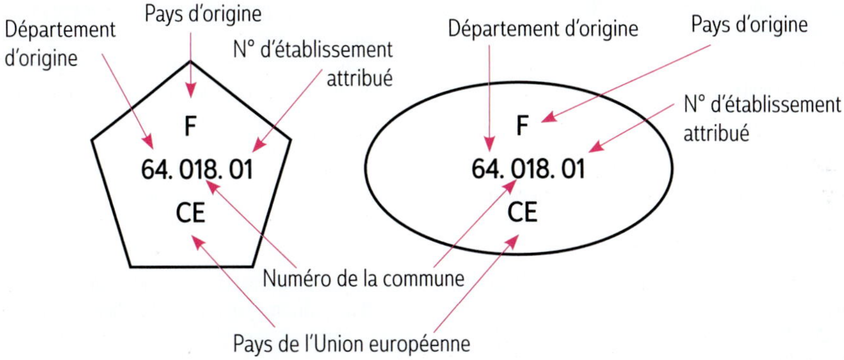

4 Conservation

■ Avant d'être apprêtée et après avoir été rassie, la viande de certains gibiers est mise à mariner. L'objectif de ces marinades est très différent selon qu'il s'agit d'un petit ou d'un gros gibier. Dans tous les cas, les marinades ont pour but de :
- **conserver** ;
- **attendrir** : assouplissement des fibres dû aux acides d'alcool et de vinaigre ;
- **aromatiser** : garniture aromatique, genièvre, bouquet garni ;
- **confectionner** des sauces.

■ **Les viandes de gibier d'élevage ou sauvage se conservent** :
- pour les carcasses entières et pièces de gros : à 7 °C maximum ;
- pour les morceaux de découpe : à 4 °C maximum ;
- sous forme congelée et surgelée : à – 18 °C.

5 Utilisation culinaire

MORCEAUX	ANIMAL	MODES DE CUISSON	APPELLATION, SAUCE ET GARNITURE
· Côtelettes · Noisettes	· Chevreuil	Sauter	· Noisettes de chevreuil Romanoff, concombre garni de purée de champignons, cèpes à la crème, sauce poivrade
· Filets (marinés)	· Biche		· Noisettes de biche Valencia sauce bigarade et quartiers d'oranges

MORCEAUX	ANIMAL	MODES DE CUISSON	APPELLATION, SAUCE ET GARNITURE
• Entier • Râble, cuisse	• Perdreau • Pigeon • Lapereau	Griller	• Perdreau Lautrec (idem que le poulet à l'américaine) • Lapereau à la bergère, pommes paille, sauce duxelles aux mousserons
• Filets mignons (marinés et piqués) • Cimier (marinés, piqués, barder) • Gigue, carré • Salmis (vert cuit)	• Chevreuil • Biche • Biche et chevreuil • Faisan	Rôtir	• Filets de chevreuil au genièvre, sauce genièvre, marmelade de pommes • Selle de biche grand veneur, pommes croquettes, purée de marrons, haricots verts, sauce venaison • Gigue de chevreuil cheville, pommes reinettes évidées et garnies de leur pulpe cuite au four, sauce groseilles au raifort • Salmis de faisan
En cocotte (brider en entrée)	Perdreau	Poêler	Perdreau en cocotte, petits oignons, champignons, truffes tournées
• Civet découpé et mariné • Haut de côtes, épaule	• Lièvre • Sanglier	Ragoûts	• Civet de lièvre, lardons, petits oignons, champignon, croûtons, sauce liée au sang • Civet traditionnel
• Entier • Cuissot • Entier, désossé	• Lièvre • Sanglier • Faisan	Poêler, braiser à basse T°	• Lièvre farci à la périgourdine • Cuissot à la mode de Tours • Chartreuse de faisans choux braisés, saucisson et poitrine, sauce 1/2 glace
Fond de gibier		Pocher	Sauces diverses
	Lièvre, faisan, marcassin	Désosser, mariner, hacher	Pâté, terrine, galantine

À SAVOIR

La cuisine des gibiers nécessite l'utilisation de sauces particulières et de garnitures spécifiques du fait du goût prononcé de la viande de gibier qu'il convient d'adoucir.

Les sauces

• **Sauce poivrade** : 1/3 marinade, 2/3 vinaigre, réduire à sec, ajouter un fond de gibier

• **Sauce Diane** : sauce poivrade crème avec des croissants de truffes et des blancs d'œufs

• **Sauce Grand veneur** :
– **sauce poivrade liée au sang de lièvre** ;
– **sauce poivrade crémée avec gelée de sauce venaison** : sauce poivrade crémée avec de la gelée de groseille.

Garnitures d'accompagnement

• **Légumes** : purée de céleri, de carottes, de patates douces, lentilles, marrons, champignons des bois, choux blancs, rouges, pommes pailles, chips de céleri, d'artichauts, pommes gaufrettes, pommes berny (appareil croquette + truffes hachées, façonnées en abricots panées avec amandes effilées).

• **Fruits** : pommes évidées garnies d'airelles, compote, poire pochée au vin, raisins, pruneaux, bananes en biseaux panées et frites.

Exercice 1 Les abats

1. Placez sur le bovin les abats listés ci-dessous à l'endroit approprié.

Foie, *rognons*, abats blancs, *cervelle*, *ris*, *queue*, *langue*, abats rouges, *amourettes*, *pied*, *estomac*, *joue*, *cœur*, *museau*, *intestin grêle*.

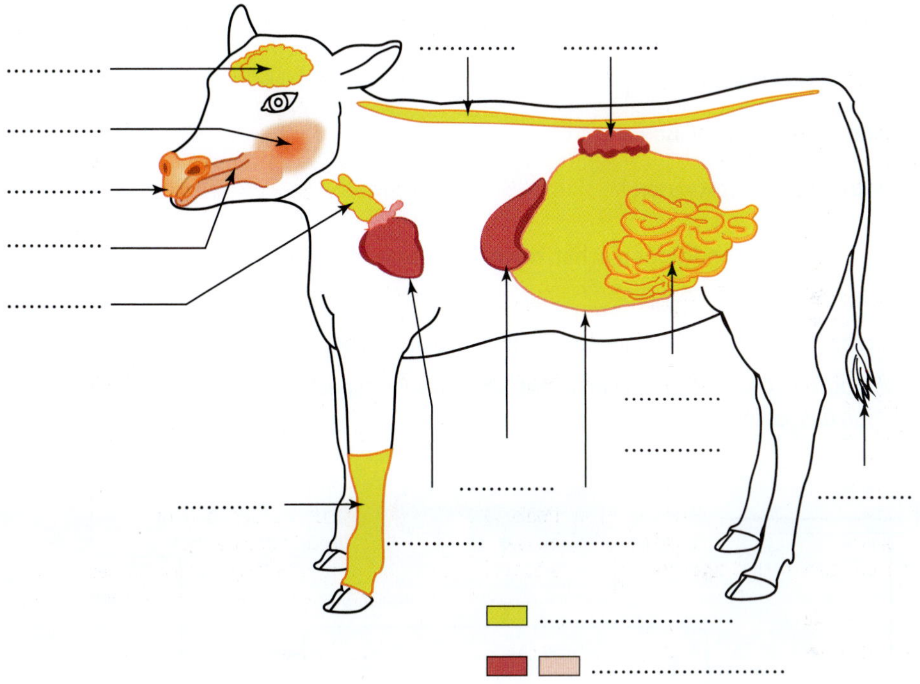

2. Quel nom les professionnels ont-ils donné à l'ensemble des abats sur un animal ?

3. En vous aidant du bovin ci-dessus, complétez le tableau en reportant les abats dans la bonne catégorie.

ABATS BLANCS		ABATS ROUGES	
•	•	•	• ....
•	•	•	• ....
•	•	•	• ....
			• ....

4. Quels sont les critères de qualité à observer lors de l'achat des abats ?

....

....

....

Exercice 2 Les gibiers

1. Les gibiers sont classés par nature et par taille. Associez les gibiers ci-dessous à leur catégorie respective.

Canard colvert, lapin, chamois, perdreau, lièvre, sanglier, faisan, cerf/biche, pigeon, chevreuil, caille, daim.

GIBIER À PLUMES	
GIBIER À POILS : PETITE VENAISON	
GRAND GIBIER : GRANDE VENAISON	

2. Depuis 2006, les conditions d'achat, de vente et détention du gibier ont changé. Expliquez.

....

3. Resituez les intervenants dans le circuit du gibier de chasse, d'élevage et d'importation :

chasse, abattoir, grossiste, boucher, client, vérification-inspection vétérinaire et estampillage, gibier non autochtone, restaurateur.

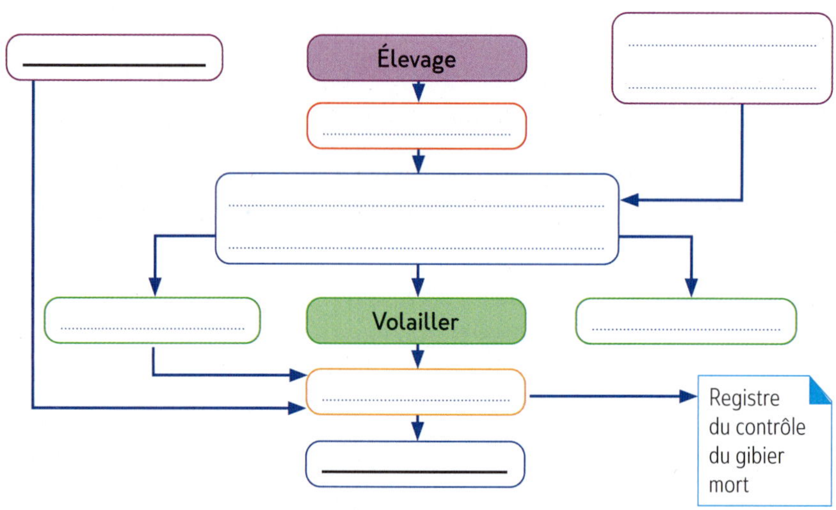

4. Le gibier est généralement mis en marinade, expliquez-en les buts et son utilisation.

....

....

#corrigés
Corrigés des exercices
foucherconnect.fr/25vtechculi54

Fiche 31

Les fonds, sauces de base, et éléments de liaisons

1 Les fonds blancs et bruns

A. Présentation

■ Les fonds blancs et bruns sont des préparations **culinaires aromatiques claires ou liées**, plus ou moins concentrées et parfumées, obtenues par pochage dans de l'eau, d'un élément nutritif déterminant l'appellation (arêtes de poisson, os de veau, carcasses de volailles…), et d'une garniture aromatique.

vidéo
Réalisation d'un fond brun clair
foucherconnect.fr/25vtechculi55

■ Il est important d'utiliser des **éléments de bonne qualité** afin de respecter l'authenticité de l'appellation.

B. La tendance actuelle

- Des **cuissons courtes** (bien dépouillées et dégraissées).
- Des fonds enrichis en éléments **gélatineux** : queue de bœuf, jarret de veau (meilleure texture et meilleur goût).
- Des liaisons allégées (pour le service sur assiette, pas de roux, mais plus de farine torréfiée) et remplacées par des **émulsions** (sabayons, crèmes fouettées, beurres aromatisés).

C. Utilisations

FOND BLANC DE VEAU, VOLAILLE	
Ingrédients	**Utilisations**
Os et parures de veau, pied, collier ou carcasses et abattis de volaille. Oignon, carotte, blanc de poireau, céleri branche, bouquet garni, poivre en grain, clous de girofle	• Réaliser des veloutés (veau ou volaille…) • Mouiller des potages, crèmes et veloutés • Mouiller des viandes et volailles pochées • Mouiller des ragoûts, des braisés à blanc, des légumes braisés et du riz pilaf • Réaliser des gelées et glaces de volaille
Fond de légumes, bouillon de légumes	
Tous les légumes suivant l'utilisation escomptée et même les épluchures et parures pour une utilisation optimale du produit	• Mouiller des potages, crèmes et veloutés • Mouiller des viandes et volailles pochées

Fumet de poisson	
• Arêtes de poissons blancs et maigres (sole, turbot, barbue, merlan) • Oignon, échalote, bouquet garni, poivre en grain, suivant la recette vin blanc ou rouge	• Réaliser un velouté de poisson • Mouiller des potages, crèmes et bisques • Mouiller à court mouillement des poissons pochés et braisés • Mouiller une sauce américaine • Mouiller un riz pilaf, un risotto
Fond brun de veau, volaille, de gibiers et agneau	
• Os et parures de veau, pied, collier ou carcasses et abattis de volaille • Oignon, carotte, tomate, ail, concentré de tomate, BG, poivre en grain	• Réaliser des sauces de base et dérivés, réaliser une sauce espagnole • Réaliser un fond brun de veau lié (roux brun, fécules) • Mouiller des ragoûts, des braisés à brun • Réaliser des glaces et demi-glaces de viande

 # vidéo
Réalisation d'un fumet de poisson
foucherconnect.fr/25vtechculi56

D. Les fonds du commerce ou PAI

1. Présentation

- Déshydratés, liquides appertisés, concentrés.
- Il existe les **fonds brun clair** et **liés** de veau, de volailles, de gibiers, de crustacés et les jus de viande.

2. Avantages

Produit bactériologiquement sûr, réduction des coûts matières, réduction des charges en énergie, soulagement des tâches pour le personnel.

3. Inconvénients

Standardisation des goûts. Le respect strict du mode d'emploi préconisé par le fabricant ne laisse pas la place à l'approximatif.

2 Les sauces de base chaudes et froides

Les sauces chaudes ayant pour base des fonds sont des sauces plus ou moins liées, qui accompagnent des plats en sauce ou des aliments cuits.

A. Classification

- Les **sauces brunes à base de fond brun** de veau, de volaille, de gibier.
- Les **sauces à base de fond blanc** de veau, de volaille, de fumet ou de lait.

B. Les sauces à base de fonds brun, blanc et lait

ÉLÉMENTS DE LIAISON	SAUCES DE BASE	SAUCES DÉRIVÉES
Fond brun de veau, de volaille, fumet de gibier		
Roux brun, fécule diluée, arrow-root	• Sauce espagnole, fond brun de veau lié • Fond brun lié de volaille	• Sauce bordelaise • Porto ou Madère • Sauce Périgueux • Sauce Chasseur • Sauce Bigarade • Sauce poivrade • Diane, Grand Veneur
Fond blanc de veau, fond blanc de volaille, fumet de poisson		
Roux blanc	• Velouté de veau • Velouté de volaille • Velouté de poisson	• Sauce allemande ou parisienne • Poulette • Sauce suprême • Aurore • Sauce chaud – froid pour volaille • Bercy • Sauce crevette • Sauce normande
Lait		
Roux blanc	Sauce béchamel	• Sauce Béchamel • Sauce Mornay • Sauce Soubise

C. Autres sauces à base de fumet, de fond blanc, bouillons ou eau

ÉLÉMENTS DE LIAISON	SAUCES DE BASE	SAUCES DÉRIVÉES
Fond d'américaine au fumet de poisson		
Roux blond ou beurre manié et parties crémeuses de corail de crustacés	Sauce américaine	• Sauce cardinale • Sauce Armoricaine • Sauce diplomate • Sauce Nantua
Eau ou fond blanc de veau		
Roux blanc, mirepoix, concentré de tomates, tomates fraîches, ail, BG, sel, poivre, sucre	Sauce tomate	• Sauce diable • Sauce portugaise

Les sauces émulsionnées chaudes et froides

1 Présentation

Dans le cas des sauces chaudes, l'émulsion consiste, par une action mécanique, à mêler deux éléments qui ne se mélangent pas entre eux du fait de leur composition (élément aqueux et matière grasse). On dit qu'ils sont « non miscibles ».

2 Classification

- **Sauces chaudes instables** (les beurres émulsionnés) : aucun émulsionnant n'intervient dans la fabrication de ces sauces.
- **Sauces chaudes stables** (les sauces émulsionnées semi-coagulées) : un émulsionnant, le jaune d'œuf, intervient dans la fabrication, il est monté en **sabayon**, donc semi-coagulé. **Fragiles**, elles ne doivent pas être conservées à + 55 °C / + 65 °C.
- **Sauce froide instable** (vinaigrette) : aucun émulsifiant n'intervient dans la fabrication de cette sauce. Après repos, l'huile et le vinaigre se dissocient.
- **Sauce froide stable** (mayonnaise) : un émulsifiant intervient dans la fabrication (le jaune d'œuf et la moutarde) grâce à leurs molécules (lécithines).

3 Sauces chaudes instables

SAUCES DE BASE	COMPOSITION	DÉRIVÉES
Beurre « Fondu »	Eau, jus de citron, assaisonnement ; beurre cru en parcelles	Des ingrédients supplémentaires pour modifier la saveur des beurres émulsionnés peuvent être ajoutés : vin, alcool, épices, aromates, condiments (beurre fondu au jus de truffe, au cerfeuil, au safran...)
Beurre blanc ou **beurre nantais**	Échalotes grises, vinaigre de vin blanc, vin blanc, assaisonnement (de la crème peut être mise dans la réduction) ; beurre cru en parcelles	

4 Sauces chaudes stables

SAUCES DE BASE	COMPOSITION	DÉRIVÉES
Sauce Hollandaise	**Sabayon** : jaunes d'œufs et eau ; beurre clarifié + 55 °C/+ 65 °C ; jus de citron, sel, piment de Cayenne	· **Mousseline** : sauce hollandaise + crème fouettée · **Moutarde** : sauce hollandaise moutardée · **Maltaise** : sauce hollandaise + jus et zestes d'orange sanguine

SAUCES DE BASE	COMPOSITION	DÉRIVÉES
Sauce Béarnaise	**Garniture** : vinaigre, vin blanc, estragon, échalotes grises, mignonnette, cerfeuil **Sabayon** : jaunes d'œufs et eau ; beurre clarifié + 55 °C/+ 65 °C	· **Choron** : sauce béarnaise + fondue de tomate sans fines herbes · **Paloise** : sauce béarnaise + menthe en remplacement de l'estragon · **Foyot** ou Valois : sauce béarnaise terminée à la glace de viande

5 Sauce froide instable

COMPOSITION	DÉRIVÉES
Vinaigrette	
Vinaigre, huile, sel, poivre	· **Ravigote** : vinaigrette, câpres, oignon, persil, estragon cerfeuil · **Vinaigrette moutardée** · **Roquefort** : vinaigrette, Roquefort écrasé · **Vierge** : dés de tomates, échalote, cerfeuil, ciboulette, jus de citron, huile d'olive

6 Sauces froides stables

COMPOSITION	DÉRIVÉES
Mayonnaise	
Moutarde, jaune d'œuf, huile, sel, poivre (en fin, quelques gouttes de vinaigre)	· **Tartare** : mayonnaise, câpres, oignon, estragon, cerfeuil · **Gribiche** : jaunes durs en remplacement des jaunes, persil, cerfeuil, estragon, câpres, cornichon, blancs hachés · **Sauce cocktail** : ketchup, sauce anglaise, tabasco, cognac · **Andalouse** : purée de tomates, poivrons doux en dés · **Chantilly** : jus de citron, crème fouettée
Aïoli (moderne)	
Jaune, ail pilé, huile d'olive, assaisonnement	**Rouille** : aïoli, safran, piment de Cayenne

#vidéo
La mayonnaise : sauce impossible ?
foucherconnect.fr/25vtechculi57

Fiche 33

Les beurres composés

1 Présentation

■ Les beurres **composés à froid** sont un mélange de **beurre en pommade** avec divers éléments crus ou cuits refroidis, qui en modifient l'**aspect**, la **couleur** et le **goût**.

■ Les beurres **composés à chaud** sont généralement réalisés à partir de carapaces de crustacés, qui en cuisant et infusant avec celles-ci transmettent leurs **saveurs** au beurre ainsi que leur **couleur**. Le beurre est ensuite récupéré après filtrage par refroidissement.

2 Classification

BEURRES À FROID AVEC ÉLÉMENTS CRUS		
Dénomination	**Composition**	**Utilisations**
Beurre maître d'hôtel	Beurre pommade, persil haché, jus de citron, sel fin, poivre blanc	Viandes et poissons grillés
Beurre de moutarde	Beurre pommade, moutarde blanche ou en grains	Viandes et poissons grillés, canapés
Beurre d'escargot	Beurre pommade, persil haché, échalote ciselée, sel fin, poivre blanc (chapelure ou mie de pain)	Escargots et coquillages gratinés
Beurre d'anchois	Beurre pommade, filets d'anchois passés au tamis, poivre blanc	Poissons grillés, allumettes feuilletées, canapés
Beurre d'échalote	Beurre pommade, échalote ciselée, sel fin, poivre blanc	Viandes et poissons grillés
Beurre de truffe	Beurre pommade, truffe hachée, sel fin, poivre blanc	Canapés, sauces
Beurre de fromages	• Beurre pommade, soit Roquefort, chèvre, bleu…, sel fin, poivre blanc • Noix, ail, herbes hachées, épices… peuvent être ajoutés	Canapés, bruschettas, pains surprise

BEURRES À FROID AVEC ÉLÉMENTS CUITS		
Beurre hôtelier	Beurre pommade + duxelles sèche	Viandes et poissons grillés
Beurre marchand de vin	Beurre pommade + réduction de vin rouge, échalote ciselée, thym, laurier, mignonnette, glace de viande, sel, poivre blanc (moelle pochée)	Viandes grillées
Beurre de crevettes	Beurre pommade + crevettes cuites, mixées et passées au tamis	Poissons grillés et canapés, pains surprise
Beurre Bercy	Beurre pommade + réduction vin blanc, échalote. Additionnée de moelle pochée, jus de citron, persil haché, sel fin, poivre blanc	Viandes et poissons grillés
Beurre provençal	Beurre maître d'hôtel + fondue de tomate réduite, ail haché	Poissons grillés
BEURRES PARFUMÉS À CHAUD		
Beurre de homard	Carapaces de homard	Finition de la sauce cardinale
Beurre d'écrevisse	Carapaces d'écrevisses	Finition de la sauce Nantua
Beurre rouge	Carapaces de crustacés	Finition de sauces poisson

#vidéo

Réalisation d'un beurre d'anchois

foucherconnect.fr/25vtechculi58

INFOS

- Les beurres composés à chaud, après leur réalisation et refroidissement, sont à nouveau **clarifiés** et **refroidis** pour éliminer toutes impuretés.
- Pour éviter qu'ils ne fondent sur les aliments chauds, les beurres composés à froid sont servis à part (ne pas les mettre au froid avant de servir).

Les produits alimentaires intermédiaires

1 Présentation

■ L'industrie agroalimentaire propose aujourd'hui aux professionnels une large gamme de produits semi-élaborés de très bonne qualité, également appelés « produits alimentaires intermédiaires » (PAI). Autrefois ignorés, ils suivent aujourd'hui l'évolution des concepts en restauration et sont davantage utilisés par les professionnels pour plusieurs raisons : la **restructuration d'un établissement**, le **manque de personnel**, le **manque de moyens**... Le chef doit jouer sur le « **mix alimentaire** » et se poser les bonnes questions : que produire en frais, en PAI, en produits finis ?

■ Les termes « produits alimentaires intermédiaires », « aides culinaires », « produits semi-élaborés » et « produits finis » s'appliquent à l'**ensemble des produits alimentaires ayant subi un début de préparation** (épluchage, taille, pré-cuisson, etc.) avant d'être commercialisés. Rien ne saurait approcher la qualité gustative des préparations classiques, mais néanmoins, ces produits s'avèrent utiles pour les collectivités et les petites unités de restauration.

2 Classification

■ Suivant le concept de cuisine, la nature des produits utilisés détermine le mode d'organisation et les types d'équipements nécessaires.

■ C'est ainsi que l'on peut distinguer 4 modes principaux d'organisation (voir fiche 3) :
- la **cuisine traditionnelle** (produits frais, bruts, 1re, 2e et 3e gammes) ;
- la **cuisine traditionnelle avec assemblage d'opportunité** (PAI occasionnellement) ;
- la **cuisine d'assemblage** (PAI ou produits semi-élaborés non finis) ;
- la **cuisine 45** (utilisation systématique des produits de 4e et 5e gammes).

GAMME	ORIGINE DES PRODUITS
1re gamme	Animale et végétale
2e gamme	Animale et végétale
3e gamme	Animale et végétale
4e gamme	Végétale (les légumes)
5e gamme	Animale et végétale
Produits d'épicerie, fonds, sauces, préparations PAI, produits semi-élaborés	Animale et végétale

3 Commercialisation

Ces produits sont souvent mal employés et utilisés par ignorance ou par facilité. Ils doivent être utilisés d'après les indications du fabricant, les quantités et dosages préconisés sur le produit et en respectant scrupuleusement les conditions de conservation (température, DLC, DDM).

#vidéo
Les états des PAI, quelles différences ?
foucherconnect.fr/25vtechculi59

GAMME	ÉTAT	TRANSFORMATIONS
1re gamme	Brut	Colisage
2e gamme	Appertisé	Appertisation
3e gamme	Surgelé	Épluchage, lavage, parage, blanchiment, congélation ou surgélation
4e gamme	Cru, épluché et conditionné sous atmosphère contrôlée	Épluchage, parage, taille et ensachage
5e gamme	Cuit, prêt à être servi et conditionné	Cuisson, conditionnement, refroidissement
Produits d'épicerie, fonds, sauces, préparations, PAI, semi-élaborés	Déshydraté, prêt à être hydraté ou assemblé, liquides appertisés, concentré	Déshydratation ou lyophilisation
Autres produits	• Pâtes feuilletée, brisée, sucrée, crue ou détaillée • Volailles PAC (prêtes à cuire) • Morceaux de volaille ou viandes panés et précuits	

4 Conservation

GAMME	TEMPÉRATURES DE STOCKAGE	DURÉE DE CONSERVATION
1re gamme	Réfrigérée (avec température et hydrométrie déterminée par la nature du produit) et ambiante	Courte
2e gamme	Ambiante	Plusieurs années (voir DDM)
3e gamme	- 18 °C	Plusieurs mois
4e gamme	+ 4 °C	4 à 8 jours
5e gamme	+ 3 °C	6, 21 ou 45 jours selon le traitement des produits
Produits d'épicerie, fonds, sauces, préparations, PAI, semi-élaborés	Ambiante	Plusieurs mois

5 Utilisation culinaire

GAMME	EXEMPLES	UTILISATION
1re gamme	Viandes détaillées en morceaux (frais, brut)	Ragoûts, sautés, fricassées, rôtis…
2e gamme	Fonds d'artichaut, haricots verts, fruits au sirop	Garnitures de viandes et poissons, desserts, pâtisseries…
3e gamme	Légumes divers, fruits divers (fraises, framboises, mûres…)	Garnitures de viandes et poissons, desserts, pâtisseries…
4e gamme	Salades, légumes râpés	Crudités, légumes taillés « prêts à cuire »
5e gamme	Plats cuisinés	Lasagnes, filet de lieu à l'oseille, couscous, poulet chasseur, bourguignon…
Produits d'épicerie, fonds, sauces, préparations, PAI, semi-élaborés	Déshydraté, prêt à être hydraté ou assemblé, liquides appertisés, concentrés	· **Les fonds de base** : (fond brun, fumet de poisson, fond de canard, fond de volaille) pour la préparation des sauces de viandes, volailles, poissons, crustacés… · **Les sauces de base** : bisque, poivre, tomate… · **Desserts et pâtisserie** : crème pâtissière, anglaise, crème brûlée, mousse au chocolat

ZOOM SUR…

La cuisine d'assemblage « 45 »

Ce concept va au bout de la logique d'assemblage et réduit le rôle de fabrication d'une cuisine de restaurant à la stricte remise en température et au dressage des plats des hors-d'œuvre et des desserts. Le restaurant ne recevant que des produits emballés, les stockages sont uniquement organisés en fonction des températures de conservation.

Disparaissent de l'établissement : boucherie, légumerie et pâtisserie, mais aussi la cuisine elle-même et ses équipements classiques, remplacés par deux espaces :

- un pour les préparations froides ;
- l'autre pour les préparations chaudes, munies de matériel de remise en température (four mixte, micro-ondes, bain-marie).

Seules les grillades (dans l'hypothèse où elles sont présentes sur la carte) sont réalisées sur place. On parle alors de « concept 45 mixte ».

Exercice 1 Les produits alimentaires intermédiaires

1. Classez les produits suivants dans leur gamme respective :

cèpes déshydratés, julienne de carottes crues sous vide, maïs en boîte, blancs de poireaux cuits sous vide, petits pois surgelés.

GAMME 1	GAMME 2	GAMME 3	GAMME 4	GAMME 5	GAMME 6
• Choux-fleurs • Fruits rouges	....	....	....	....	....

2. L'utilisation de produits semi-élaborés en cuisine a des incidences sur différents points soit en avantages, soit en inconvénients. Identifiez-les en complétant le tableau.

INCIDENCE SUR	AVANTAGES	INCONVÉNIENTS
Les coûts	....	....
La conservation	....	....
L'hygiène	....	
La mise en œuvre	....	....
Le goût	Goût uniforme du produit	Goût uniforme du produit

3. Le chef vous demande d'adapter le menu traditionnel avec des produits semi-élaborés. Pour chaque plat ou produit souligné dans les menus suivants, faites une ou plusieurs propositions en complétant le tableau.

Exercices

Entrées

1. Crème de potimarron
2. Assiette d'avocats au crabe
3. Petits légumes tièdes à la grecque

Desserts

10. Crème brûlée
11. Tarte citron meringuée
12. Crêpes flambées
13. Marguerite feuilletée aux fruits
14. Poire Belle-Hélène

Plats

4. Darne de saumon grillée, sauce béarnaise
5. Filet de turbotin soufflé, panisses, jus réduit aux herbes
6. Côte de bœuf pour 2 pers sautée sauce bordelaise, pommes paillasson
7. Carré d'agneau rôti jus au thym, jardinière de légumes
8. Suprême de poulet sauté chasseur, pommes rissolées
9. Cannellonis de viande braisée épinards juste sautés à l'ail

N° DE PLAT	PROPOSITIONS	N° DE PLAT	PROPOSITIONS
1.		8.	
2.		9.	
3.		10.	
4.		11.	
5.		12.	
6.		13.	
7.		14.	

#corrigés
Corrigés des exercices
foucherconnect.fr/25vtechculi60

Module 4

HISTOIRE ET ÉVOLUTION DE LA CUISINE

Fiche 35

Les grands moments culinaires

1 Les événements marquants de l'histoire culinaire

Préhistoire (– 400 000 ans)

- Découverte et maîtrise du feu.

Antiquité

- Développement de l'agriculture et de la vigne.
- Apparition de différents modes de cuisson.
- Début des sauces.
- Naissance de la charcuterie et de la fermentation.
- Première trace d'alimentation excluant la viande. Platon, Pythagore et Sénèque, philosophes de l'époque, prônent une alimentation axée sur les fruits et légumes, pensant que la consommation de produits d'origine animale est nuisible « tant pour la santé que pour l'âme ».

#vidéo
Ce que mangeaient vraiment les Romains
foucherconnect.fr/25vtechculi61

Four à pain gallo-romain

Moyen Âge

- En Inde, au Xe siècle, la religion du jaïnisme prône la non-violence et le respect de toute vie (l'*ahimsa*).
- Règles de la brigade et de l'uniforme de cuisinier.
- Premières liaisons au pain, au sang et à l'œuf.
- Grande utilisation des épices.
- Les moines trappistes et chartreux observaient une abstinence quasi-totale de produits d'origine animale.

Renaissance

- Développement de la pâtisserie.
- Perfectionnement des matériels de cuisine (fourneau, tournebroche mécanique...).
- Les mets et pratiques de table s'affinent (fourchette, faïence, cristal).
- Arrivée de produits du Nouveau Monde (tomate, café, cacao, dinde).

XVIIe siècle

- Mise au point du service à la française en 3 services (entrée, plat, dessert).
- Apparition des jus, coulis, ragoûts, liaisons par roux et réduction des sauces.
- Ouverture en 1686 du Procope, l'un des plus anciens cafés de Paris.

XVIIIe siècle

- Naissance des corporations des métiers de bouche.
- De nouvelles appellations enrichissent le vocabulaire culinaire.
- Le matériel de table s'étoffe.
- Les mets sont de plus en plus raffinés et s'allègent en épices et en graisses.
- Ouverture des premiers « bouillons-restaurants » en 1765.

XIXe siècle

- Débuts de l'**appertisation** et de l'industrie agroalimentaire.
- Arrivée du froid pour la conservation des aliments.
- Codification des sauces et des modes de services (à la française, à l'anglaise, à la russe).
- Développement du tourisme gastronomique et des critiques culinaires.

↑ *Jean Béraud,* **La pâtisserie Gloppe**, *1889. Paris, musée Carnavalet*

- Les Américains Sylvester Graham, diététicien, et Amos Bronson Alcott, philosophe, promeuvent un régime sans viande pour des raisons de santé, d'éthique et d'environnement. Le terme « végétarien » est officiellement adopté pour les adeptes de leur régime.
- 1847 : naissance de la *Vegetarian Society* anglaise.

2 Les personnalités de l'histoire culinaire

Antiquité

Apicius : gastronome romain qui consacra sa fortune à l'art de la table. Il est le fondateur d'une école de cuisine et l'auteur du plus ancien ouvrage de cuisine, l'*Ars magirica*.

Moyen Âge

Guillaume Tirel, dit Taillevent (1310-1395) : maître-queux au service de Philippe VI de Valois, puis de Charles V et de Charles VI. Auteur du Viandier, ouvrage sur les pratiques culinaires de l'époque.

Renaissance

Catherine de Médicis (1519-1589) : reine et épouse d'Henri II, venue d'Italie accompagnée de cuisiniers, confiseurs et pâtissiers florentins, elle introduit à la cour de France des légumes inconnus jusqu'alors : les haricots, les artichauts, les brocolis ou les petits pois. Selon la tradition populaire, elle serait aussi à l'origine de la diffusion des asperges, des tomates, des épinards, des macarons, du sorbet ou de la ganache, mais aussi de la fourchette, donnant naissance à la « révolution gastronomique française ».

↑ *Catherine de Médicis, vers 1570*

XVIIe siècle

François Vatel (1635-1671) : maître d'hôtel d'origine suisse, il officia auprès du prince de Condé et fut chargé d'organiser de nombreuses réceptions. Au cours d'un des banquets où il devait régaler le roi, il se donna la mort car il se crut déshonoré par la non-livraison de poisson qui n'était en fait que retardée.

XVIIIe et XIXe siècles

- **Jean Anthelme Brillat-Savarin** (1755-1826) : gastronome français, auteur de la *Physiologie du goût* (1825), qui est une suite de méditations gastronomiques et philosophiques.
- **Marie-Antoine Carême**, dit Antonin (1784-1833) : cuisinier et pâtissier ayant travaillé pour le pâtissier Bailly, pour Talleyrand, à Saint-Pétersbourg, à la cour d'Angleterre et pour la famille Rothschild. Il est l'auteur de nombreux ouvrages de référence comme *Le Pâtissier royal parisien*, *Le Cuisinier parisien* ou encore *Le Maître d'hôtel français*.
- **Nicolas Appert** (1749-1841) : de père restaurateur, ses connaissances de base de la cuisine et de la confiserie lui permettent de mettre au point le procédé révolutionnaire de l'appertisation (conservation des aliments).

↑ *Extrait du journal :* The New York Herald, *1923*

Fiche 36

L'évolution de la cuisine du XXe siècle à nos jours

1 Les grandes dates

Dès le début du XXe siècle, les innovations techniques et les changements culturels font évoluer le paysage de la restauration très rapidement.

- 1900 : 1re édition du *Guide Michelin*, initialement destiné aux automobilistes, qui indique les adresses de très bonnes tables de cuisine gastronomique et traditionnelle. Il classe les établissements gastronomiques de 1 à 3 macarons (appelés aussi étoiles).

#vidéo
Le guide Michelin
foucherconnect.fr/25vtechculi62

- 1902 : Le ***Guide culinaire* d'Escoffier** codifie la cuisine classique en la simplifiant.
- 1912 : création de la **première école hôtelière française** à Thonon.
- 1914 : ***Le Répertoire de la cuisine*** de Théodore Gringoire et Louis Saulnier. Les auteurs mettent en garde le lecteur contre les dérives culinaires et proposent dans leur ouvrage près de 7 000 recettes.
- 1934 : ouverture du premier **restaurant d'entreprise** (restauration collective) à la Banque de France.
- 1936 : les **congés payés** favorisent le tourisme national, les Français voyagent en France : la gastronomie régionale connaît un nouvel essor.
- 1953 : **premières émissions culinaires télévisées** menées par Raymond Oliver.
- 1965 : premier **label alimentaire** de l'histoire avec le poulet des Landes.
- 1972 : **création du guide *Gault et Millau*** qui prône la nouvelle cuisine (voir 2 Les différents courants culinaires).
- 1974 : Georges Pralus met au point la **cuisson sous vide**. Cette découverte va révolutionner les techniques de cuisson et permettre la mise au point de la cuisson à basse température.
- 1978 : premier menu « tout légumes » proposé par le Chef Michel Bras dans l'Aubrac.
- 1994 : naissance de la première association végétarienne française : L'Alliance Végétarienne.
- 1995 : **arrêté ministériel sur la restauration commerciale**. Mise en place du système HACCP (entièrement réécrit en 2014).
- 1997 : **arrêté ministériel sur la restauration collective** (lois concernant le personnel, l'hygiène des denrées, des locaux et des matériels dans les différentes restaurations).
- 2001 : le chef Alain Passard retire la viande rouge de son menu et concentre ses efforts sur les légumes cultivés dans son potager.
- 2004 : création du « **paquet hygiène** » (traçabilité, responsabilités, HACCP).

2 Les différents courants culinaires

■ La **cuisine classique** : codification des recettes et des appellations par Escoffier dans *Le Guide culinaire* ainsi que par Gringoire et Saulnier dans *Le Répertoire de la cuisine*.

■ La **cuisine bourgeoise** : cuisine dans les maisons de grandes familles utilisant des produits nobles et frais. Eugénie Brazier (la Mère Brazier) en est la plus célèbre représentante.

■ La **cuisine du terroir** : importance et reconnaissance de la cuisine régionale et des produits régionaux.

■ La **nouvelle cuisine** : lors de la crise économique française, dans les années 1970, il fallut redonner un souffle à la gastronomie. Le concept de la nouvelle cuisine naît de deux critiques : Christian Millau et Henri Gault. Sont mis en avant 10 commandements, dont l'utilisation des produits frais, l'inventivité, l'allègement des sauces et des plats, ainsi que l'utilisation des nouvelles technologies et techniques.

■ La **cuisine minceur** : courant mené par Michel Guérard qui allie diététique et haute gastronomie. Il épure alors les recettes, se base sur la mise en avant des légumes et l'allègement des sauces.

■ La **cuisine d'assemblage** : elle apparaît avec le développement de l'industrie agroalimentaire. Elle permet de rentabiliser le temps de travail du cuisinier et de limiter les équipes (coût du personnel).

■ La **cuisine fusion** : l'ouverture des frontières permet le mélange des cultures, et notamment en gastronomie. Les restaurants à thème d'autres pays fleurissent et francisent leurs recettes afin d'attirer leur clientèle. Puis, les chefs unissent des techniques et des produits français à ceux d'autres pays.

■ La **cuisine moléculaire** : elle est créée par Hervé This, gastronome et chimiste à l'INRA (Institut national de la recherche agronomique), en duo avec le chef Pierre Gagnaire puis popularisée par Ferran Adrià, chef catalan, illustré alors meilleur chef du monde. Cette cuisine consiste à recréer par l'intermédiaire de produits « chimiques » des plats traditionnels dits alors « déstructurés » ; on y utilise espumas et azote.

↑ *Caviar de framboises sur un gel de bleuets*

3 Quelques personnages influents

■ **Auguste Escoffier** (1846-1935) : ce « roi des cuisiniers », et « cuisinier des rois », a modernisé et codifié la cuisine raffinée d'Antonin Carême. Créant dans des établissements de prestige de nombreuses recettes, reprises ensuite par d'autres chefs, il a fait connaître internationalement la cuisine française. Son Guide culinaire reste la bible des cuisiniers.

■ **La Mère Brazier** (1895-1977) est la première femme à obtenir 3 étoiles au *Guide Michelin*. Issue de la cuisine bourgeoise, elle eut comme célèbres apprentis Paul Bocuse et Bernard Pacaud.

■ **Paul Bocuse** (1926-2018), grand chef cuisinier français parmi les plus célèbres du monde, il est un des maîtres de la cuisine traditionnelle et de la grande cuisine. Il fut précurseur de la nouvelle cuisine et détenteur de trois étoiles au *Guide Michelin* depuis 1965. Il a été désigné « Cuisinier du siècle » par Gault et Millau et « Pape de la gastronomie » en 1989, puis « Chef du siècle » en 2011 par The Culinary Institute of America.

↑ *Paul Bocuse*

■ **Michel Guérard** (1933-2024) s'installe en 1974 à la station thermale d'Eugénie-les-Bains où il met au point une « cuisine minceur » particulièrement savoureuse, ce qui lui vaut la couverture du Time. Il devient le premier grand chef à s'associer à l'industrie agroalimentaire en élaborant des plats surgelés pour la marque Findus de Nestlé.

■ **Georges Pralus** (1940-2014) est un chef cuisinier français. Il est l'inventeur de la cuisine sous vide.

■ **Joël Robuchon** (1945-2018) est un célèbre chef cuisinier français, influent pionnier médiatique de la nouvelle cuisine, auteur d'ouvrages culinaires de référence et dirigeant fondateur d'un empire mondial de restaurants gastronomiques. Il détient le plus important palmarès de l'histoire de l'art culinaire, avec 30 étoiles au *Guide Michelin*.

■ **Michel Bras** (né en 1946) est un grand chef cuisinier français défenseur de la cuisine du terroir. Son restaurant, situé à Laguiole, a obtenu sa troisième étoile au Guide Michelin en 1999. Il est le créateur d'un biscuit au chocolat coulant, dont la recette a depuis été imitée à de nombreuses reprises. Il est considéré comme l'un des meilleurs chefs du monde.

■ **Bernard Loiseau** (1951-2003) est un des cuisiniers français les plus médiatiques et célèbres des années 1980 et 1990. Il est le premier chef à placer son restaurant en bourse.

■ **Alain Ducasse** (né en 1956) a obtenu trois fois trois étoiles au *Guide Michelin* avec Le Louis XV à l'hôtel de Paris Monte-Carlo (en 1990), Le Alain Ducasse au Plaza Athénée à Paris (en 1997) et le Alain Ducasse at The Dorchester à Londres (en 2010). Ce chef est président de Châteaux et Hôtels Collection depuis 1999 (association d'hôteliers, comptant près de 700 établissements) et dirigeant-consultant du Groupe Alain Ducasse, un empire d'hôtellerie-restauration international de plus de 20 établissements et 1 400 employés. Il a été classé 94e des 100 personnalités les plus influentes du monde par le magazine économique américain Forbes.

■ **Anne-Sophie Pic** (née en 1969) est chef cuisinier et maître restaurateur, issue d'une grande famille de restaurateurs (petite-fille d'André Pic, trois étoiles à partir de 1934). Elle est propriétaire du restaurant gastronomique La Maison Pic à Valence.

↑ *Anne-Sophie Pic*

Fiche 37

La cuisine dans l'actualité

1 La cuisine à la télévision

■ **Émissions de téléréalité**

- Pour **cuisiniers amateurs** : *Le Meilleur pâtissier, Un dîner presque parfait.*
- Pour **cuisiniers professionnels** : *Top Chef, Qui sera le prochain grand pâtissier ?, Cauchemar en cuisine.*

■ **Documentaires** : de nombreux reportages (*Zone interdite, Envoyé spécial, Educ'Arte*) portent sur les différents courants culinaires, les contrôles d'hygiène, les guides culinaires.

■ **Démonstrations de recettes** : on peut citer les émissions de Raymond Oliver, de Bernard Loiseau, de Maïté, *Bon appétit bien sûr* de Joël Robuchon, *Petits plats en équilibre* de Laurent Mariotte...

■ **Séries TV** : *Chef's table* sur Netflix, Chefs sur France 2, *The Bear* sur Disney+.

↑ *Affiche du film* Dans la cuisine des Nguyen

■ **Films** : de nombreux films ont été tournés sur le sujet, en voici un florilège : *La Cuisine au beurre* (Gilles Gangier, 1963), *La Grande Cuisine* (Ted Kotcheff, 1978), *Ratatouille* (Disney Pixar, 2007), *Les Saveurs du palais* (Christian Vincent, 2012), *Chef* (Jon Favreau, 2014), *À vif !* (John Wells, 2015), *In Search of Israeli Cuisine* (Roger M. Sherman, 2017), *La Passion de Dodin Bouffant* (Trân Anh Hùng, 2023), *Dans la cuisine des Nguyen* (Stéphane Ly-Cuong, 2025).

2 La cuisine sur la toile

■ **Chaînes culinaires YouTube** : Tastemade, Hervé Cuisine, Jamie Oliver's Food Tube, Munchies.

■ **Blogs culinaires** : on dénombre environ 4 000 blogs culinaires, nombre qui croît chaque jour : Cuisine-moi un mouton, Papilles et Pupilles, Délice Céleste, Fast and Food.

■ **Sites des magazines spécialisés** : Saveurs magazine, Thuriès, Elle à table, Yam, Bistrot, Gueuleton, Fou de pâtisseries.

■ **Groupes Facebook** : Demotivateur Food, Tu sais que tu es cuisinier quand...

■ **Réseaux sociaux** : pages Facebook, Instagram et Twitter des restaurants et des cuisiniers.

■ **Sites de référencements** : lafourchette.com, restoaparis.com, tripadvisor.fr.

■ **Influenceurs food** : Cédric Grolet, Diego Alary, Michel Dumas, Roro Cuistot, On mange quoi, Le street foodist, Fast Good Cuisine...

3 La cuisine en librairie

■ **Magazines** : avec l'engouement médiatique pour la cuisine, de nouveaux magazines spécialisés fleurissent. Ceux qui ne sont pas spécialisés dans la cuisine ont souvent une page qui y est consacrée et/ou une page consacrée à l'art de la table.

■ **Romans** : *Le Ventre de Paris* d'Émile Zola (1873), *Le Festin de Babette* de Karen Blixen (1958), *Ensemble, c'est tout* d'Anna Gavalda (2004), *Mange, Prie, Aime* d'Elizabeth Gilbert (2006) *Le Chef est une femme* de Valérie Gans (2012), *Amour, cuisine et poulet sauce moutarde* de Ludivine Irolla (2023).

■ Le nombre de **livres de recettes** publiés continue d'augmenter.

■ Des livres spécialisés sur la cuisine végétale voient le jour : *La pâtisserie végétale* de Pierre Hermé (2023), *La cuisine végétale de référence* de Frédéric Jaunault (2024), *La cuisine végétarienne : Techniques et recettes* d'Estérelle Payany (2025).

Fiche 38

La cuisine végétale

1 Présentation

■ Les enjeux environnementaux, la diversité des régimes alimentaires, les intolérances, les allergies et le bien-être animalier sont autant de raisons qui incitent les clients à consommer une cuisine végétale.

■ Parmi ces clients, il y a :
- **les végétariens** : ils ne consomment pas de chair animale (viande, volaille, poisson, crustacé, mollusque et insecte) ;
- **les végétaliens** : ils excluent tous les produits d'origine animale (viande, volaille, poisson, crustacé, mollusque, insecte, gélatine, œuf, produits laitiers, miel) ;
- **les végans** : ils ont la même alimentation que les végétaliens. La différence étant dans le mode de vie qui bannit toute forme d'exploitation animalière au travers de l'habillement, des cosmétiques, des loisirs, etc.

2 La cuisine végétale de l'Antiquité à aujourd'hui

■ Des traces d'alimentation excluant la viande sont retrouvées dès l'Antiquité. Des philosophes de l'époque (Platon, Pythagore, Sénèque) prônent une alimentation axée sur les fruits et légumes ; ils pensent que la consommation de produits d'origine animale est nuisible « tant pour la santé que pour l'âme ».

■ En Inde, au Xe siècle, la religion du jaïnisme prône la non-violence et le respect de toute vie (l'*ahimsa*).

■ Au Moyen Âge, les moines trappistes et Chartreux observaient une abstinence quasi-totale de produits d'origine animale.

■ Au XIXe siècle, les Américains Sylvester Graham, diététicien, et Amos Bronson Alcott, philosophe, promeuvent un régime sans viande pour des raisons de santé, d'éthique et d'environnement. Le terme « végétarien » est officiellement adopté pour les adeptes de leur régime. En 1847 naît la *Vegetarian Society* anglaise.

■ En 1978, le premier menu « tout légumes » est proposé par le Chef Michel Bras dans l'Aubrac.

■ La première association végétarienne française, l'Alliance Végétarienne, naît en 1994.

■ En 2001, le Chef Alain Passard retire la viande rouge de son menu et concentre ses efforts sur les légumes cultivés dans son potager. En 2025, il passe au 100 % végétal en bannissant tous les produits d'origine animale.

3 Les produits alternatifs

Un **produit alternatif** est un produit permettant de **remplacer un aliment** « interdit » permettant toutefois de reproduire facilement le goût et/ou la texture de l'aliment à remplacer.

#info
Créez un menu végétal dans votre restaurant
foucherconnect.fr/25vtechculi63

A. Les alternatifs aux viandes et poissons

- Le **tofu ferme** : mariné, caramélisé, fumé, sauté.
- Le **tempeh** : obtenu par fermentation de graines de soja. Nature ou fumé. Il peut être mariné, cuit, grillé ou frit. Il est riche en protéines et pauvre en lipides.
- Les **protéines de soja texturées** (PST) : après réhydratation, leur texture se rapproche de celle de la viande de poulet ou de bœuf bouilli. Elles sont déjà très présentes dans les plats préparés à l'avance car peu onéreuses.
- Les **légumineuses** : lentilles, pois chiches, fèves, pois cassés, haricots blancs, rouges... Sous forme de steaks, boulettes, pâtes, elles sont une alternative savoureuse et une bonne source de protéines.
- Le **seitan** : gluten de blé et d'épeautre cuit dans un bouillon ou de la sauce soja, il se présente sous forme de pâte souple, spongieuse, vendue en bloc ou en tranches. Il peut être frit, haché, sauté...
- Les **algues** : elles permettent de reproduire les saveurs marines. Nori, dulse, wakamé, elles sont riches en protéines et sont une bonne source de fer ou de zinc.

B. Les alternatifs aux produits laitiers

- Le **tofu soyeux** : pour un résultat crémeux, il peut être utilisé à la place de la crème dans une quiche ou une crème au chocolat.
- Les **laits végétaux** : lait de soja, d'amande, d'avoine, de noisette, de riz, d'épeautre, de cajou. Autant de laits avec des goûts différents pour de nombreuses utilisations.

- Les **crèmes et matières grasses végétales** : margarines 100 % végétales, crèmes végétales épaissies et enrichies d'émulsifiants végétaux, sont de bons succédanés.
- Les **fromages** : appelés « faux-mages », ils peuvent être à base de purées de différentes noix, de légumineuses, de légumes, de graines. Il en existe de nombreuses sortes avec différents degrés d'affinage : frais, demi-sec, sec.

C. Les alternatifs aux œufs

En fonction des propriétés de l'œuf utilisées :

- **moussant** : l'aquafaba (eau de cuisson des pois chiches) a un pouvoir moussant important et un faible goût de pois chiches : meringue, mousses... ;

- **moelleux** : compote de fruits ou de purée de légumes doux, banane écrasée, huile ou purée d'oléagineux additionnée de lait végétal, yaourt de soja ;
- **liant** : fécule + eau, graines de lin moulues + eau, graines de chia + eau, tofu soyeux, compote de fruits, banane écrasée ;
- **alléger une pâte** : vinaigre de cidre ou citron + lait végétal, bicarbonate de soude + vinaigre de cidre ou citron, yaourt de soja ;
- les **substituts prêts à l'emploi** : sous forme liquide ou en poudre, ils peuvent remplacer des œufs entiers, des blancs d'œufs ou des jaunes d'œufs. À base de protéines de végétaux et de farine de riz, enrichis en bêta-carotène pour la couleur, ils sont de bons alternatifs.

4 La cuisine végétale plébiscitée

■ La loi EGalim impose aux restaurants de collectivité scolaire public (depuis 2023) et privé (depuis 2024) de diversifier ses sources de protéines et de proposer au moins une fois par semaine un menu végétarien.

■ Les restaurants de collectivité autre que scolaire, empruntent la même diversification en proposant une alternative végétale dans leur offre quotidienne.

#info
Les menus végétariens et la réglementation
foucherconnect.fr/25vtechculi64

■ De nombreux chef(fe)s ne vont pas jusqu'à une végétalisation complète des menus, mais s'inscrivent dans une vraie dynamique en ce sens, en mettant largement les légumes à l'honneur :

- Michel Bras (fils : Sébastien Bras) : « Le Suquet », restaurant 3 étoiles situé à Laguiole (Aveyron). Plat emblématique : le Gargouillou de jeunes légumes ;
- Alain Passard : restaurant « L'Arpège ». Chef qui sublime les légumes et les place au centre de ses assiettes. Il est le premier chef triple étoilé de France à proposer un menu 100 % végétal. Plats emblématiques : Tartare végétal, betterave en croûte de sel, tartelettes potagères ;
- Régis Marcon : restaurant « Marcon ». Installé à Saint-Bonnet-Le-Froid, environnement propice à la culture du champignon, sa passion. Plats emblématiques : le ragoût de lentilles vertes du Puy AOP et truffes, dessert banane et morilles ;
- Manon Fleury : restaurant « Datil ». Conçoit les fruits et légumes comme les seuls « produits de luxe ». L'assiette met en valeur le végétal avant tout. Plat emblématique : « La bouillie de Manon », à base de céréales et légumes.

Exercices

Exercice 1 Exercice à relier

Reliez les bonnes réponses.

Yam •	• Roman
Les Saveurs du palais •	• Blog
Ensemble, c'est tout •	• Film
Papilles et Pupilles •	• Émission TV
Bon appétit bien sûr •	• Magazine

Exercice 2 Ordre chronologique

Remettez dans l'ordre chronologique (du plus ancien au plus récent) les événements et découvertes suivants.

.... Développement de la pâtisserie

.... Début de l'appertisation

.... Ouverture des premiers bouillons-restaurants

.... Création du *Guide Michelin*

.... Première émission culinaire télévisée

.... Apparition du feu

.... Premières liaisons au pain, au sang et à l'œuf

.... Cuisine moléculaire

.... Édition du Guide culinaire

Exercice 3 Noms à compléter

Trouvez les auteurs ou précurseurs des éléments suivants.

Le Viandier	G_ _ _ _ _ _ _ _ T_ _ _ _
Le Guide culinaire	A_ _ _ _ _ _ _ E_ _ _ _ _ _ _ _ _
La cuisine minceur	M_ _ _ _ _ G_ _ _ _ _ _ _
La cuisson sous vide	G_ _ _ _ _ _ _ P_ _ _ _ _ _

Exercice 4 L'origine des appellations

Réveillez votre curiosité et recherchez l'origine des appellations suivantes.

- La sauce béchamel..
- Le velouté Dubarry..
- La madeleine de Commercy..
- Le parmentier..

Exercice 5 Mots à relier

Retrouvez les noms de 16 chefs dans la grille et reportez-les ci-dessous.

									F	O									
								F	G	V	L								
							O	E	U	Q	Z	E							
						O	J	S	E	P	P	T	B						
					O	B	X	U	R	S	I	A	N	R					
				S	E	Q	O	C	A	G	C	M	F	I	A				
			F	X	I	L	W	O	R	V	M	O	S	K	O	S			
		R	Z	J	I	H	G	B	D	Ç	M	S	F	Ç	C	P	R		
	E	O	Ç	V	Z	U	A	E	S	I	O	L	O	F	A	E	X	G	
I	O	M	E	R	F	U	C	G	L	T	W	U	D	L	I	A	Y	S	U
L	E	R	E	D	P	A	S	S	A	R	D	A	L	Z	B	E	O	J	D
	E	U	E	R	T	N	S	Y	V	V	R	E	A	Y	H	R	R	E	
		O	E	H	A	Q	O	H	A	R	N	R	V	F	G	K	Y		
			D	J	N	C	K	T	O	O	B	P	E	S	X	K			
				U	F	T	E	Z	K	X	G	B	I	H	D				
					C	L	E	I	Ç	R	Q	O	L	A					
						A	S	R	M	J	R	W	S						
							S	C	J	T	C	H							
								S	T	D	R								
									E	R									

#corrigés

Corrigés des exercices

foucherconnect.fr/25vtechculi65

Module 5

CUISINES NATIONALE ET INTERNATIONALE

La cuisine nationale

La cuisine internationale

LA CUISINE NATIONALE

Les Hauts-de-France

1 Situation géographique

Les **Hauts-de-France** sont une région du Nord de la France, fusion du Nord-Pas-de-Calais et de la Picardie. Elle compte 5 départements : l'Aisne, le Nord, l'Oise, le Pas-de-Calais et la Somme. Son chef-lieu est Lille. Elle est bordée au nord par la mer du Nord, à l'ouest par la Manche et est frontalière de la Belgique au nord-est.

2 Produits marqueurs

Viandes de boucherie	Volailles	Produits de la pêche	Charcuteries	Produits maraîchers et du verger
• Bœuf Belle-Bleue (LR) • Agneau de pré-salé de la baie de somme (AOC)	Volailles fermières de Licques (IGP)	Anguille, plie, carrelet, hareng, bar, cabillaud, moules, brochet	• Andouille et andouillette de Cambrai • Pâté picard	• Ail d'Arleux, endives, pomme de terre ratte du Touquet • Fraises, myrtilles, pommes
Fromages et autres produits laitiers	**Boissons**	**Confiseries**	**Agro-alimentaire**	**Gibiers**
• Maroilles (AOC) • Boulette d'Avesnes • Mimolette vieille • Tome de Cambrai	• Bières : Ch'ti, Jenlain, 3 Monts • Eau-de-vie de Genièvre • Cidre de Picardie	• Carambars • Bêtises de Cambrai	• Rollmops • Bouffis • Potjevleesch	Non représentatifs de cette région

3 Spécialités régionales

A. Entrées

- **Flamiche au maroilles** : pâte levée garnie de tranches de maroilles et d'un appareil à crème prise salé.
- **Ficelle picarde** : crêpe garnie d'une duxelles de champignons, de jambon et de crème fraîche.
- **Potjevleesch** : terrine en gelée de 4 viandes : poule, lapin, porc et veau.

B. Plats

- **Anguille au vert** : anguille pochée au court-bouillon, aromatisée d'herbes fraîches (sauge, menthe, oseille, ortie, cresson...), servie avec le court-bouillon lié à la farine de maïs et au beurre. Généralement accompagnée de pommes de terre vapeur.
- **Carbonade flamande** : ragoût de bœuf cuit à la bière brune, oignons et vergeoise (sorte de cassonade). Servie avec des frites.
- **Hochepot** : pot-au-feu de queue de bœuf, d'épaule de mouton, de lard salé et de légumes.

C. Desserts

- **Douillon de pommes** : pomme au four recouverte de pâte brisée ou feuilletée.
- **Gaufre de Dunkerque** : fine gaufre sèche et ronde réalisée avec de la vergeoise et aromatisée au rhum ou au genièvre.
- **Tarte au sucre** : pâte levée surmontée d'un appareil à crème prise sucré à la vergeoise.

4 Menus types et boissons conseillées

Menu 1

1. Flamiche au maroilles
2. Anguille au vert
3. Douillon de pommes

Bière blonde 3 Monts

Menu 2

1. Ficelle picarde
2. Carbonade flamande
3. Tarte au sucre

Cidre picard

Menu 3

1. Potjevleesch
2. Hochepot
3. Gaufres dunkerquoises

Bière Angelus

#vidéo

La capitale européenne de la gastronomie

foucherconnect.fr/25vtechculi66

LA CUISINE NATIONALE

La Normandie

1 Situation géographique

La **Normandie** est une région du Nord-Ouest de la France, bordée par la Manche. Son chef-lieu est Rouen. Cette région est issue de la fusion des départements de la Haute-Normandie et de la Basse-Normandie.

2 Produits marqueurs

Viandes de boucherie	Volailles	Produits de la pêche	Charcuteries	Produits maraîchers et du verger
• Porc fermier de Normandie (IGP) • Agneau de pré-salé du Mont Saint-Michel (AOC)	• Volailles fermières de Normandie (IGP) • Canard rouennais	• Coquilles Saint-Jacques de Normandie (LR) • Moules de Barfleur • Praires de Granville	• Andouille de Vire • Boudin noir et saucisse de Mortagne • Jambon blanc du Cotentin	• Poireaux de Créances (IGP), carottes de Créances, choux-fleurs • Pommes, poires, cerises, cassis
Fromages et autres produits laitiers	**Boissons**	**Confiseries**	**Agro-alimentaire**	**Gibiers**
• Camembert, Livarot, Pont-l'Évêque, Neufchâtel (AOC) • Beurre et crème d'Isigny (AOP)	• Cidre du Pays d'Auge (AOC) • Poiré Domfront (AOC) • Pommeau de Normandie (AOC)	• Caramel mou et dur d'Isigny • Sablés normands • Galettes Saint-Michel	• Tripes à la mode de Caen • Vinaigre de cidre • Brioche la Fallue	Non représentatifs de cette région

3 Spécialités régionales

A. Entrées

- **Marmite dieppoise** : soupe de tronçons de poissons nobles (lotte, sole, turbot…) et de fruits de mer (moules, crevettes) pochés au vin blanc. La soupe est ensuite beurrée et crémée.
- **Œuf mimosa de Fécamp** : œufs durs coupés en deux. Le jaune est mélangé à un salpicon de crevettes, de champignons et de mayonnaise.
- **Moules de Barfleur à la crème** : moules cuites façon marinière au cidre. La sauce est ensuite crémée à la crème fraîche.

B. Plats

- **Tripes à la mode de Caen** : panse, feuillet, bonnet, caillette et pied de bœuf ou de veau cuits 9 heures dans un bouillon aromatique et aromatisé au cidre et au calvados.
- **Poulet sauté Vallée d'Auge** : fricassée de poulet flambé au calvados, cuit avec des champignons et de la crème fraîche. Servi avec des pommes fruits mijotées à la crème et des lardons.
- **Escalope de veau à la normande** : escalope farinée sautée au beurre, puis déglacée au cidre et à la crème fraîche. Servie avec des légumes primeurs cuits à l'anglaise.

C. Desserts

- **Bourdelot de pomme** : pomme au four recouverte de pâte.
- **Teurgoule** : riz au lait à la cannelle, cuit au four, à déguster avec une brioche aux œufs et au beurre de baratte, la Fallue.
- **Petits crémets normands** : crème chantilly additionnée de blancs en neige, moulée en faisselle et égouttée toute une nuit.

4 Menus types et boissons conseillées

Menu 1

1. Marmite dieppoise
2. Tripes à la mode de Caen
3. Crémets normands

Cidre de Normandie

Menu 2

1. Moules à la crème
2. Poulet sauté Vallée d'Auge
3. Bourdelot de pommes

Cidre du Pays d'Auge

Menu 3

1. Œuf mimosa de Fécamp
2. Escalope de veau à la normande, petits légumes
3. Teurgoule

Cidre de Normandie

#vidéo

Zoom sur la région Normandie

foucherconnect.fr/25vtechculi67

LA CUISINE NATIONALE

L'Île-de-France

1 Situation géographique

L'**Île-de-France**, ou région parisienne, est située au centre-nord de la France. Elle est marquée en son centre par le Bassin parisien et est traversée par la Seine. Son chef-lieu est Paris, capitale de la France. La région est composée de la ville de Paris et de 7 départements : les Hauts-de-Seine, la Seine-Saint-Denis, le Val-de-Marne, le Val-d'Oise, les Yvelines, l'Essonne et la Seine-et-Marne.

2 Produits marqueurs

Viandes de boucherie	Volailles	Produits de la pêche	Charcuteries	Produits maraîchers et du verger
• Agneau de bergerie d'Île-de-France • Bœuf d'Île-de-France	Volailles fermières du Gâtinais (LR)	Les produits de la Seine et de ses affluents ne sont pas consommables selon un arrêté de 2005.	• Jambon blanc de Paris • Saucisson à l'ail • Hure de porc	• Asperges d'Argenteuil, haricots chevriers d'Arpajon • Champignons de Paris • Cerises de Montmorency
Fromages et autres produits laitiers	**Boissons**	**Confiseries**	**Agro-alimentaire**	**Gibiers**
• Brie de Meaux, brie de Melun (AOC) • Coulommiers • Fontainebleau • Boursault	• Vin de Montmartre • Bière de la Gâtine • Noyau de Poissy (liqueur)	• Sucre d'orge de Moret-sur-Loing • Chouquettes • Brioches de Nanterre	• Miel du Gâtinais • Moutarde de Meaux • Pain Poilâne	• Faisan, perdreau, caille • Sanglier, chevreuil • Lièvre

3 Spécialités régionales

A. Entrées

- **Gnocchis à la parisienne** : bouchons de pâte à choux salée, pochés, recouverts de béchamel et gratinés.
- **Potage parisien** : potage mixé à base de blancs de poireaux et de pommes de terre, servi avec croûtons et pluches de cerfeuil.
- **Saumon en Bellevue** : filet de saumon poché au court-bouillon, servi froid et en gelée, avec une mayonnaise.

B. Plats

- **Pigeon Clamart** : pigeon rôti, servi avec des fonds d'artichauts garnis de petits pois à la française et des pommes château.
- **Merlan Colbert** : merlan entier désarêté par le dos, pané puis frit. Servi avec un beurre Maître d'hôtel, des quartiers de citron et un riz pilaf.
- **Caneton Montmorency** : caneton poêlé, sauce aigre-douce aux cerises de Montmorency, garniture Fontainebleau (pommes Duchesses et jardinière de légumes).

C. Desserts

- **Paris-Brest** : couronne de pâte à chou surmontée d'amandes effilées, garnie d'une crème mousseline au praliné.
- **Saint-Honoré** : abaisse de pâte feuilletée, recouverte de choux caramélisés en cercle et garnie en son centre avec de la crème chiboust.
- **Tarte Bourdaloue** : tarte à base de pâte sablée, de crème d'amandes et de poires pochées au sirop.

4 Menus types et boissons conseillées

Menu 1

1. Gnocchis à la parisienne
2. Merlan Colbert
3. Paris-Brest

Vin de Montmartre

Menu 2

1. Potage parisien
2. Pigeon Clamart
3. Saint-Honoré

Vin de Montmartre

Menu 3

1. Saumon en Bellevue
2. Caneton Montmorency, garniture Fontainebleau
3. Tarte Bourdaloue

Bière de la Gâtine

#vidéo
Zoom sur l'Île-de-France
foucherconnect.fr/25vtechculi68

LA CUISINE NATIONALE

Le Grand Est

1 Situation géographique

Le **Grand Est** est situé au nord-est de la France, aux frontières de la Belgique, du Luxembourg et de l'Allemagne. Il regroupe les régions Champagne-Ardenne et Alsace-Lorraine, soit 10 départements : les Ardennes, l'Aube, la Marne, la Haute-Marne, la Meurthe-et-Moselle, la Meuse, la Moselle, le Bas-Rhin, le Haut-Rhin et les Vosges. Son chef-lieu est la métropole européenne Strasbourg.

2 Produits marqueurs

Viandes de boucherie	Volailles	Produits de la pêche	Charcuteries	Produits maraîchers et du verger
· Agneau des Ardennes et de Lorraine · Bœuf de Lorraine	· Volailles fermières d'Alsace (IGP) · Volailles de Champagne (LR)	· Saumon des Ardennes · Truite des Vosges · Brochet · Carpe · Écrevisses	· Foie gras · Knacks et autres saucisses, boudin blanc de Rethel, jambon sec des Ardennes (IGP)	· Asperge de champagne, chou à choucroute · Mirabelle de Lorraine (IGP)
Fromages et autres produits laitiers	**Boissons**	**Confiseries**	**Agro-alimentaire**	**Gibiers**
· Chaource (AOC) · Langres (AOC) · Munster-Géromé (AOC)	· Vins d'Alsace et de Champagne · Eau-de-vie de mirabelle (AOC) · Kirsch	· Bergamote de Nancy · Miel de fleurs d'Alsace (IGP) · Biscuit rose de Reims	· Andouillettes de Troyes · Madeleine de Commercy · Pain d'épices	· Faisan, perdreau, caille · Sanglier, chevreuil · Lièvre

3 Spécialités régionales

A. Entrées

- **Quiche lorraine** : pâte brisée salée garnie de lardons et d'un mélange d'œufs et de crème fraîche.
- **Flammeküche** : pâte à pain très fine garnie d'oignons, de lardons, de crème fraîche et flambée au marc de Gewurztraminer.
- **Huîtres chaudes au champagne** : huîtres recouvertes d'un sabayon aromatisé au champagne puis gratinées.

B. Plats

- **Pieds de porc à la Sainte-Menehould** : pieds de porc cuits au bouillon, panés, grillés et servis avec des pommes cocottes et de la moutarde à l'ancienne.
- **Choucroute** : chou blanc finement émincé, salé et fermenté, cuit au vin blanc d'Alsace et accompagné de pommes de terre et d'un assortiment de viandes et de charcuteries.
- **Potée lorraine** : palette de porc demi-sel, lard et saucisses fumés, pommes de terre, chou vert frisé, navets cuits au bouillon.

C. Desserts

- **Baba au rhum** : pâte à savarin imbibée de rhum et accompagnée de crème fouettée.
- **Kougelhopf** : gâteau en pâte levée, aromatisé au kirsch et garni de fruits secs.
- **Tarte aux mirabelles** : tarte à base de pâte sablée garnie de mirabelles bien serrées et légèrement sucrées.

4 Menus types et boissons conseillées

Menu 1

1. Quiche lorraine
2. Potée lorraine
3. Tarte aux mirabelles

Côtes-de-Toul AOC

Menu 2

1. Flammenküche
2. Choucroute
3. Kougelhopf

Riesling ou Gewurztraminer

Menu 3

1. Huîtres chaudes au Champagne
2. Pied de porc à la Sainte-Menehould
3. Baba au rhum

Champagne

#vidéo
Zoom sur le Grand-Est
foucherconnect.fr/25vtechculi69

LA CUISINE NATIONALE

La Bretagne

1 Situation géographique

La **Bretagne** est composée des départements des Côtes-d'Armor, du Finistère, d'Ille-et-Vilaine et du Morbihan. Rennes en est la préfecture. Baignée par la Manche au nord et par le golfe de Gascogne au sud, elle se trouve dans le Grand Ouest français.

2 Produits marqueurs

Viandes de boucherie	Volailles	Produits de la pêche	Charcuteries	Produits maraîchers et du verger
· Viande bovine charolaise (LR) · Cochon du druide (LR) · Porc fermier de Bretagne	· Volailles de Janzé (IGP) · Volailles d'Argoat (IGP) · Lapin (LR) · Poulet coucou de Rennes	· Saint-Jacques des Côtes d'Armor (IGP) · Lotte, sole · Homard bleu · Ormeaux de Plouguerneau	· Andouille de Guéméné (AOC) · Pâté Hénaff · Saucisse de Molène	· Artichaut · Coco de Paimpol (AOC) · Oignon de Roscoff (AOC) · Fraise de Plougastel
Fromages et autres produits laitiers	**Boissons**	**Confiseries**	**Agro-alimentaire**	**Gibiers**
· Beurre Bordier (salé, demi-sel et doux) · Lait ribot	· Pommeau de Bretagne · Chouchen · Bières Coreff · Cidre de Cornouailles · Breizh Cola	· Gavottes · Galettes de Pont-Aven · Caramel au beurre salé	Farine de blé noir	Non représentatifs de cette région

3 Spécialités régionales

A. Entrées

- **Moules au chouchen** : moules cuites à la marinière, le vin blanc est remplacé par du chouchen.
- **Galettes de sarrasin** : pâte à crêpe à base de farine de blé noir, sautée et garnie de jambon, d'andouille de Guéméné...
- **Coquilles Saint-Jacques à la bretonne** : Saint-Jacques sautées au beurre, accompagnées d'une sauce au vin blanc et persil haché. Dans leur coquille, panées de chapelure et gratinées.

B. Plats

- **Cotriade de poissons** : soupe de poissons (congre, lotte, maquereaux, sardines...) revenus au beurre, non mixés et accompagnés de pommes de terre.

- **Homard à l'armoricaine** : homard breton cuit au bouillon et servi avec une sauce américaine faite à partir de la carcasse du homard. Accompagné de pommes de terre vapeur.
- **Kig Ha Farz** : sorte de pot-au-feu de viande de bœuf et de jarret de porc cuits avec un sac de farce à base de blé noir. Le plat est servi avec la viande, la farce et les légumes du pot-au-feu (pommes de terre, chou, carottes...).

C. Desserts

- **Far breton** : flan aux pruneaux aromatisé au rhum et au beurre salé.
- **Kouign-amann** : pâte à pain feuilletée sucrée et beurrée.
- **Crêpe aux pommes** : pâte à crêpe à base de froment, sautée, garnie de morceaux de pommes flambés au pommeau de Bretagne et de sauce caramel au beurre salé.

4 Menus types et boissons conseillées

Menu 1

1. Galette de sarrasin complète
2. Cotriade de poissons
3. Crêpe aux pommes

Cidre de Cornouailles

Menu 2

1. Saint-Jacques à la bretonne
2. Kig Ha Farz
3. Far breton

Bière Coreff

Menu 3

1. Moules au chouchen
2. Homard à l'armoricaine
3. Kouign-amann

Chouchen

#vidéo
Zoom sur la Bretagne
foucherconnect.fr/25vtechculi70

Les Pays de la Loire

1 Situation géographique

Les **Pays de la Loire** sont une région du Grand Ouest français, regroupant les départements de la Loire-Atlantique, du Maine-et-Loire, de la Mayenne, de la Sarthe et de la Vendée. La préfecture de la région est Nantes. Son nom est lié à la Loire, le fleuve principal la traversant.

2 Produits marqueurs

Viandes de boucherie	Volailles	Produits de la pêche	Charcuteries	Produits maraîchers et du verger
• Bœuf Maine-Anjou (AOC) • Agneau de Vendée (LR) • Porc fermier de la Sarthe (IGP, LR)	Volailles d'Ancenis, de Cholet (IGP, LR) et du Val de Loire (IGP), Val de Sèvres et Loué (IGP)	• Moules de Bouchot • Ormeaux • Saumon de la Loire • Cuisses de grenouilles • Brochet	• Jambon de Vendée • Rillettes du Mans • Rillons et grillons vendéens • Andouillette de Jargeau	• Mâche nantaise (IGP) • Pommes de terre Bonnotte de Noirmoutier • Mogette de Vendée • Poire d'Angers
Fromages et autres produits laitiers	**Boissons**	**Confiseries**	**Agro-alimentaire**	**Gibiers**
• Crémet nantais • Curé nantais • Machecoulais	• Cointreau • Guignolet • Menthe-Pastille • Vins d'Anjou	• Petit Lu nantais • Gâche vendéenne	Fleur de sel et sel de Guérande	Non représentatifs de cette région

3 Spécialités régionales

A. Entrées

- **Cuisses de grenouilles à la crème** : cuisses de grenouilles sautées à l'ail et à la crème.
- **Velouté de mâche** : potage mixé à base de mâche nantaise et de pommes de terre, crémé et lié aux jaunes d'œufs.
- **Tartines de rillettes du Mans** : viandes de porc et d'oie longuement confites dans la graisse de porc.

B. Plats

- **Brochet au beurre blanc** : brochet poché au court-bouillon, servi avec une sauce émulsionnée chaude à base d'échalotes et de vin réduit monté au beurre et du riz pilaf.

- **Caneton de Challans** : caneton poêlé, accompagné de mogettes cuisinées à la sauce tomate.
- **Rognons de veau Beaugé** : rognons de veau sautés, flambés au cognac et servis avec une sauce crémée à la moutarde et des pâtes fraîches.

C. Desserts

- **Soufflé au Cointreau** : appareil à soufflé aromatisé au Cointreau.
- **Poire belle angevine** : poire pochée au vin rouge d'Anjou et aux épices.
- **Gâteau nantais** : gâteau à base d'amandes hachées, de sucre, de beurre fondu, de farine, d'œufs et de rhum, recouvert d'un glaçage blanc.

4 Menus types et boissons conseillées

Menu 1

1. Cuisses de grenouilles à la crème
2. Caneton de Challans, mogettes de Vendée
3. Soufflé au Cointreau

Vin d'Anjou rouge

Menu 2

1. Velouté de mâche
2. Brochet au beurre blanc
3. Gâteau nantais

Gros-Plant nantais

Menu 3

1. Tartines de rillettes du Mans
2. Rognons de veau Beaugé, pâtes fraîches
3. Poire belle angevine

Gamay

 # vidéo
Les produits des Pays de la Loire
foucherconnect.fr/25vtechculi71

LA CUISINE NATIONALE

La Nouvelle-Aquitaine

1 Situation géographique

La **Nouvelle-Aquitaine** est une région du Sud-Ouest de la France bordée par l'océan Atlantique à l'ouest et les Pyrénées au sud. La région compte 12 départements : Charente, Charente-Maritime, Corrèze, Creuse, Dordogne, Gironde, Landes, Lot-et-Garonne, Pyrénées-Atlantiques, Deux-Sèvres, Vienne, Haute-Vienne. Son chef-lieu est Bordeaux.

2 Produits marqueurs

Viandes de boucherie	Volailles	Produits de la pêche	Charcuteries	Produits maraîchers et du verger
• Agneau du Poitou-Charentes et de Pauillac (IGP) • Bœuf de chalosse (IGP) • Porc basque	• Canard à foie gras du Sud-Ouest (IGP) • Volailles des Landes (IGP)	• Huîtres Marennes Oléron (LR) • Moules et huîtres d'Arcachon (LR)	• Jambon de Bayonne (Ibaïona) (AOC) • Farci poitevin	• Pommes de terre de l'Île de Ré (AOC) • Piment d'Espelette (AOC) • Noix du Périgord (AOC)
Fromages et autres produits laitiers	**Boissons**	**Confiseries**	**Agro-alimentaire**	**Gibiers**
• Beurres d'Echiré et Charentes-Poitou (AOC) • Ossau-Iraty • Chabichou (AOC)	• Vins du Bordelais • Cognac • Armagnac	• Pruneaux d'Agen • Angélique de Niort • Cannelés bordelais	• Caviar de la Gironde • Huile de noix • Foie gras • Confits de canard	• Caille, palombe, oie • Cerf, chevreuil, sanglier

3 Spécialités régionales

A. Entrées

- **Éclade de moules (ou éclade charentaise)** : moules disposées très serrées sur une planche et recouvertes d'aiguilles de pin que l'on enflamme.
- **Tourin** : soupe à base d'ail, de graisse d'oie ou de canard (ou de saindoux, d'huile), de farine, d'eau, de sel, de poivre, d'œuf, de vinaigre, de pain et de vermicelles.
- **Mouclade charentaise** : moules cuites à la marinière, décoquillées de moitié et recouvertes du jus de cuisson crémé et additionné de curry.

B. Plats

- **Confit de canard et ses pommes sarladaises** : viande de canard cuite dans son gras, pommes de terre sautées à la graisse d'oie, copeaux de truffes et persil.
- **Garbure** : soupe au chou garnie de nombreux légumes et viandes confites (canard, abattis d'oie, jarret de porc, jambon…).
- **Ventre de veau à la Saint-Jean d'Angely** : tripes réalisées à partir de fraise de veau cuite 8 heures avec du vin blanc, des poireaux, carottes…

C. Desserts

- **Catalambroca** : gâteau à la broche cuit au feu de bois.
- **Tourteau fromager** : pâte brisée garnie d'un appareil au fromage de chèvre, de crème, d'œufs et de sucre.
- **Gâteau basque** : gâteau à base de farine, beurre, sucre, œufs, parfum (amande, rhum, vanille, zeste de citron) et d'une garniture, traditionnellement à la cerise ou à la crème pâtissière.

4 Menus types et boissons conseillées

Menu 1

1. Éclade charentaise
2. Ventre de veau à la Saint-Jean d'Angely
3. Tourteau fromager

Vin du Haut-Poitou

Menu 2

1. Tourin
2. Confit de canard et ses pommes sarladaises
3. Gâteau basque

Cahors

Menu 3

1. Mouclade charentaise
2. Garbure
3. Catalambroca

Madiran

#vidéo
Les spécialités sucrées de la Nouvelle-Aquitaine
foucherconnect.fr/25vtechculi72

Fiche 46

LA CUISINE NATIONALE

Le Centre-Val de Loire

1 Situation géographique

La région **Centre-Val de Loire** est composée de six départements : le Cher, l'Eure-et-Loir, l'Indre, l'Indre-et-Loire, le Loir-et-Cher et le Loiret. La Loire, plus long fleuve de France, la traverse d'Est en Ouest au centre de plaines et de plateaux boisés.

2 Produits marqueurs

Viandes de boucherie	Volailles	Produits de la pêche	Charcuteries	Produits maraîchers et du verger
· Bovins · Ovins · Caprins	· Géline de Touraine · Volailles fermières de l'Orléanais (LR et IGP)	· Anguilles, aloses, lamproies, brochets, carpes, truites · Écrevisses	· Rillons de Tours · Rillettes · Boudin de sanglier · Pâté berrichon	· Lentilles du Berry (IGP) · Asperges du Val de Loire · Gariguettes de Sologne · Girolles, cèpes
Fromages et autres produits laitiers	**Boissons**	**Confiseries**	**Agro-alimentaire**	**Gibiers**
Pouligny Saint-Pierre, Selles-sur-Cher, Sainte-Maure de Touraine, Valençay (AOC)	Vins de Touraine : Vouvray, Montlouis, Chinon, Saint-Nicolas-de-Bourgueil	· Praline de Montargis · Forestine de Bourges · Pommes tapées de Touraine	· Safran du Gâtinais · Vinaigre d'Orléans · Huile de noix du Berry	· Caille, palombe, oie · Cerf, chevreuil, sanglier

3 Spécialités régionales

A. Entrées

- **Citrouillat berrichon** : tourte feuilletée à la citrouille.
- **Crème de lentilles vertes du Berry** : potage crémé aux lentilles vertes du Berry.
- **Feuilletés au Sainte-Maure de Touraine** : petits pâtés feuilletés garnis de Sainte-Maure de Touraine, crémés et liés à l'œuf.

B. Plats

- **Gigot de sept heures** : gigot d'agneau cuit en ragoût en cocotte durant sept heures, accompagné de petits légumes primeurs.
- **Filets de sandre au Montlouis** : filets de poisson de la Loire pochés, servis avec une sauce au vin blanc de Montlouis, accompagnés d'asperges et de morilles.
- **Chevreuil à la Solognote sauce poivrade** : noisettes de chevreuil sautées, servies avec une sauce déglacée au vin rouge et des pâtes fraîches.

C. Desserts

- **Pithiviers** : gâteau feuilleté garni d'une crème frangipane (moitié crème d'amandes, moitié crème pâtissière).
- **Tarte Tatin** : tarte feuilletée aux pommes caramélisées, montée et cuite à l'envers dans un sautoir.
- **Poirat berrichon** : tourte aux poires et à la cannelle, garnie de fruits secs, nappée de crème fraîche.

4 Menus types et boissons conseillées

Menu 1

1. Crème de lentilles vertes du Berry
2. Chevreuil à la solognote sauce poivrade
3. Pithiviers

Chinon

Menu 2

1. Citrouillat berrichon
2. Gigot de sept heures et ses petits légumes
3. Poirat berrichon

St Nicolas de Bourgueil

Menu 3

1. Feuilletés au Sainte-Maure de Touraine
2. Filet de sandre au Montlouis
3. Tarte tatin

Montlouis sec

#vidéo
10 spécialités de Val de Loire
foucherconnect.fr/25vtechculi73

Fiche 47

La Bourgogne-Franche-Comté

1 Situation géographique

La **Bourgogne-Franche-Comté** est une région de l'Est de la France et réunit huit départements : la Côte-d'Or, le Doubs, la Haute-Saône, le Jura, la Nièvre, la Saône-et-Loire, le Territoire de Belfort et l'Yonne. Les deux grandes villes sont Besançon et Dijon. La région partage une frontière avec la Suisse à l'Est.

2 Produits marqueurs

Viandes de boucherie	Volailles	Produits de la pêche	Charcuteries	Produits maraîchers et du verger
· Porc Franche-Comté (IGP) · Porc comtois (IGP) · Bœuf charolais (LR) · Tendre agneau (LR)	· Volailles de Bresse (AOC) · Volailles de bourgogne (IGP)	· Sandre, alose, lamproies, brochet, carpe, truite · Écrevisse · Escargot de bourgogne	· Saucisse de Morteau (LR), saucisse de Montbéliard (LR) · Jambon de Luxeuil (LR) · Charcuteries du Morvan	· Cassis de Bourgogne · Truffe grise de Bourgogne · Asperges de Ruffey · Oignon d'Auxonne · Morilles, cèpes, girolles
Fromages et autres produits laitiers	**Boissons**	**Confiseries**	**Agro-alimentaire**	**Gibiers**
Mont d'Or, Bleu de Gex, Morbier, chaource, Époisses (AOP)	Vins de Bourgogne, du Beaujolais, d'Arbois	· Pâte de coings · Dragées de Besançon · Pain d'épices de Dijon	· Moutarde de Dijon et de Bourgogne (IGP) · Farine de maïs (Gaude)	· Lièvre, faisan, perdrix · Cerf, chevreuil, sanglier

3 Spécialités régionales

A. Entrées

- **Cassolette d'escargots de Bourgogne** : escargots cuits au court-bouillon, recoquillés avec un beurre d'ail et de fines herbes.
- **Gougères** : choux salés saupoudrés de gruyère râpé et garnis de béchamel.
- **Croûte comtoise** : tartine de pain de campagne recouverte d'un appareil à base de lardons, d'oignons hachés sués, de comté râpé et de crème fraîche. La tartine est ensuite gratinée au four.

B. Plats

- **Bœuf bourguignon** : ragoût à brun de bœuf cuit au vin de Bourgogne avec une garniture de lardons et de petits oignons glacés à brun. Servi avec des pâtes fraîches.
- **Coq au vin jaune** : fricassée de coq cuite en cocotte, sauce déglacée au vin jaune et crème fraîche, morilles sautées.
- **Pochouse** : soupe de poissons de rivière, liée au roux et crémée, agrémentée de lardons, carottes, oignons et croûtons aillés.

C. Desserts

- **Tarte au goumeau** : fond de pâte à pain recouvert d'une sorte de pâte à choux dans laquelle on incorpore de la crème fraîche et aromatisée à la fleur d'oranger.

- **Poire belle dijonnaise** : poire pochée au vin et nappée de coulis de framboises, de glace au cassis et d'amandes.
- **Pain d'épices de Dijon** : gâteau à base de miel de Dijon, d'épices diverses moulues (badiane, cannelle, clou de girofle, coriandre).

4 Menus types et boissons conseillées

Menu 1

1. Cassolette d'escargots
2. Coq au vin jaune
3. Tarte au goumeau

Vin jaune

Menu 2

1. Croûte comtoise
2. Bœuf bourguignon
3. Poire belle dijonnaise

Hautes côtes de Nuits

Menu 3

1. Gougères
2. Pochouse
3. Pain d'épices de Dijon

Bourgogne aligoté

#vidéo

Les produits de la Bourgogne-Franche-Comté

foucherconnect.fr/25vtechculi74

Fiche 48

LA CUISINE NATIONALE

L'Auvergne-Rhône-Alpes

1 Situation géographique

L'**Auvergne-Rhône-Alpes** est située dans la partie centrale et orientale du Sud de la France. Elle se compose de 12 départements : Ain, Allier, Ardèche, Cantal, Drôme, Isère, Loire, Haute-Loire, Puy-de-Dôme, Rhône, Savoie, Haute-Savoie. Lyon est le chef-lieu de la région et est considérée comme la capitale gastronomique de France.

2 Produits marqueurs

Viandes de boucherie	Volailles	Produits de la pêche	Charcuteries	Produits maraîchers et du verger
• Bœuf Fin gras du Mézenc (AOC) • Bœuf charolais, salers, aubrac (LR) • Agneau fermier (LR)	• Volailles de Bresse (AOC) • Poulet noir fermier de l'Ain (IGP) • Volailles de Forez (IGP)	• Sandres, aloses, féras, brochets et carpes de la Dombes, ombles, chevaliers • Écrevisses • Grenouilles	• Jambon et saucisse sèche d'Auvergne (LR) • Tripou d'Aurillac • Rosette, Jésus et grattons lyonnais • Gras-double	• Châtaignes, cerises noires • Lentilles vertes du Puy (AOC) • Ail de la Drôme (IGP) • Noix de Grenoble (AOC) • Olive noire de Nyons (AOC)
Fromages et autres produits laitiers	**Boissons**	**Confiseries**	**Agro-alimentaire**	**Gibiers**
Cantal, Laguiole, fourme d'Ambert, reblochon, Beaufort (AOC)	Volvic, Châteldon, Côtes-du-Rhône, Chartreuse	• Pâtes de fruits d'Auvergne (IGP) • Nougat de Montélimar	• Moutarde de Charroux • Farine de Froment (LR) • Ravioles de Romans (IGP)	• Lièvre • Faisan, perdrix, coq de bruyère • Cerf, chevreuil, sanglier

3 Spécialités régionales

A. Entrées

- **Tartiflette** : gratin de reblochon, de pommes de terre, d'oignons et de lardons.
- **Grenouilles sautées en persillade et crêpes vonnassiennes** : grenouilles sautées au beurre, au persil et à l'ail hachés, crêpes de pommes de terre.
- **Quenelles de brochet sauce Nantua** : panade et chair de brochet façonnée, pochée et passée au four avec une sauce au beurre d'écrevisses.

B. Plats

- **Tripou et son aligot** : « petit paquet rebondi » de panse d'agneau cuisinée au vin blanc de Saint-Pourçain, servi avec une purée de pommes de terre liée à la tome fraîche de Laguiole.
- **Poularde demi-deuil** : poularde contisée, avec des lames de truffe, farcie avec une mousseline de volaille à la truffe, pochée.
- **Tablier de sapeur** : morceau de gras-double mariné au vin blanc, pané et frit, servi avec une salade frisée aux lardons.

C. Desserts

- **Tarte à la noix de Grenoble** : fond de tarte garni d'un caramel au miel décuit à la crème, au beurre et aux noix.
- **Bugnes lyonnaises** : beignets frits en forme de ruban, aromatisés et saupoudrés de sucre.
- **Milliard** : clafoutis aux cerises noires ou aux prunes.

4 Menus types et boissons conseillées

Menu 1

1. Tartiflette
2. Tripou et son aligot
3. Tarte à la noix de Grenoble

Saint-Pourçain blanc

Menu 2

1. Quenelles de brochet sauce Nantua
2. Tablier de sapeur
3. Milliard aux cerises

Côtes du Rhône

Menu 3

1. Grenouilles sautées en persillade
2. Poularde demi-deuil
3. Bugnes lyonnaises

Beaujolais

#vidéo

Les produits d'Auvergne-Rhône-Alpes

foucherconnect.fr/25vtechculi75

LA CUISINE NATIONALE

L'Occitanie

1 Situation géographique

L'**Occitanie** est une région du Midi de la France qui comporte 13 départements : Ariège, Aude, Aveyron, Gard, Haute-Garonne, Gers, Hérault, Lot, Lozère, Hautes-Pyrénées, Pyrénées-Orientales, Tarn, Tarn-et-Garonne. Son chef-lieu est Toulouse. La région est bordée au sud par la mer Méditerranée et les Pyrénées, au nord par le Massif central.

2 Produits marqueurs

Viandes de boucherie	Volailles	Produits de la pêche	Charcuteries	Produits maraîchers et du verger
· Bœuf Aubrac (LR) et Gascon · Agneau de Lozère (IGP) · Taureau de Camargue (AOC)	· Volailles du Languedoc et du lauragais (IGP), volailles fermières du Gers · Canard gras	· Brochets, carpes, congres · Écrevisses · Anchois de Collioure (IGP) · Huîtres de Bouzigues	· Saucisse de Toulouse · Confit de porc · Jambon de Lacaune · Foie gras du Sud-Ouest	· Asperges des sables (AOC) · Oignons doux des Cévennes (AOC) · Ail rose de Lautrec (AOC) · Gariguettes de Nîmes (IGP)
Fromages et autres produits laitiers	**Boissons**	**Confiseries**	**Agro-alimentaire**	**Gibiers**
Bleu des Causses, Laguiole, Roquefort, Pélardon des Cévennes (AOC)	· Vins de Cahors, Gaillac, banyuls… · Armagnac · Floc de Gascogne	· Croquants · Réglisse d'Uzès, violettes de Toulouse, cachou Lajaunie	· Huile d'olive de Nîmes (AOP) · Riz de Camargue (IGP)	· Caille, pigeon, grive, perdrix · Cerf, chevreuil, sanglier

3 Spécialités régionales

A. Entrées

- **Morue gasconne** : pommes de terre sautées à l'ail et au persil, additionnées de morue.

- **Aïgo boulido** : soupe d'ail et de sauge, servie avec des tranches de pain rassis frottées d'ail frais.
- **Pâté de Pézenas** : petit pâté en forme de bobine, farci d'un mélange sucré-salé d'agneau, de cassonade et de citron.

B. Plats

- **Cassoulet toulousain** : ragoût de haricots tarbais au confit d'oie, de tomates, d'ail, d'oignons, de saucisses de Toulouse, de travers et jarret de porc.
- **Bourride sétoise** : tronçons de lotte cuits dans un court-bouillon safrané lié à la sauce aïoli (ail pilé monté à l'huile d'olive), servis avec un riz de Camargue ou des pommes de terre vapeur.
- **Gardiane de taureau de Camargue** : ragoût de taureau au vin rouge, servi avec du riz de Camargue cuit pilaf.

C. Desserts

- **Crème brûlée à la catalane** : appareil à crème prise aromatisée à la cannelle et aux zestes d'agrumes, saupoudrée de sucre roux et caramélisée au grill du four.
- **Pescajoun** : crêpe semi-épaisse aux fruits (pommes, pruneaux...) aromatisée à l'armagnac ou autre eau-de-vie.
- **Pastis gascon** : pâte feuilletée aux œufs, étirée très finement, séchée, garnie de pommes macérées au vieil armagnac. Le dessus des pommes est recouvert de pâte feuilletée chiffonnée, puis le dessert est cuit au four.

4 Menus types et boissons conseillées

Menu 1

1. Aïgo boulido
2. Gardiane de taureau et riz de Camargue
3. Pescajoun

Corbières

Menu 2

1. Pâté de Pézenas
2. Bourride sétoise
3. Crème catalane

Vin de Pays d'Oc

Menu 3

1. Morue gasconne
2. Cassoulet toulousain
3. Pastis gascon

Cahors

#vidéo

Les produits de l'Occitanie

foucherconnect.fr/25vtechculi76

Fiche 50

La Provence-Alpes-Côte d'Azur

1 Situation géographique

La **Provence-Alpes-Côte d'Azur** (PACA) est une région du Sud-Est de la France. Son chef-lieu est Marseille. Elle est formée de 6 départements : les Alpes-de-Haute-Provence, les Hautes-Alpes, les Alpes-Maritimes, les Bouches-du-Rhône, le Var et le Vaucluse. Elle est bordée par la mer Méditerranée et les Alpes qui la séparent de l'Italie.

2 Produits marqueurs

Viandes de boucherie	Volailles	Produits de la pêche	Charcuteries	Produits maraîchers et du verger
· Agneaux de Crau (AOC) et de Sisteron (IGP, LR) · Taureau de Camargue (AOC)	· Poulet fermier · Lapin	· Loup d'aquaculture (LR), dorades, poissons de roche, sardines	· Saucisson d'Arles · Caillette de Pierrelatte · Jambon de Camargue	· Artichaut violet de Provence · Figue de Sollies (AOC), citron de Menton, melon de cavaillon (IGP)
Fromages et autres produits laitiers	**Boissons**	**Confiseries**	**Agro-alimentaire**	**Gibiers**
· Banon · Brousse de Rove (AOC)	· Vins de Provence · Pastis · Anisette	· Miel de Provence · Calisson d'Aix (IGP) · Navette de Marseille · Violette de Tourrettes	· Huile d'olive de la vallée des Baux-de-Provence (AOC) · Riz de Camargue (IGP) · Herbes de Provence (IGP)	· Cailles, perdreaux, grives, perdrix · Lièvres, chevreuils, sangliers

3 Spécialités régionales

A. Entrées

- **Soupe au pistou** : potage à base de légumes taillés (carottes, courgettes, céleri, poireaux, pommes de terre, haricots), de pâtes et de pistou (sauce à base d'ail, de basilic et d'huile d'olive).
- **Supions farcis** : petites seiches farcies de fruits de mer, de feuilles de blettes, d'aromates...
- **Pissaladière** : pâte à pain recouverte d'une purée d'anchois, d'oignons émincés sautés et d'olives noires.

B. Plats

- **Bouillabaisse** : soupe de poissons servie avec des morceaux de poissons (rascasse, saint-pierre, grondin, vive...).
- **Pieds paquets à la provençale** : abats de mouton (pieds et tripes farcies et roulées en forme de paquets) mijotés dans une sauce au vin blanc, à la tomate et au petit salé.
- **Artichauts farcis à la barigoule** : petits artichauts violets farcis de lardons et de jambon, de champignons, d'oignons et d'échalotes, puis braisés au vin blanc.

C. Desserts

- **Tarte tropézienne** : gâteau composé d'une brioche ronde garnie d'un mélange de crème au beurre et de crème pâtissière.
- **Chichis fregi** : beignets longs et cannelés à base de farine, de levure, d'eau, et aromatisés à l'eau de fleur d'oranger.
- **Tarte au citron de Menton** : fond de pâte brisée sucrée, garni d'un appareil à base de jus de citron de Menton épaissi.

4 Menus types et boissons conseillées

Menu 1

1. Pissaladière
2. Pieds paquets à la provençale
3. Tarte au citron de Menton

Bandol

Menu 2

1. Soupe au pistou
2. Artichauts à la barigoule
3. Chichis fregi

Tavel

Menu 3

1. Supions farcis
2. Bouillabaisse
3. Tarte tropézienne

Pastis

#vidéo

Les 13 desserts de la table de noël

foucherconnect.fr/25vtechculi77

La Corse

1 Situation géographique

La **Corse** est une île et une collectivité territoriale française, située en mer Méditerranée et divisée en 2 départements : la Corse du Sud et la Haute-Corse. L'île est plutôt boisée et montagneuse, sa côte méridionale est formée de hautes falaises.

2 Produits marqueurs

Viandes de boucherie	Volailles	Produits de la pêche	Charcuteries	Produits maraîchers et du verger
• Porc noir • Agneau • Capri	Non représentatives de cette région	• Congre, mérou, murène, rouget, rascasse • Encornet • Oursin • Huître d'Urbino et de la Diane	• Coppa (échine de porc désossée) • Figatellu (saucisse de foie de porc) • Prisuttu (jambon)	• Clémentine corse, cédrat, figue, arbouse • Châtaigne • Olives • Herbes aromatiques
Fromages et autres produits laitiers	**Boissons**	**Confiseries**	**Agro-alimentaire**	**Gibiers**
• Lait de brebis • Brocciu (AOC)	Vins de Corse AOC : Ajaccio, Patrimonio, muscat du cap Corse, Rappu	• Miel de Corse (AOP) • Confitures	• Farine de châtaignes corses (AOP) • Huile d'olive (AOP)	• Caille, perdrix, faisan • Lièvre • Sanglier

3 Spécialités régionales

A. Entrées

- **Langouste à la bonifacienne** : langouste cuite au court-bouillon et servie avec une sauce à la moutarde et au corail.
- **Soupe au brocciu** : soupe à l'oignon et au brocciu.
- **Fritelles** : beignets de toutes sortes d'aliments (fruits, légumes, viandes, poissons).

B. Plats

- **Stufatu** : estouffade de bœuf, de porc, de mouton et de jambon cru.
- **Storzapretti** : quenelles à base de blettes et de brocciu gratinées au four.
- **Lentilles au figatellu** : ragoût de lentilles à la tomate et aux morceaux de figatellu.

C. Desserts

- **Fiadone** : entre le gâteau et le flan, à base de brocciu frais, parfumé à l'orange ou au citron.
- **Canistrelli** : petits gâteaux croquants à l'anis.
- **I Migliacci** : petits gâteaux à base de pâte levée au brocciu.

4 Menus types et boissons conseillées

Menu 1

1. Assortiment de fritelles
2. Storzapretti
3. Canistrelli

AOC Patrimonio

Menu 2

1. Langouste à la bonifacienne
2. Stufatu
3. Fiadone

Vin de Corse AOC

Menu 3

1. Soupe au brocciu
2. Lentilles au figatellu
3. I Migliacci

Ajaccio AOC

#vidéo
Les produits de Corse
foucherconnect.fr/25vtechculi78

LA CUISINE NATIONALE

La France d'outre-mer

1 Situation géographique

La **France d'outre-mer** comprend les territoires de la République française situés en dehors du continent européen. Ils comprennent la Guadeloupe, la Martinique, la Guyane, la Réunion, Saint-Pierre et Miquelon, Mayotte, Saint-Barthélemy, Saint-Martin, Wallis et Futuna, la Polynésie française, la Nouvelle-Calédonie, les Terres australes et antarctiques françaises.

2 Produits marqueurs

Viandes de boucherie	Volailles	Produits de la pêche	Charcuteries	Produits maraîchers et du verger
• Bœuf Péi • Porc Péi • Cabri • Chèvre	• Poulets de chair • Poule pondeuse • Canard • Pintade	• Vivaneau, mérou, raie, dorade coryphère • Chatrou • Langouste • Palourde, lambi	• Boudins noirs antillais • Queue de cochon • Fromage de tête	• Ananas Victoria, litchi (LR), fruits exotiques • Christophine • Patate douce • Gombo
Fromages et autres produits laitiers	**Boissons**	**Confiseries**	**Agro-alimentaire**	**Gibiers**
• Piton des neiges • Fromage des plaines • Piton Maïdo • Délice de la Sicalait • Takamaka	• Rhum charrette, rhum agricole • Punchs arrangés	• Bonbons manioc • Fruits confits • Sucre de canne • Cassave (galette de manioc)	• Curcuma • Vanille Bourbon • Massalé • Pâte d'arachide • Épices	• Biche • Cochon bwa • Agouti • Tangue • Cerf

3 Spécialités régionales

A. Entrées

- **Féroce d'avocat** : purée d'avocat, morue, farine de manioc et piment. Servi sur des tartines de pain de manioc.
- **Accras de morue** : boulettes frites de morue dessalée, purée de pommes de terre, piment.
- **Achards de légumes** : légumes divers coupés en morceaux, cuits dans des épices et servis froids.

B. Plats

- **Colombo de poulet** : plat en sauce à base de poulet, de colombo et d'aromates, servi avec du riz créole.
- **Matété** : ragoût de crabes de terre épicé et pimenté, servi avec du riz créole.
- **Cari de poulet** : fricassée de poulet au curry, gingembre, ail, oignons et tomates. Servi avec du riz créole.

C. Desserts

- **Poe à la banane** : purée de bananes plantain rôties, additionnée de farine et de sucre puis cuite au four enveloppée dans une feuille de bananier. Servi avec du lait de coco.

- **Blanc-manger au coco** : lait de coco additionné de lait concentré et aromatisé à l'extrait d'amande et de vanille puis gélifié. Servi avec des fruits exotiques.
- **Couac coco** : noix de coco fraîche, râpée et torréfiée, additionnée de sucre, de citron, de muscade, de cannelle et de couac (farine de manioc).

4 Menus types et boissons conseillées

Menu 1

1. Accras de morue
2. Matété
3. Couac coco

Ti punch

Menu 2

1. Féroce d'avocat
2. Colombo de poulet
3. Blanc-manger au coco

Jus de fruits frais

Menu 3

1. Achards de légumes
2. Cari de poulet
3. Poe à la banane

Bière de Bourbon

#vidéo
Les produits de La Réunion
foucherconnect.fr/25vtechculi79

Exercices

Exercice 1 **Vrai ou faux**

Répondez aux affirmations suivantes en entourant vrai (V) ou faux (F).

1. On trouve le bœuf Salers en Normandie	V	F
2. Les gavottes sont de fines crêpes roulées croustillantes de Bretagne	V	F
3. On mange du vivaneau et du mérou dans les Hauts-de-France	V	F
4. Les accras de morue sont une spécialité de l'Occitanie	V	F
5. Le Saint-Honoré est une pâtisserie d'Île-de-France	V	F
6. La fourme d'Ambert est un fromage AOC de l'Auvergne-Rhône-Alpes	V	F

Exercice 2 **Le nom des plats**

À partir des photos ci-dessous, retrouvez le nom du plat ou du produit correspondant et sa région.

Appellation du produit :

Région :

Appellation du produit :

Région :

Appellation du produit :

Région :

Exercice 3 **Anagrammes**

Résolvez les anagrammes suivants en vous aidant des définitions.

- RAMOLLIES : Je suis un fromage AOC des Hauts-de-France. Je suis : ....
- DEPALISSERAI : Je suis une spécialité de la région PACA, généralement dégustée en entrée. Je suis : ....
- LASERS : Je suis une race bovine et également un fromage d'Auvergne-Rhône-Alpes. Je suis : ....
- PERCE : Spécialité sucrée de Bretagne. Je suis : ....
- LIGOTA : Purée de pommes de terre à la tome fraîche. Je suis : ....
- PRESAGE : Légume tige, spécialité d'Argenteuil. Je suis : ....
- TITAN : Nom de la plus connue des tartes originaires du Val de Loire. Je suis : ....
- CHANGEAIT : Fruit amylacé très utilisé en Corse. Je suis : ....

Exercice 4 **Menus et régions d'origine**

Les plats et boissons ci-contre ont été complètement mélangés. Remettez-les dans le menu de leur région d'origine.

ENTRÉES	PLATS	DESSERTS	BOISSONS
· Supions farcis · Éclade charentaise · Feuilletés au Sainte-Maure de Touraine	· Bouillabaisse · Filet de sandre au Montlouis · Ventre de veau à la Saint-Jean d'Angely	· Tarte Tatin · Tourteau fromager · Tarte tropézienne	· Vin du haut-Poitou · Pastis · Montlouis sec

CENTRE-VAL DE LOIRE

____
____
____
____
____
____
____

NOUVELLE-AQUITAINE

____
____
____
____
____
____
____

PROVENCE-ALPES-CÔTE D'AZUR

____
____
____
____
____
____

Exercice 5 **Un menu à élaborer**

Vous êtes chef de cuisine au restaurant gastronomique *Les plats de France*. Le patron vous demande un menu « découverte de la France gourmande » pour un groupe de touristes allemands. À vous de l'élaborer.

- Amuse-bouche : ....
- Entrée : ....
- Poisson : ....
- Plat carné + garniture : ....
- Fromage/Fromage travaillé : ....
- Dessert : ....
- Mignardise : ....

#corrigés
Corrigés des exercices
foucherconnect.fr/25vtechculi80

LA CUISINE INTERNATIONALE

Les influences d'Europe du Nord et de l'Est

1 Situation géographique

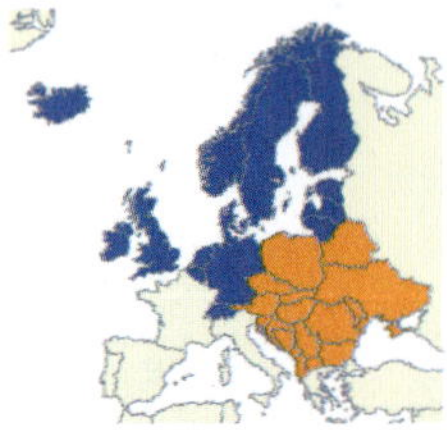

L'**Europe du Nord** peut se définir comme étant l'ensemble des régions s'ouvrant sur la Manche, la mer du Nord et la mer Baltique (en bleu sur la carte). L'**Europe de l'Est** est quant à elle l'ensemble des pays d'Europe de langues slaves orientales et peut être élargie à l'Europe centrale, ainsi que les pays des Balkans (en orange sur la carte).

2 Produits marqueurs

Viandes de boucherie	Volailles	Produits de la pêche	Charcuteries	Produits maraîchers et du verger
• Bœuf Angus • Mouton des collines du Connemara (IGP)	Dinde, poulet, pintade	• Saumon fumé London Cure (IGP), saumon d'Écosse (LR) • Cornish sardines (IGP)	Saucisson des Ardennes (IGP), bacon, viande des Grisons (IGP)	• Abricot de Wachau (AOP) • Lingot de la vallée du Durajec (AOP), pommes de terre de Laponie, de Jersey (AOP)
Fromages et autres produits laitiers	**Boissons**	**Confiseries**	**Agro-alimentaire**	**Gibiers**
Edam, Gouda, Esrom, Cheddar, blue et white Stilton (AOP)	• Bayerisches Bier (IGP) • Traditional Welsh Cider (IGP)	• Pâte de prune de Topoloveni (AOP) • Speculoos	• Paprika de Szeged (AOP) • Haddock • Raifort	Grands et petits gibiers de toutes sortes, mais non représentatifs de la gastronomie nationale de ces pays.

3 Influences dans la cuisine française

A. Entrées

- **Assiette nordique** : assortiment de poissons fumés (saumon, haddock, hareng, anguille), accompagnés de blinis de pommes de terre, d'œufs de poissons, de citron et de crème de raifort.
- **Bortsch (slave)** : soupe de bouillon de bœuf et de betterave taillée, accompagnée de crème fraîche.
- **Saumon Gravlax à l'orange** (scandinave) : filet de saumon mariné au sel, aux épices et aux zestes d'oranges, servi en carpaccio.

Bortsch

B. Plats

- **Fish and chips** (britannique) : goujonnettes de sole panées et frites, accompagnées de frites et d'une purée de petits pois.
- **Goulash (hongrois)** : ragoût de bœuf au paprika, au lard et aux légumes.
- **Koulibiac de sandre** : filet de sandre enveloppé dans une duxelles de champignons de Paris, entouré de crêpes aux herbes puis de pâte feuilletée.

Fish and chips

#vidéo
Recette de truite de Banka gravlax
foucherconnect.fr/25vtechculi81

#vidéo
Le fish and chips franco-belge
foucherconnect.fr/25vtechculi82

C. Desserts

- **Forêt noire** : génoise au cacao aromatisée au kirsch, garnie d'une chantilly et de cerises au kirsch, recouverte de copeaux de chocolat.
- **Cromesquis au chocolat** : ganache au chocolat roulée, panée deux fois à l'anglaise et frite.
- **Pie aux pommes et noix de Grenoble** : tourte de pâte feuilletée aux pommes et aux noix de Grenoble.

4 Influences dans les enseignes françaises

- **Léon de Bruxelles** : spécialités de plats de moules aux multiples apprêts : sauce à la crème, sauce roquefort...

↑ *Léon de Bruxelles*

- **Fish and chips** : ce plat, devenu aussi un concept de restauration, se retrouve sur de nombreuses cartes de bistrots parisiens et également dans les restaurants de Marks & Spencer.
- **The Waffle Factory** : concept de restauration rapide, déclinée autour d'un seul produit, la gaufre, traitée comme un produit salé ou sucré.

↑ *The Waffle Factory*

Fiche 54

Les influences des pays méditerranéens

1 Situation géographique

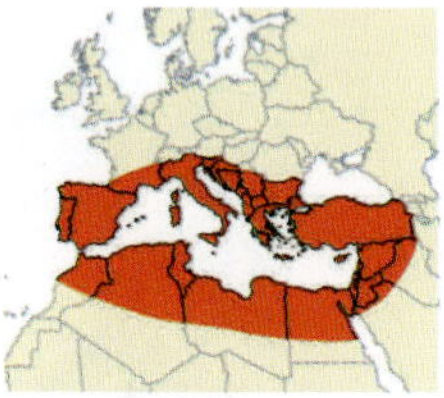

Le bassin méditerranéen désigne les régions autour de la mer Méditerranée. Ces régions couvrent l'Europe du Sud, le Proche-Orient et l'Afrique du Nord. Le climat doux et ensoleillé de la Méditerranée offre des étés secs et chauds et des hivers doux et humides.

2 Produits marqueurs

Viandes de boucherie	Volailles	Produits de la pêche	Charcuteries	Produits maraîchers et du verger
· Taureaux du Piémont (IGP) · Viande de Salamanca (IGP) · Porc, mouton et agneau ibériques	· Poulet, dinde, pintade · Lapin	· Rouget, sardine, loup, dorade, mulet, thon, morue, anchois · Poulpe, seiche, calamar	· Jambon de Parme, jambon Pata Negra, jambon bellot, jambon serrano · Chorizo, pancetta	· Kiwi spenchiou (AOP) · Aubergines grecques (AOP) · Truffe blanche d'Alba (AOP) · Noisettes Romana (AOP)
Fromages et autres produits laitiers	**Boissons**	**Confiseries**	**Agro-alimentaire**	**Gibiers**
· Parmigiano reggiano, queso manchego, feta (AOP), mozzarella	· Ouzo, amaretto · marsala, porto, raki, grappa, boucha	· Pannetone, makrout · Loukoums, touron	· Riz de valence et de calasparra (AOP) · Huile d'olive · Safran, cannelle	· Canard, grive, perdrix · Sanglier, daim

3 Influences dans la cuisine française

A. Entrées

- **Mezzes (grec), tapas (espagnol), antipasti (italien)** : assortiment de plats en petites quantités qui se mangent sur le pouce, en apéritif ou en entrée : houmous, tzatziki, fritas de patatas, artichauts à l'huile…
- **Pastillas** : feuilletés de feuilles de brick, garnis d'une farce de viande cuite en sauce et aromatisée avec de la coriandre, des épices et des amandes hachées (pastilla de pigeon à la pistache).

#vidéo
Les pintxos, délicieuses tapas basques
foucherconnect.fr/25vtechculi83

B. Plats

- **Tajines** : ragoût cuit à l'étouffée dans un tajine traditionnel en terre cuite. Préparation à base de viande, de volaille, de poisson ou de légumes, agrémentée d'épices variées et de fruits (tajine de poulet au citron de Menton).
- **Paella** : plat à base de riz rond et de sauce tomate, garni de chorizo, de poulet, de moules d'Espagne, de calamar et épicé au safran. Il existe de nombreuses déclinaisons possibles : paella de la mer (poissons)…

#vidéo
L'histoire du tajine marocain
foucherconnect.fr/25vtechculi84

C. Desserts

- **Crème catalane** : appareil à crème prise parfumée à la cannelle puis caramélisée. Plus connue sous le nom de crème brûlée, elle est déclinée en une multitude de variantes (à la rose…).
- **Glaces italiennes et sorbets** : crèmes glacées très aérées et onctueuses, servies dans des cornets. On en trouve pour tous les goûts (tiramisu, amarena, Nutella, spéculoos…), tout comme les sorbets à base de fruits (citron, mandarine…).

#vidéo
Sorbets, la magie italienne
foucherconnect.fr/25vtechculi85

4 Influences dans les enseignes françaises

- **Mezzo di Pasta** : enseigne de restauration rapide avec pour élément principal les pâtes sous toutes leurs formes et à tous les goûts.
- **Mavrommatis** : restaurant 1 macaron Michelin, 3 bistrots, un service et des boutique traiteur à Paris, Strasbourg et Saint-Laurent-du-Var. Spécialités Grecques avec des produits de qualité.
- **Kebabs** : de nombreux concepts de restauration rapide turcs et grecs se sont développés dans toute la France. Ils proposent de la viande de kebab servie dans des pains pitas avec de la sauce et des frites.

Fiche 55

Les influences de l'Afrique subsaharienne

1 Situation géographique

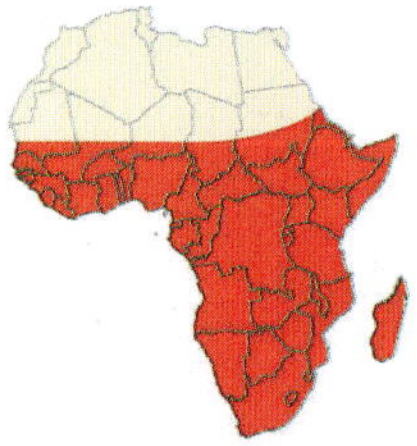

L'Afrique subsaharienne est l'étendue du continent africain au sud du Sahara. Elle regroupe 48 pays dont le Congo, le Sénégal, la Côte d'Ivoire, le Mali et le Ghana. Bien que ces pays connaissent une croissance économique rapide, l'Afrique subsaharienne reste l'une des parties du monde les plus démunies et les moins développées.

2 Produits marqueurs

Viandes de boucherie	Volailles	Produits de la pêche	Matières grasses	Produits maraîchers et du verger
· Mouton, agneau · Bœuf · Chèvre, cabri · Buffle, zébu · Chameau	Poulet, poule, coq	· Mérou, tilapia, manvi des rivières, perche du nil, capitaine, thon, morue · Crabes, crevettes	Huiles de coton, d'arachide, de sésame, de tournesol et de soja	· Igname, manioc · Patate douce · Banane plantain · Cornille · Gombo, haricots verts · Papaye verte, jujube, mangue, goyave
Fromages et autres produits laitiers	**Boissons**	**Céréales**	**Épices**	**Gibiers**
· Lait de chèvre caillé · Pas de fromage	· Bissap · Ataya (thé à la menthe) · Rooïbos, Ginger · Bière de Mil · Vin de palme	· Riz blanc ou brun · Millet · Sorgho · Mouron des oiseaux	· Piments · Gingembre, safran, curcuma, muscade	· Serpent · Singe

3 Influences dans la cuisine française

A. Entrées

- **Soupes nombreuses et variées** : soupe des relevailles du Mali, soupe à la poule et aux tripes...
- **Pastels** : petits beignets plats farcis au poisson et aux épices puis frits. Ils sont servis en amuse-bouche ou au goûter.

B. Plats

- **Tradition du plat unique ayant pour base 2 éléments** : un féculent ou une céréale ainsi qu'une sauce consistante ou un ragoût associant légumes, viande et/ou poisson. Selon le pays, ce plat s'appelle foutou, placali, gari ou aitïou.

- **Mafé** : plat en sauce à base de pâte d'arachide. Sa préparation peut s'agrémenter de viande ou de poisson et de riz.
- **Yassa** : à base d'oignons frits et de riz, le plat peut être accompagné de viande marinée dans le citron puis frite ou braisée (yassa à la viande, yassa yapp en wolof) : viande de poulet (yassa au poulet ou poulet yassa) ou de poisson (yassa au poisson).

C. Desserts

- **Riz ou semoule au lait de coco** : riz ou semoule cuits dans du lait de coco sucré et pouvant être parfumés aux épices.
- **Gâteau de patate douce** : patate douce râpée, noix de pécan concassées, zestes de citron, œufs, farine, sucre, levure chimique et cannelle.
- **Fruits** : sous toutes leurs formes, frais, en compote, en beignets, en jus... Influences dans les enseignes françaises

4 Influences dans les enseignes françaises

La cuisine africaine s'est popularisée ces dernières années, notamment grâce à la participation à Top Chef du chef Mory Sacko qui a su faire découvrir et fusionner la cuisine africaine, française et japonaise. Les plats typiques sont conviviaux et rassemblent.

- Mosuke : Restaurant 1 macaron Michelin, cuisine fusion Afrique, France et Japon.
- Osè African Cuisine : cuisine traditionnelle, où le client peut composer un bol à sa convenance : 1 base (riz blanc ou complet, attieke ou semoule de manioc) + 1 sauce (yassa, mafé, coco...) + 1 viande + 1 extra (plantain, rougail...) + 1 piment.

#vidéo

Mory Sacko révolutionne la cuisine française

foucherconnect.fr/25vtechculi86

LA CUISINE INTERNATIONALE

Les influences de l'Asie, partie Est

1 Situation géographique

L'Asie est un des continents les plus grands et les plus peuplés du monde, elle recense 50 pays. La partie est de l'Asie regroupe des pays à forts marqueurs culinaires tels que la Chine, le Japon, la Thaïlande, le Vietnam et la Corée.

2 Produits marqueurs

Viandes de boucherie et gibiers	Volailles	Produits de la pêche	Produits du verger	Produits maraîchers
• Porc • Bœuf de Kobé, bœuf wagyu • Mouton • Cheval • Faisan • Chien, chat	Poulet, canard, oie	• Thon rouge, anguille, bonite, fugu • Aileron de requin • Seiche, pieuvre • Ormeau	Litchi, ramboutan, tamarin, durian, longane, nashi, yuzu, noix de coco, nèfle du Japon, aubépine, anone	Chou chinois, haricot mungo, pousse de bambou, aubergine thaïe, liseron, taro, champignon noir
Fromages et autres produits laitiers	**Boissons**	**Autres produits**	**Céréales**	**Épices**
L'Asie ne produit pas de fromages. Il fait trop chaud et humide pour les fabriquer et les conserver	• Thés vert, noir, matcha, fumé • Whisky, saké	• Algues (nori) • Tofu et soja • Kimchi	• Millet • Riz gluant, riz surinam, riz thaï • Sarrasin	• Sauce soja, nuoc-mâm, wasabi • Miso • Glutamate • Coriandre, gingembre, curry thaï, piment, galanga

3 Influences dans la cuisine française

A. Entrées

- **Sushi, sashimi, maki, tempura, bouchées vapeur** : bouchées à base de riz ou de farine de riz et de poisson, mais de plus en plus occidentalisées (maki de foie gras et figue).
- **Soupes** : pho, tom yung kung, soupe pékinoise. À base de bouillon de viande et agrémentées de nouilles, de légumes, de champignons noirs, de viande ou de poisson.
- **Salades** : de nombreuses salades à base de légumes, de graines de sésame ou d'arachide, majoritairement pimentées (salade de papaye verte).

#vidéo
Pourquoi mange-t-on autant de sushis en France ?
foucherconnect.fr/25vtechculi87

#vidéo
Découvrez les saveurs du pho
foucherconnect.fr/25vtechculi88

B. Plats

- **Brochettes (yakitoris)** : brochettes de poissons, Saint-Jacques, bœuf, ailerons de poulet, boulettes de viande, légumes, servies avec du riz blanc.
- **Barbecues et fondues** : barbecues coréens bulgogi (viande marinée cuite sur une pierre chauffée), fondues vietnamiennes (bouillon de viande ou de poisson, pâtes et légumes variés).
- **Riz et pâtes sautés/frits** : riz cantonais, khao phat (riz frit d'origine thaïlandaise), nouilles sautées agrémentées de légumes, d'épices, de viandes ou de poissons, d'aromates...

C. Desserts

- **À base de fruits** : **fruits frais**, sorbets, smoothies...
- Entremets à base de haricots sucrés et de gelées.

4 Influences dans les enseignes françaises

De nombreuses enseignes de cuisine asiatique occidentalisent leurs recettes afin d'attirer une clientèle plus large. Les chefs français utilisent quant à eux de plus en plus de techniques et de produits asiatiques.

- **Le restaurant *Onor* par Thierry Marx**. Une Brasserie de luxe alliant produits sourcés et naturels, avec des clins d'œil à l'Asie.
- **Le *Royal Monceau* par Nobu** avec des plats aux connotations japonaises, comme des tatakis de saumon ou des sashimis de sériole.

Fiche 57

LA CUISINE INTERNATIONALE

Les influences de l'Asie, partie Ouest

1 Situation géographique

La partie ouest de l'Asie regroupe les pays à influences indiennes : Inde, Pakistan, Sri Lanka, ainsi que les pays de l'Asie centrale (Mongolie, Kazakhstan...), du Moyen-Orient (Afghanistan, Kurdistan...) et de l'Orient arabe (Iran, Jordanie...). Les influences indiennes et libanaises (très proches des influences méditerranéennes) sont celles que nous retrouvons le plus dans la cuisine française. La cuisine indienne est célèbre pour sa cuisine végétarienne développée et riche.

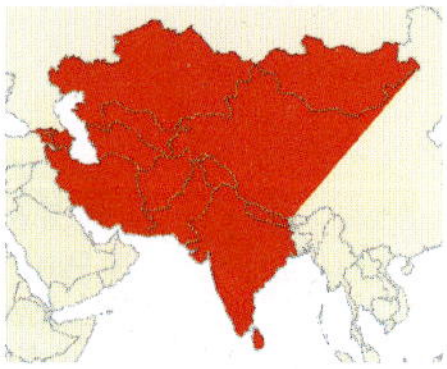

2 Produits marqueurs

Viandes de boucherie	Volailles	Produits de la pêche	Produits du verger	Produits maraîchers
• Mouton, agneau, chèvre Le bœuf est sacré en Inde, donc non consommé.	Poulet, poule	Tous les poissons de mer : cabillaud...	Mangue, jacquier, corossol, banane, tamarin	• Aubergine, gombo, concombre amer • Coriandre
Fromages et autres produits laitiers	**Boissons**	**Autres produits**	**Céréales**	**Épices**
Ghee : sorte de beurre clarifié de lait de vache, de chèvre ou de buffle d'eau	• Thé de ceylan, darjeeling, chai (thé au lait épicé) • Lait de coco • Lassi (à base de yaourt fermenté)	• Chutney (condiment aigre-doux) • Toutes sortes de pains : naan, chapati • Kulfi	• Riz basmati • Lentilles jaunes, lentilles corail	Mélanges d'épices : curry, colombo (30 épices minimum), tandoori, garam masala

3 Influences dans la cuisine française

A. Entrées

- **Samoussas** : triangles croustillants de feuille de brick farcis de multiples garnitures salées ou sucrées mais épicées.
- **Pakoras** : beignets de légumes accompagnés de divers condiments pimentés, sucrés, aigre-doux…
- **Raïta** : yaourt à base de concombre râpé, de carottes ou même de fruits et d'épices comme le cumin, le gingembre…

B. Plats

- Viandes en sauces ayant pour nom le mélange d'épices et la viande utilisés : agneau korma, curry d'agneau, poulet tikka massala.

- **Tandoor** : four traditionnel utilisé pour la cuisson de la viande comme le poulet tandoori et les différents pains qui accompagnent les plats en sauce.
- **Dals** : préparations à base de lentilles et autres légumineuses. Il en existe plus de 50. Les plus connus sont : masoor dal (lentilles corail), toor dal (sorte de petits pois chiches) ou encore le dal makhani (lentilles du Puy et haricots rouges).

C. Desserts

- **Kulfi** : glace aux pistaches peu sucrée et pouvant être aromatisée à la cardamome (épice), à l'eau de fleur d'oranger…
- **Kesari bhath** : sorte de gâteau de semoule au safran pouvant être cuisiné avec des fruits.

4 Influences dans les enseignes françaises

Le lien historique entre la France et les colonies indiennes a initié un mélange des cultures : la cuisine française intègre beaucoup de produits indiens, comme les épices mais également le riz et le thé. Côté concepts, de nombreux restaurants indiens existent en métropole.

- **Olivier Roellinger**, chef étoilé et passionné d'épices, a ouvert ses boutiques d'épices. « Turbot sur la peau des agrumes, des épices et la tendre fenouillette des falaises » est un plat issu de son menu « Au gré du vent et de la lune », au restaurant Château Richeux.
- **Kurry Up** est un concept de restauration rapide de cuisine indienne à emporter.

#vidéo
Inde : à la découverte du curry
foucherconnect.fr/25vtechculi89

LA CUISINE INTERNATIONALE

Les influences d'Amérique du Nord

1 Situation géographique

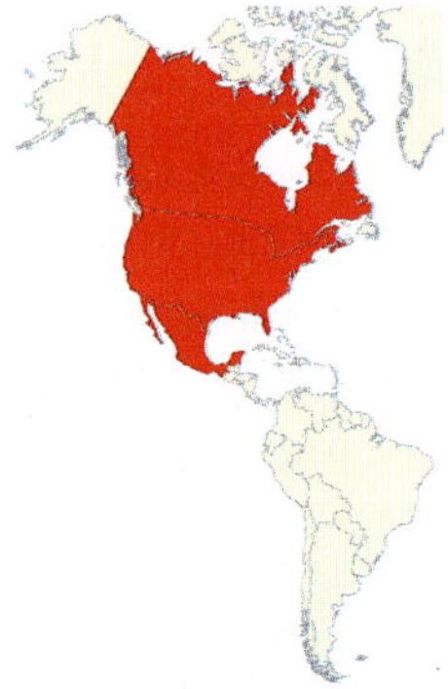

L'Amérique du Nord est entourée par l'océan Pacifique à l'ouest, l'océan Arctique au nord et l'océan Atlantique à l'est. Elle comprend le Canada, les États-Unis, les Bermudes, Saint-Pierre et Miquelon et le Mexique. À travers leur histoire, les États-Unis ont été la terre d'accueil de nombreux peuples. C'est pourquoi leur cuisine est connotée par les gastronomies de divers pays (Portugal, Espagne, Italie, France...). Avec le temps, ils ont su enrichir leur patrimoine gourmand.

2 Produits marqueurs

Viandes de boucherie	Volailles	Produits de la pêche	Produits maraîchers	Produits du verger
• Bœuf, bœuf Angus • Porc • Mouton	Poulet, dinde, canard, pintade	• Thon, cabillaud • Homard canadien • Huître, palourde royale	• Cornille (black-eyed peas) • Maïs • Tomates, piments	• Canneberge, airelle, avocat, figue de Barbarie • Bleuet • Noix de pécan
Fromages et autres produits laitiers	**Boissons**	**Confiseries et produits sucrés**	**Agroalimentaire**	**Gibiers**
Philadelphia® Les fromages sont tous pasteurisés.	• Tequila • Vins de Californie • Bière Corona • Coca-Cola	• Sirop d'érable • Chamallow, pâte de marshmallow	• Sauce barbecue • Café, cacao	• Bison • Cerf, élan

3 Influences dans la cuisine française

A. Entrées

- **Sandwiches et autres finger food** : burger, bagel, hot dog, club sandwich, sandwich au homard, tacos, **quesadillas**, tortillas.
- À base de légumes : coleslaw (salade de chou et de carottes), guacamole (purée d'avocats pimentée), soupe aux pois.

B. Plats

- **Plats riches du Canada : poutine** (frites et cheddar frais en grains recouverts d'une sauce poutine), pâté chinois (hachis parmentier au maïs).
- **Viandes grillées des USA** : t-bone steak, travers de porc (ribs) marinés.
- **Chili con carne mexicain** : ragoût de haricots rouges à la viande de bœuf et à la sauce tomate pimentée.

C. Desserts

- **Gâteaux** : brownies, cookies, quesadillas au chocolat, muffins, cupcakes, cheesecakes.
- **Les incontournables sucrés des brunchs** (repas du dimanche sous forme de grands buffets) : pancakes, queues de castor (pain plat large tartiné de chocolat et autres toppings, garnitures composées de copeaux de chocolat, d'éclats de noisettes, de biscuits...).

4 Influences dans les enseignes françaises

La cuisine nord-américaine a beaucoup d'influence dans la cuisine française. Le plus bel exemple est le burger que nous retrouvons tant dans la restauration rapide que dans les brasseries et bistrots, jusqu'en restauration gastronomique avec le burger au foie gras.

- **Hard Rock Cafe** : cette enseigne et concept store américain propose des burgers classiques de la gastronomie américaine (The Big Cheeseburger et l'Original Legendary burger...).
- **Chipotle** : chaîne de restauration rapide de spécialités mexicaines (fajita, bowl, tacos mexicains ou quesadillas à personnaliser).

#vidéo
Hamburger : plus appétissant dans les pubs que dans nos assiettes ?
foucherconnect.fr/25vtechculi90

LA CUISINE INTERNATIONALE

Les influences d'Amérique du Sud

1 Situation géographique

L'Amérique du Sud est le 2e sous-continent de l'Amérique. Elle se trouve au sud du canal panaméen. Elle est composée de vastes pays comme le Brésil, l'Argentine et le Pérou, mais aussi de plus petits pays comme le Chili, la Colombie, le Venezuela, l'Équateur et de nombreuses îles (Antilles). Leur gastronomie est très proche de la gastronomie mexicaine, mis à part la cuisine de nombreuses ethnies typiques de ces régions.

2 Produits marqueurs

Viandes de boucherie	Volailles	Produits de la pêche	Produits du verger	Produits maraîchers
• Bœuf Angus • Mouton et agneau de Patagonie • Porc	Poulet, dinde, canard, pintade	• Langouste, crevettes • Huîtres, moules	• Maïs violet et jaune • Tomates, piments, poivrons • Pommes de terre, haricots rouges et noirs	• Lucuma, papaye, ananas, acérola • Noix de cajou, cacahuète
Fromages et autres produits laitiers	**Boissons**	**Confiseries et produits sucrés**	**Agroalimentaire**	**Gibiers**
Fromage blanc, queso estera (fromage blanc de forme tressée)	• Tequila, rhum • Bières • Vins argentins • Chocolat chaud, café, thé	• Alfajores • Pâte de patate douce • Chocolat	• Quinoa, amarante, riz • Café, cacao, vanille • Sauce chimichurri	• Lièvre • Gibiers d'eau (sarcelle), pigeons, perdrix

3 Influences dans la cuisine française

A. Entrées

Ceviche : poissons et fruits de mer marinés dans du citron vert et relevés de piment rouge.

#vidéo
Sur les traces mystérieuses du ceviche
foucherconnect.fr/25vtechculi91

B. Plats

- **Asado** : barbecue argentin, avec une cuisson de la viande à la verticale, au feu de bois. La viande est accompagnée de sauces relevées comme le chimichurri (mélange d'épices, d'aromates et de piments).
- **Feijoada** : sorte de cassoulet à la brésilienne à base de haricots noirs et de viande de porc.

C. Desserts

- **Alfajores** : gâteaux argentins à la confiture de lait enrobés de chocolat.
- **Desserts à base de fruits exotiques** : frais, en compotes, glaces et sorbets.

4 Influences dans les enseignes françaises

La cuisine d'Amérique du Sud est surtout présente par ses produits dans la cuisine française. Il existe de nombreux restaurants à thèmes (brésilien, argentin et péruvien) en France.

- **Tempero et Le Comptoir Tempero :** restaurant de cuisine du monde, de cuisine fusion à connotation brésilienne, à Paris (13e arrondissement).
- **Le roi du Rodizio** : restaurant ayant pour spécialité le barbecue brésilien avec viande à volonté (région parisienne).
- **Latinogourmand** : cuisine péruvienne, Paris (13e arrondissement). Sont proposés différents ceviches, des spécialités à base de pâte de maïs, farcies au poulet et enveloppées dans une feuille de bananier (tamal) ou encore des **choritos** (moules en coquille au citron).

Exercice 1 Mots croisés

Complétez la grille ci-dessous à l'aide des définitions et de vos connaissances.

#exercice
Exercice supplémentaire
foucherconnect.fr/ 25vtechculi92

1. Célèbre gâteau américain au chocolat et à la noix de pécan.
2. Condiment épicé et pimenté d'Argentine.
3. Sorte de sandwich nord-américain en forme de O.
4. Boulettes de poisson panées servies aux Antilles et au Portugal.
5. Agrume asiatique très prisé dans la gastronomie française.
6. Ragoût de viande au paprika. Spécialité d'Europe de l'Est.
7. Beurre clarifié indien.
8. Four utilisé pour cuire les pains naans et un célèbre plat indien.
9. Autre nom de la myrtille pour les Canadiens.
10. Gros fruit d'Asie célèbre pour sa mauvaise odeur.
11. Purée d'avocat plus ou moins pimentée du Mexique et d'Amérique du Sud.
12. Célèbre boisson du Mexique et de l'Amérique latine.
13. Condiment fortement relevé issu d'un rhizome japonais.
14. Saumon mariné au sel et aux épices. Spécialité d'Europe du Nord.
15. Race de bœuf que l'on retrouve en Écosse, en Argentine et aux États-Unis.

Exercice 2 Petit Bac

Trouvez un mot de chaque catégorie en fonction de la lettre donnée. Les produits, plats et boissons doivent obligatoirement provenir de pays autres que la France.

Lettre	Légumes et céréales	Fruits	Entrées	Plats	Desserts	Boissons
A						
B						
C						
G						
M						
T						

Exercice 3 Création de menus

Vous êtes chef de cuisine à domicile. Un client souhaite organiser une soirée franco-américaine (Nord et Sud). Proposez-lui un menu.

- Amuse-bouche : ....
- Entrée : ....
- Poisson : ....
- Plat carné et garniture : ....
- Fromage/Fromage travaillé : ....
- Dessert : ....
- Mignardise ....

Exercice 4 L'intrus

Entourez l'intrus pour chaque ligne et justifiez votre réponse.

Antipasti / Margharita / Bolognaise / Goulash / Gelati

Bagel / Poutine / Alfajores / Cheesecake / Hot dogs

Durian / Longan / Ramboutan / Litchis / Bleuets

Ceylan / Bissap / Rooïbos / Ginger / Ataya

corrigés
Corrigés des exercices
foucherconnect.fr/25vtechculi93

Module 6

L'ÉVOLUTION DES DÉMARCHES EN RESTAURATION

Fiche 60

L'optimisation de la production

1 Objectif

À chaque phase de préparation d'un produit élaboré, il faut se demander **comment améliorer la production**. Cette optimisation sert aussi à envisager le développement de l'activité et de la rentabilité du restaurant, tout en garantissant une cuisine de qualité conforme aux standards de l'établissement.

2 Critères d'optimisation

Les possibilités d'optimisation sont infinies, à commencer par celle du cuisinier, qui doit s'inscrire dans une démarche de formation et d'amélioration continue.

A. Le produit

CRITÈRES	OBJECTIFS
Goûts et attentes clients	Connaître les attentes de ses clients pour être en adéquation avec sa clientèle
Créativité	Se renouveler et proposer de nouveaux produits
Fraîcheur	Être irréprochable, et ce, grâce à plusieurs procédés
Procédé	À étudier et à travailler afin de proposer un produit optimum
Régularité	À maintenir afin de fidéliser son portefeuille clients
Appellation	Être explicite et ne pas utiliser de mots ou noms incompréhensibles pour le client
Prévisions de fabrication	Fabriquer en fonction des besoins pour garder un produit le plus frais possible et éviter des ruptures de stock
Coûts matière	À calculer avec rigueur pour pouvoir vendre les plats au prix le plus juste
Stockage et stock	Doit être suffisant afin de ne pas engendrer de rupture, mais éviter le surstockage qui peut entraîner des pertes de marchandises ou des pertes de fraîcheur de produit
Fiches techniques	Outils indispensables pour communiquer à l'ensemble de la brigade les ingrédients, le procédé, le dressage d'un plat, et pour calculer le coût matière
Faisabilité	Trouver l'adéquation entre le produit, les collaborateurs, le matériel, les manipulations, le prix de vente
Mise en place	À détailler et à travailler afin de réaliser un service maîtrisé
Anticipation nouvelle carte	Tester et expliquer l'ensemble des produits en amont lors du lancement d'une nouvelle carte
Carte	Reprendre l'ensemble des prestations vendues, être comprise de tous, être attrayante pour développer la clientèle
Concurrence	Connaître l'offre de la concurrence afin de pouvoir réaliser une offre en adéquation avec le marché local (zone de chalandise = zone géographique d'où provient la majorité de la clientèle)

B. La brigade

OUTILS/CRITÈRES	CONTENU
Planning théorie	Il définit les besoins journaliers en nombre de collaborateurs et leur fonction
Profil de poste	Il définit les compétences, la fourchette de salaire, les spécificités d'un poste. Il sert au recrutement afin de rechercher le collaborateur le plus en adéquation avec le poste proposé
Lettre de mission	Elle reprend l'ensemble de la fonction du poste de travail
Plan de perfectionnement	Document individuel ou de groupe qui reprend l'ensemble des formations nécessaires à l'équipe ou à un collaborateur
Évaluation	Elle est réalisée par un supérieur hiérarchique pour définir les objectifs atteints ou à atteindre
Formation/Plan d'action	Plan qui reprend les formations nécessaires au collaborateur en interne ou en externe
Planning, congés payés	Documents réalisés par le chef en fonction des prévisions d'activité, des besoins spécifiques, de l'effectif
Technicité et compétences	Elles doivent être en adéquation avec les prestations fabriquées
Hygiène et sécurité	Elles désignent l'ensemble du PMS et des règles de sécurité. Elles ne supportent aucun dérapage
Législation du travail/ Règlement intérieur	Les règles de travail doivent être respectées, ainsi que les affichages obligatoires. Tout manquement peut entraîner de grosses difficultés en cas de contrôle
Définition des besoins	Ils sont définis en amont d'une ouverture et correspondent au planning type théorique
Recadrage/sanctions	Ils sont définis par le règlement intérieur de manière officielle mais peuvent être également réalisés par le chef de cuisine de manière officieuse pour les recadrages
Productivité	Elle est nécessaire à la vie de l'entreprise afin que celle-ci puisse continuer à prospérer
Gestion de poste de travail/Outils de création d'automatismes	Ce sont les outils ou documents que l'on peut mettre en place afin de rendre le poste le plus performant possible
Communication et dialogue interne	La communication et le dialogue doivent se faire à tous les niveaux et dans les 2 sens, c'est-à-dire de manière descendante ou remontante (salle, cuisine, fournisseurs, clients...)

C. Le matériel

CRITÈRES	CARACTÉRISTIQUES
Conception	Le matériel doit être adapté aux besoins du type de restaurant et en adéquation avec la carte
Technicité	S'il y a présence d'un type de matériel plus spécifique, l'ensemble des collaborateurs doit être informé et formé à l'utilisation de ce matériel
Entretien	Le matériel est nettoyé et entretenu en fonction de consignes spécifiques qui doivent être affichées et respectées
Investissement/Plan d'action technique	Le matériel de cuisine a un coût élevé et doit être renouvelé ou réparé régulièrement. Il faut en tenir compte, lors de la réalisation de budget
Budget	Il doit tenir compte du renouvellement de matériel ou d'achat de matériel spécifique lors de sa réalisation
Plan/Ergonomie	Le plan est réalisé lors de l'ouverture ou de la reprise d'un restaurant mais doit parfois subir des changements lors de nouvelles réglementations
Sécurité	Elle doit reprendre l'ensemble des textes de réglementations et être respectée afin d'éviter des accidents pouvant survenir sur des clients ou des collaborateurs
Structure	Certaines améliorations ou aménagements ne peuvent pas se faire en raison de la vétusté ou de l'implantation des bâtiments. Cela peut engendrer des difficultés pour la réalisation de la production auquel cas il faut alors aménager et optimiser cette production par d'autres moyens
Petit matériel	Il doit être conforme et en quantité suffisante pour la réalisation de la production
Poste de travail	Il doit comprendre la totalité du matériel spécifique à la réalisation de la production et être entretenu de manière satisfaisante

D. La gestion

COMPOSANTES	SIGNIFICATION
Budget	C'est la projection financière de la période. Il est établi en fonction : du chiffre d'affaires, de la masse salariale, du coût matière, des frais généraux, des charges financières, des investissements. C'est le tableau de bord du restaurant
PAC/PAT	Plan d'action commerciale (PAC) et plan d'action technique (PAT) : ils définissent les actions commerciales ou d'investissement sur l'exercice
Marge	Elle mesure la différence entre la vente d'un produit moins son propre coût
Masse salariale	C'est l'ensemble des charges de personnel
Coût matière	C'est l'ensemble des dépenses de marchandises
Écart	C'est la différence des dépenses réelles de marchandises par rapport aux coûts théoriques calculés par le biais des fiches techniques

E. Le PMS (plan de maîtrise sanitaire) et la sécurité

Tous les éléments suivants sont à prendre en compte dans le cadre de l'optimisation de la production mais aussi dans le cadre du plan de maîtrise sanitaire. En fonction des locaux, d'autres postes seront également concernés.

#doc
Locaux et postes
foucherconnect.fr/25vtechculi94

F. Les fournisseurs et les clients

Les critères et objectifs des fournisseurs, tout comme la relation aux clients, sont importants.

#doc
Critères et caractéristiques des fournisseurs
foucherconnect.fr/25vtechculi95

#doc
Critères et objectifs pour les clients
foucherconnect.fr/25vtechculi96

Fiche 61

L'économe et les fournisseurs

1 Le rôle de l'économe

L'économe joue un rôle clé dans la gestion des approvisionnements du restaurant. Dans les petits établissements il est tenu par le Chef. Dans les grands établissements, une personne spécialisée en est chargée.

A. Production

- Centraliser les besoins et s'assurer du bon approvisionnement de tous les départements de l'hôtel/du restaurant.
- Vérifier la conformité de la marchandise livrée et appliquer les règles de stockage.
- Gérer la relation avec les fournisseurs et les employés de l'établissement ; communiquer tout risque de rupture ou de sur-stockage.
- Assurer un rangement optimal des marchandises.

B. Gestion

- Être le garant des inventaires et des clôtures de fin de mois.
- Participer à l'optimisation des ratios marchandises.
- Appliquer les procédures en matière de bons de commande, de bons de livraison et de facturation.

C. Hygiène et sécurité des personnes et de l'environnement

- Être responsable de la propreté de son lieu de travail et de la sécurité alimentaire.
- Respecter les consignes d'utilisation et de sécurité du matériel mis à sa disposition.

2 Les fournisseurs

■ Un fournisseur est une personne, une entreprise ou une organisation qui vend ou fournit des biens, des services ou des matières premières à un client.

■ On distingue :
- les fournisseurs de **matières premières** : M.I.N, grossistes, détaillants… ;
- les fournisseurs de **produits d'entretien** ;
- les fournisseurs de **matériels et leurs services après-vente** ;
- les sociétés de **maintenance, réparation, dépannage** ;
- les sociétés d'**énergies** : eau, électricité, gaz.

À NOTER

- Les détaillants (producteurs ou revendeurs) : maraîchers, primeurs, bouchers, poissonniers, épiciers…
- Les grossistes : vendent en gros plusieurs familles de produits (ex. : METRO).
- Les M.I.N (marché d'intérêt national) : le plus grand d'Europe est celui de Rungis. Marchés de gros regroupant une diversité de grossistes sur un seul site pour répondre à toutes les demandes des CHR.

3 Le processus de réapprovisionnement en matière première

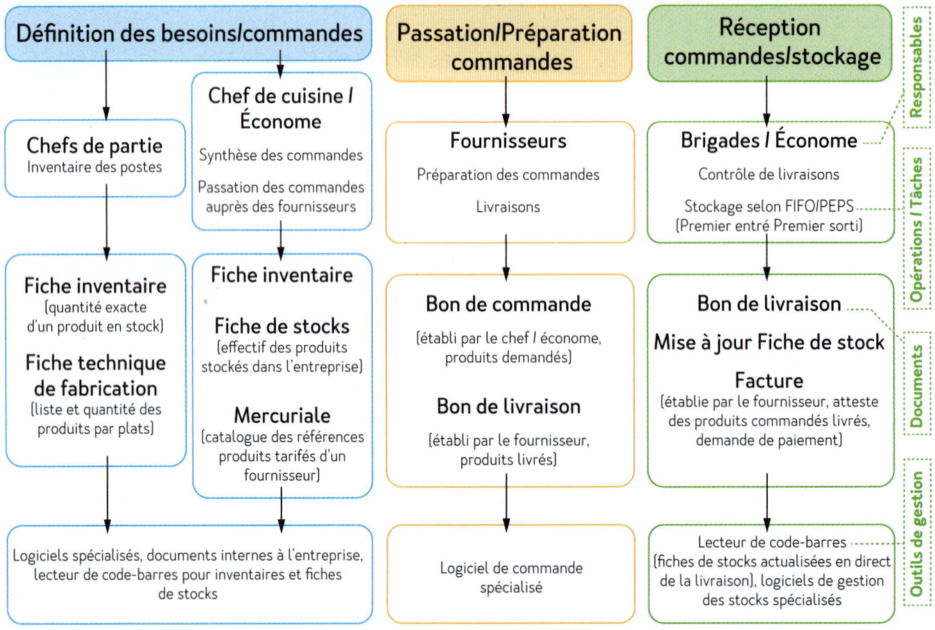

Fiche 62

La démarche qualité en restauration

1 Objectif

Entreprendre une démarche qualité en restauration implique la mise en place d'une **organisation opérationnelle** permettant d'atteindre les objectifs fixés par une **politique qualité**. Elle vise généralement à :
- rationaliser ses méthodes de travail ;
- mieux respecter ses engagements ;
- satisfaire ses clients ;
- améliorer ses performances financières ;
- offrir au personnel un environnement de travail de qualité.

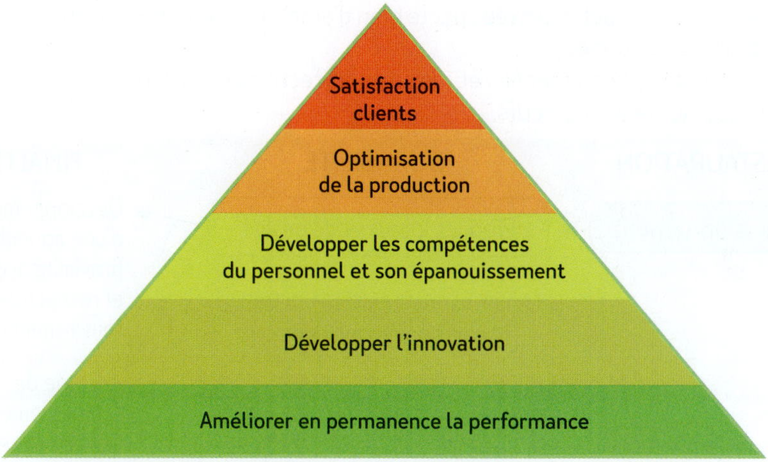

2 Les principes de la démarche qualité

- S'améliorer en permanence.
- Impliquer tous les services et tous les salariés à la démarche qualité.
- Satisfaire toujours mieux ses clients.

3 Les axes de la qualité alimentaire

- Nutritionnel : respect des besoins physiologiques, des qualités nutritives.
- Sanitaire : respect du PMS afin d'éviter toute intoxication alimentaire.
- Organoleptique : apparence, odeur, goût, texture, consistance d'un aliment ou d'une boisson.
- Symbolique : respect des croyances et des modes de vie (cacher, halal, végan).
- Légal : respect des lois EGalim (octobre 2018) et EGalim 2 (octobre 2021).

4 La qualité dans un établissement d'hôtellerie-restauration

■ Un certain nombre d'établissements obtiennent des certifications, des normes ou des labels qualité (fait maison, maître restaurateur, norme ISO 9001…). Les établissements qui ne sont pas à la recherche d'une certification font tout de même de la qualité un objectif majeur. La satisfaction du client est l'une des conditions primordiales pour garantir la pérennité de l'entreprise.

■ Pour améliorer la démarche de qualité, l'établissement doit entrer dans une **démarche de progrès** :

- identification des forces et faiblesses de l'entreprise ;
- plan d'amélioration de la qualité ;
- mise en œuvre des actions fixées par le plan d'amélioration et mobilisation, de tous les membres du personnel ;
- évaluation des actions menées et mesures correctives si besoin ;
- fixation de nouveaux objectifs.

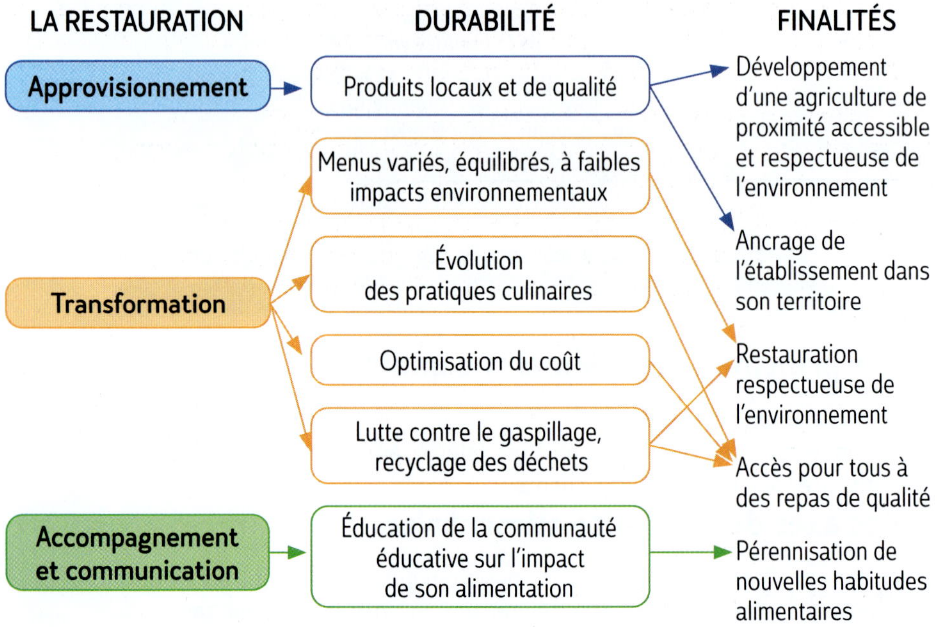

Fiche 63

Le développement durable

1 Objectif

La notion de développement durable est apparue dans les années 1970 suite à une prise de conscience écologique, notamment des limites des ressources de la Terre, mais aussi social (meilleures conditions de travail) et économique (meilleure rémunération des producteur·rice). Les enjeux écologiques sont donc de plus en plus présents dans notre société. La clientèle est davantage soucieuse de la provenance des produits qu'elle consomme et est rassurée par les différents sigles et labels apposés aux portes des établissements, qu'ils soient qualitatifs ou écologiques.

2 Les démarches écologiques

■ **Le développement durable** : il répond aux besoins du présent sans compromettre la capacité des générations futures à répondre à leurs propres besoins.

■ **L'éco-conception** : elle intègre la protection de l'environnement dès la conception des biens ou services jusqu'à la fin de leur cycle de vie. Elle est mise en œuvre par une entreprise ou un organisme public tout en impliquant les consommateurs/utilisateurs et jusqu'aux recycleurs/récupérateurs (ministère de la Transition écologique et solidaire).

■ **Le commerce équitable** : il vise à soutenir, au travers de la consommation, des relations commerciales respectueuses des hommes et de l'environnement en s'appuyant sur 3 fondamentaux : l'économie, le social et l'environnement.

■ **Le recyclage et la valorisation** : c'est le fait de donner une nouvelle fonction à ce qui compose un déchet. Le recyclage du plastique est une forme de valorisation des déchets plastiques. Le compostage est une valorisation des déchets organiques (compost).

REMARQUE

On ne peut pas fabriquer une bouteille en plastique ou un autre emballage entièrement en plastique recyclé, il faudra forcément injecter du plastique neuf pour retrouver les caractéristiques techniques recherchées.

3 Le développement durable dans la restauration

Il repose sur 3 piliers : environnemental, social, économique :

- **environnemental** : choix raisonné des matières premières brutes en fonction des saisons et de leur proximité locale, végétalisation des assiettes (voir fiche 38), utilisation

raisonnée des énergies : économiseurs d'eau, formation du personnel au gaspillage énergétique, consommation de produits d'entretien à écolabels ;
- **social** : valoriser son personnel par le biais de formations professionnelles, de bonnes conditions de travail (ergonomie : confort et utilité au travail) ; entretenir de bonnes relations avec les fournisseurs, favoriser l'accessibilité de l'établissement (centre-ville, proximité des transports en commun, normes PMR) ; viser une égalité des salaires et de genre, une parité au sein des entreprises et supprimer les discriminations ;
- **économique** : penser à l'ergo-conception des locaux (locaux agencés pour allier confort et praticité du travail), favoriser l'économie locale. Des démarches « antigaspi » sont mises en place, aussi bien en restauration collective que commerciale (loi Egalim).

4 Les labels et sigles en faveur du développement durable

AB : AGRICULTURE BIOLOGIQUE	ÉCOTABLE	ÉTOILE VERTE MICHELIN
CERTIFIÉ AB AGRICULTURE BIOLOGIQUE	Premier label de développement durable en France écotable®	Pictogramme qui se différencie des autres distinctions, qui récompense l'innovation durable GASTRONOMIE DURABLE
ÉCOLABEL EUROPÉEN ET ÉCOLABEL FRANÇAIS (NF)	**FAIRTRADE MAX HAVELAAR**	**LA CLEF VERTE**
Ils distinguent les produits ou services dont l'impact sur l'environnement est réduit EU Ecolabel www.ecolabel.eu NF ENVIRONNEMENT	Mouvement international qui regroupe des ONG et des représentants des producteurs pour la valorisation du commerce équitable FAIRTRADE MAX HAVELAAR	1er label environnemental international pour l'hébergement touristique et la restauration La Clef Verte

Fiche 64

La créativité

1 Objectif

De nos jours, une des principales qualités recherchées chez un chef de cuisine est la créativité. En effet, un chef doit être capable de créer, d'inventer, d'imaginer, d'innover et d'étonner. La création culinaire n'a eu de cesse d'évoluer grâce aux innovations technologiques et aux échanges internationaux. La créativité va de pair avec une **connaissance solide des bases en cuisine classique** et en **culture générale et culinaire**.

2 Les clés de la créativité

Le cuisinier est tel un artiste peintre avec sa palette de peinture. Il a à sa disposition de nombreux éléments (des connaissances, des produits, des influences, ses sens) qu'il doit assembler, mélanger et modifier pour créer :

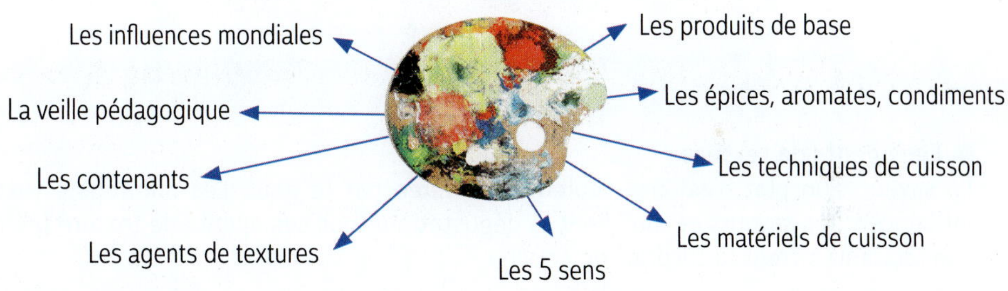

Les produits de base

Il faut acquérir d'excellentes connaissances des produits de base pour pouvoir les sublimer dans l'assiette. Une règle incontournable est le **respect du goût des aliments** employés qu'il ne faut jamais perdre au milieu d'un mélange de saveurs.

Les épices, aromates et condiments

Ils servent à relever le plat, lui donner une énergie, renforcer le goût. Le choix des épices, aromates et condiments peut faire la différence entre 2 plats similaires. Ils sont souvent méconnus des jeunes cuisiniers.

Les techniques de cuisson

Le cuisinier dispose de toute une palette de techniques de cuissons : des plus anciennes (à l'étouffée, en ragoût, griller) aux plus récentes (snacker, basse-température). L'innovation en matière de nouveaux équipements de cuisson génère des modes de cuisson plus rapides et plus respectueux des produits.

Les matériels de cuisson

L'innovation technologique ne cesse de progresser. Ces nouveaux outils de travail permettent un gain de temps, une cuisson juste, une bonne maîtrise des températures en fonction des aliments... Les fours sont de plus en plus multifonctionnels et offrent une précision accrue.

Les 5 sens

Il faut toujours prendre en considération les sensations qu'un plat pourrait provoquer chez le client. La vue (volumes, couleurs, harmonie dans l'assiette), l'odorat (arômes), le toucher (textures), le goût (association des saveurs, textures en bouche), l'ouïe (crépitement, croquant, craquant).

Les agents de texture

La saveur d'un plat n'est pas seulement révélée par le goût. Les différentes textures influencent les saveurs et modifient la dégustation. Tous ces agents de texture (gélifiant, épaississant) offrent la surprise en bouche.

Les contenants

La vue, premier sens à être sollicité lors de l'arrivée d'un plat sur une table, ne doit pas être négligée. On peut sublimer un plat en choisissant un contenant adéquat. Ces contenants peuvent être ludiques ou tout simplement compléter l'idée principale du plat créé. On les trouve sous toutes les formes et toutes les matières : verre, ardoise, métal, bois, céramique... De grands chefs vont jusqu'à faire créer une assiette pour un seul de leur plat !

Les influences mondiales

La culture culinaire est très importante. Pour être créatif, un jeune chef doit s'ouvrir au monde, voyager, goûter afin de fusionner et tester ses idées d'association de saveurs, de techniques de cuisson...

La veille pédagogique

Pour être créatif, il faut savoir se remettre en question et suivre l'actualité, les tendances, les modes du moment, être ouvert et à l'écoute des demandes de la clientèle. Ces questionnements nécessaires amènent à une qualité incontournable que doit avoir tout cuisinier : la curiosité.

Fiche 65

La gastronomie représentée à l'Unesco

1 Définition

L'Unesco est l'organisation des Nations unies pour l'éducation, la science et la culture. Elle a été créée en 1945 à la suite des dégâts et massacres de la Seconde Guerre mondiale. Elle a pour mission d'élever dans l'esprit des hommes la défense de la paix. Elle s'y emploie en aidant à protéger des sites historiques (biens naturels matériels) et des coutumes ancestrales (biens culturels immatériels, dont la gastronomie,) à l'échelle mondiale.

2 La gastronomie classée à l'Unesco

■ L'Unesco compte actuellement 195 pays membres et 9 membres associés. Elle totalise 1 223 biens au patrimoine naturel mondial dont 53 biens français comme le Mont Saint-Michel et sa baie, Paris, les rives de Seine, les îles Marquises...

■ Elle compte 788 biens du patrimoine culturel immatériel et du registre de bonnes pratiques de sauvegarde dont plus d'une trentaine liée à des habitudes alimentaires, des plats et/ou produits des cuisines du monde, des boissons ou encore des cérémonies de repas dans certains pays, comme la culture du petit déjeuner en Malaisie, la culture asturienne du cidre ou encore le ceebu jën sénégalais.

#info
Le patrimoine culturel immatériel
foucherconnect.fr/25vtechculi134

③ Le repas gastronomique français

■ Parmi les bien français, en 2010, l'Unesco met en avant le repas gastronomique des Français. Selon elle, cette pratique sociale régulière est devenue une coutume pour célébrer tout type d'événement important de la vie (mariage, baptême, retrouvailles…). Pour organiser ce repas, il faut des composantes bien précises :

- choisir attentivement des mets parmi de nombreuses recettes ;
- acheter de bons produits, de préférence locaux, dont les saveurs s'accordent bien entre elles ;
- trouver le parfait accord des mets et des vins ;
- décorer harmonieusement la table ;
- savoir déguster et prendre plaisir à manger et boire.

■ Le **menu type** tel que le définit l'Unesco est :

- un apéritif ;
- une entrée ;
- un poisson et/ou une viande avec légumes ;
- du fromage ;
- un dessert ;
- un digestif.

■ Ce repas est important car il « resserre le cercle familial et amical et, plus généralement, renforce les liens sociaux ».

Exercice 1 Optimiser la production

Dans un restaurant, quels sont les éléments sur lequel vous pouvez mener des actions pour l'optimisation de la production ?

....

....

Exercice 2 Savoir gérer une brasserie

Vous êtes chef de partie dans une brasserie avec un gros volume de clients. Le chef vous demande de réaliser une commande de sauté de veau pour le banquet de la semaine prochaine, composé de 85 couverts. Le chef attend 180 g de viande cuite dans les assiettes et le sauté de veau perd 30 % de son poids à la cuisson.

1. Quel est le poids de sauté à commander ?

2. En sachant que le sauté de veau coûte 21 € HT le kg, quel sera le montant HT de la facture ?

Exercice 3 Documents et fonctions

Quels sont les documents suivants et à quoi servent-ils ?

- Lettre de mission : ....
- Plan de perfectionnement : ....
- Évaluation : ....

Exercice 4 Avis et critiques

Vous êtes second de cuisine dans un restaurant gastronomique. Vous lisez sur un site web la remarque d'un client :

« Trop de différences ! » – Avis écrit le 11 mai 2025

Lors de mes deux premières visites, la cuisine était superbe ! Mais la dernière fois, elle était médiocre, le carré d'agneau était trop cuit et froid. La sauce à peine goûteuse, fade. Un service d'amateurs.
Dommage ! Mais le cadre est exceptionnel. J'essaierai encore une fois, puisque leur carré d'agneau fumé valait le détour, les deux premières fois !

Voir 3 avis et notes de Carl B. pour La Baule

1. Citez 4 actions à mettre en place auprès de l'équipe pour éviter la remarque du client.

2. Que signifie pour vous satisfaire le client en qualité de cuisinier ?

Exercice 5 Avis et critiques

Vous êtes chef de partie dans un restaurant gastronomique. Votre chef souhaite dynamiser l'équipe et lance un challenge à sa brigade : concevoir une entrée originale ayant comme ingrédient de base la betterave. Faites un dessin légendé de votre création, avec le(s) contenant(s) et le contenu et présentez-la en quelques lignes.

	....

Exercice 6 Menus à l'Unesco

Identifiez quels menus, présentés parmi les suivants, pourraient être éligibles au Repas gastronomique français de l'Unesco.

Menu 1

1. Punch et ses toasts
2. Ravioli de coquilles Saint-Jacques, espuma au basilic
3. Filet de bar au beurre blanc, tian de légumes, pommes cocotte
4. Brie de Meaux à la truffe et son mesclun
5. Pièce montée des mariés
6. Digestifs : prune, calvados

Menu 2

1. Salade lyonnaise et son œuf parfait
2. Bœuf bourguignon, pâtes fraîches
3. Mousse aux trois chocolats

Menu 3

1. Melon au porto
2. Goujonnettes de sole sauce tartare
3. Rôti de veau au romarin, légumes primeurs
4. Tarte fine poire/roquefort
5. Fraisier

Menu 4

1. Coupe de Champagne et ses mini-bouchées aux escargots
2. Terrine de sanglier sauce aux airelles
3. Lièvre à la royale et ses petits légumes
4. Plateau de fromages et son mesclun
5. Opéra
6. Limoncello

#corrigés
Corrigés des exercices
foucherconnect.fr/25vtechculi97

Module 7

LES CUISSONS ET LES RÉACTIONS PHYSICO-CHIMIQUES

Les modes de cuisson

Les réactions physico-chimiques

Les cuissons, généralités

1 Définition

■ La cuisson transforme un aliment en le mettant au contact d'une **source de chaleur** qui peut être **solide** (poêle, grillade, plancha...), **liquide** (eau, corps gras), **gazeuse** (air, fumée, vapeur) ou par **rayonnement** (infrarouges, micro-ondes).

■ D'autres procédés transforment l'aliment sous l'action d'**acide** (vinaigre, citron), d'**alcool**, de **sucre** et de **sel**. Dans ce cas, on ne parlera pas de cuisson mais de **coction**.

2 L'action de la chaleur sur les nutriments

■ Sous l'action de la chaleur, les aliments subissent des **modifications physiques et chimiques**. La chaleur modifie la **valeur nutritionnelle des nutriments** et permet également de détruire certains micro-organismes assurant ainsi une **meilleure garantie sanitaire**.

■ La cuisson peut modifier :
- la **couleur** (carotène, chlorophylle) ;
- l'**odeur** (arômes volatils, odeurs correspondant à des molécules gazeuses) ;
- la **saveur** (en fonction du type de cuisson) ;
- le **volume** et le **poids** (pertes d'eau ou de graisses) ;
- la **consistance** (tendreté et onctuosité pour une meilleure digestibilité).

3 La classification des cuissons : cuissons classiques et modernes

Les facteurs suivants permettent de déterminer un type ou un mode de cuisson, la nature, la conformation, les qualités organoleptiques de l'aliment et le résultat attendu.

À SAVOIR

· **La réaction de Maillard** (voir fiche 76) est responsable de la croûte très appréciée des pains, pâtisseries, viandes et poissons grillés... Il s'agit d'une réaction particulière, obtenue par chauffage en atmosphère sèche de protéines combinées à des glucides. La réaction de Maillard explique le goût de ces aliments.
· **L'osmose** (voir fiche 77) est un phénomène d'équilibre, le milieu le plus concentré diffuse vers le milieu le moins concentré. Il y a un double mouvement qui se poursuit jusqu'à l'équilibre des concentrations. L'osmose est donc une force particulière qui s'exerce de chaque côté d'une membrane lorsqu'il y a différence de concentration.
· **La diffusion** (voir fiche 77) est l'action par laquelle un fluide se répand dans un autre fluide (diffusion d'une solution saturée dans une solution normale). La diffusion est accélérée par toute agitation ou chauffage.

CUISSON PAR « CONCENTRATION » AVEC BRUNISSEMENT		
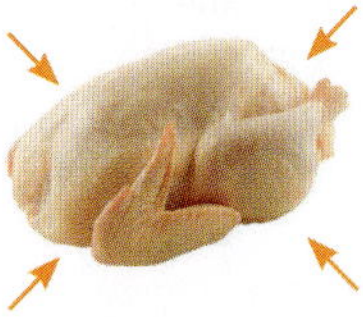	• Le saisissement emprisonne les sucs et le jus dans le produit. En surface, il y a coloration • Dans certains cas, une réaction de Maillard s'effectue	
TYPES	**PRINCIPE**	**MODES DE CUISSON**
À haute T° + 100 °C	Contact avec un gaz (air)	Rôtir
	Contact avec un solide	Sauter, sauter déglacer, griller, à la plancha
	Contact avec un liquide	Frire
	Par rayonnement	Rôtir, griller, cuire à la salamandre
À basse T° = 100 °C	Contact avec un gaz (air)	Fumer à chaud, sécher
	Contact avec un gaz (vapeur d'eau)	À basse T° (mode de cuisson généralement couplé avec un brunissement par rayonnement)
	Contact avec un liquide (graisse)	Confire et confire sous vide

CUISSON PAR « EXPANSION » SANS BRUNISSEMENT		
	Par évaporation de l'eau ou immersion dans un milieu aqueux, favorise les échanges de saveurs	
TYPES	**PRINCIPE**	**MODES DE CUISSON**
Départ T° basse	Contact avec un liquide, départ à froid	**Pocher à froid** • Pocher au court-bouillon • Pocher à court mouillement • Cuire des féculents • Braiser des légumes • Glacer des légumes

Départ T° haute	Contact avec un liquide, départ à chaud	**Pocher à chaud** • Cuire à l'anglaise • Cuire à blanc • Cuire dans un blanc • Cuire à la nage et court-bouillon départ à chaud • Cuire sous vide
	Contact avec un gaz (vapeur d'eau)	**Cuire à la vapeur** • Étuver • Cuire en papillote • Cuire en croûte
Autres	Par rayonnement	Cuire au four à micro-ondes
CUISSON « MIXTE » EN ATMOSPHÈRE COMBINÉE		
	Combinaison associant une cuisson en atmosphère sèche et une cuisson en atmosphère humide, qui favorise les échanges de saveurs	
TYPES	**PRINCIPE**	**MODES DE CUISSON**
Cuisson en atmosphère sèche puis humide	Brunir ou raidir suivant la préparation et terminer la cuisson dans un liquide ou une sauce	• Poêler • Cuire en ragoût à brun (brunir) • Cuire en ragoût à blanc (raidir) • Braiser
Cuisson en atmosphère humide puis sèche	Pocher avant de rôtir	Rôtir
Basse T°	Mettre en adéquation les T° et les temps de cuisson selon l'aliment à traiter	Cuisson pour conservation sous vide
Autres traitements de la cuisson sans action de la chaleur	**Action d'agents chimiques** : acide, sucre, sel, alcool, enzymes protéolytiques (présentes dans la papaye, l'ananas, la figue…)	Marinades

#vidéo

L'impact énorme de la cuisson dans notre évolution

foucherconnect.fr/25vtechculi98

Fiche 67

Les cuissons et appareils en vogue

1 Cuisson et alimentation

Le **mode de cuisson** est prédominant pour **respecter les composants naturels des aliments**. Des modes de cuisson parfois anciens, revenus au goût du jour et remis au point par les professionnels avec du matériel moderne, peuvent répondre à ces attentes.

2 La cuisson vapeur

A. Le principe

MATÉRIEL UTILISÉ	ORIGINE ET PRINCIPE	ALIMENTS CONCERNÉS
Panier vapeur en bambou 	À l'origine utilisé dans la cuisine orientale, il se place au-dessus d'un récipient d'eau bouillante.	Riz, céréales, légumes, poisson, viandes blanches (tendres, de bonne qualité), volaille, flans, foie gras, raviolis asiatiques, certains desserts… **Attention** : ne pas ouvrir un autocuiseur ou une cocotte-minute tant que la vapeur contenue ne s'est pas entièrement échappée, pour éviter tout accident ou brûlure.
Cuit vapeur électrique 	· Possibilité de faire cuire plusieurs aliments en même temps. · Remplir la bassine d'eau en bas de l'appareil et brancher sur secteur.	
Autocuiseur ou cocotte-minute 	Ils permettent une cuisson vapeur jusqu'à 70 % plus rapide en maintenant la vapeur sous pression.	
Le wok 	Pour cuire à la vapeur en y ajoutant une simple grille.	

B. Les avantages et les précautions à prendre

- **Cuisson saine des aliments** et préservation des minéraux, des goûts et des couleurs.
- **Rapidité de cuisson** pour les autocuiseurs ou cocottes-minute.
- **Tailler finement les légumes** : une cuisson trop longue détruira une partie des nutriments.
- **Citronner les aliments qui s'oxydent** : endives, choux-fleurs, pommes...
- La **vapeur** doit être **abondante**, ajouter de l'eau en cours de cuisson.
- Viandes blanches et poissons peuvent être cuits dans du **papier cuisson pour plus de tendreté.**
- La vapeur ne doit pas être trop chaude, sinon l'aliment se **déshydrate**.

3 Sauter, frire

A. Le principe

On utilise en général le wok. D'origine chinoise, « wok » veut dire « chaudron ». Il permet de faire sauter des aliments et d'obtenir des légumes croquants ou de frire des aliments. Il est utile pour cuisiner riz, céréales, légumes, poisson, viandes blanches (tendres, de bonne qualité), viandes rouges, volaille, friture, beignets...

B. Les avantages et les précautions à prendre

- Ses bords relevés permettent une **bonne conservation des nutriments** dans les aliments.
- Le wok permet une **cuisson rapide** des aliments. Les aliments doivent être soigneusement préparés avant la mise en cuisson.
- Si la préparation contient plusieurs ingrédients, **privilégier d'abord les aliments demandant une cuisson plus longue**.
- Pour une cuisson régulière, bien **remuer** les aliments pendant la cuisson.
- Du point de vue diététique, le wok permet d'utiliser peu de matières grasses.

4 La cuisson à basse température

A. Le principe

#vidéo
Adoptez la cuisson basse température !
foucherconnect.fr/25vtechculi99

MATÉRIEL UTILISÉ	PRINCIPE
Four mixte 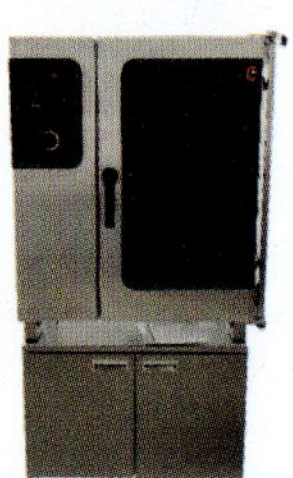	Cuire les aliments à une température faible mais constante afin d'atteindre une température minimum à cœur.
	Deux méthodes pour les viandes : – saisir d'abord rapidement les viandes dans de la matière grasse puis les enfourner ; – ou cuire d'abord au four et rissoler la viande ensuite.

MATÉRIEL UTILISÉ	PRINCIPE
Mijoteuse électrique 	Elle permet une cuisson longue à basse température sans besoin de surveiller. Idéale pour les plats dits « mijotés ».
Four à cuisson sous vide 	La cuisson se fait en **deux étapes** : la mise sous vide des aliments dans un sachet adapté puis la cuisson à l'eau en basse température. Certaines machines combinent les deux étapes.

B. Les avantages et les précautions à prendre

• On parle ici de **cuisson lente, douce, à basse température** ou **à l'étouffée**. Cette cuisson préserve les qualités d'un produit, sa structure, sa saveur, ses minéraux, ses vitamines.

• La **température minimale** mise en œuvre doit être dans tous les cas **supérieure à 65 °C**, de manière à **ne pas favoriser le développement microbien**.

• Cette cuisson permet d'obtenir une texture tendre, de préserver les jus, d'éviter la perte de poids des morceaux de viande durant la cuisson.

À SAVOIR

Les températures à cœur des viandes
- **Bœuf** : température à cœur de 50 °C pour une viande saignante, 55 °C pour une cuisson à point.
- **Veau** : température à cœur de 60 °C.
- **Agneau** : température à cœur de 55 °C.
- **Porc** : température à cœur de 68 °C.

• Le **thermomètre à sonde** permet de déterminer la température à cœur lorsque la cuisson est achevée et la viande prête à être consommée.

5 La cuisson aux micro-ondes

A. Le principe

MATÉRIEL UTILISÉ	PRINCIPE
Micro-ondes simple ou micro-ondes combiné 	L'aliment est traversé par des ondes électromagnétiques qui produisent une agitation intermoléculaire. Les molécules d'eau contenues dans les aliments s'agitent au même rythme que les ondes. Cette agitation (une forme d'énergie) dégage de la chaleur qui est ensuite transmise au reste de l'aliment par conduction.

B. Les avantages et les précautions à prendre

- La cuisson au four à micro-ondes permet de préserver les nutriments, surtout pour les légumes.
- Pour détruire le moins de nutriments, **utiliser une petite quantité d'eau** (2 cuillères d'eau) et **cuire peu longtemps** les aliments.
- La cuisson au micro-ondes ne provoque pas de brunissement, sauf pour les aliments contenant très peu d'eau de constitution (noix...).
- La première vocation d'un four à micro-ondes est la **remise en température**, dont la durée est fonction de la masse à réchauffer.
- Éviter de mettre à réchauffer des préparations à base de pâtes sèches (feuilletée, pâte brisée), elles ramollissent.
- Le **micro-ondes combiné** offre les 4 fonctions qu'on peut attendre d'un four, **cuire**, **rôtir**, **chauffer** et **décongeler** les aliments en toute sécurité. Il est doté de caractéristiques d'un four classique.

ATTENTION

- Ne pas mettre d'aliments conditionnés dans des récipients hermétiques (bocaux, sachets plastiques, œufs en coquille), risque d'explosion.
- Ne pas mettre d'aluminium ni d'ustensiles métalliques.

6 La cuisson à la plancha, au gril et à la pierre

A. Le principe

MATÉRIEL UTILISÉ	PRINCIPE
Combiné gril plancha 	Devenus un véritable concept, ces ustensiles ne sont pas simplement utilisés en cuisine mais s'invitent aussi sur les tables.
Pierrade 	

B. Les avantages et les précautions à prendre

- Cette cuisson permet une **cuisine diététique**, elle utilise peu ou pas de matière grasse.
- Les nutriments sont préservés.
- Les aliments conservent l'intégralité de leur saveur, ils ne sont pas dénaturés par la matière grasse.

- Elle permet une **cuisson rapide** de tous les aliments.
- Avant et pendant la cuisson, saler régulièrement, le sel relève le goût et permet de ne pas attacher.

7 La cuisson avec un robot multifonction

A. Le principe

MATÉRIEL UTILISÉ	PRINCIPE
 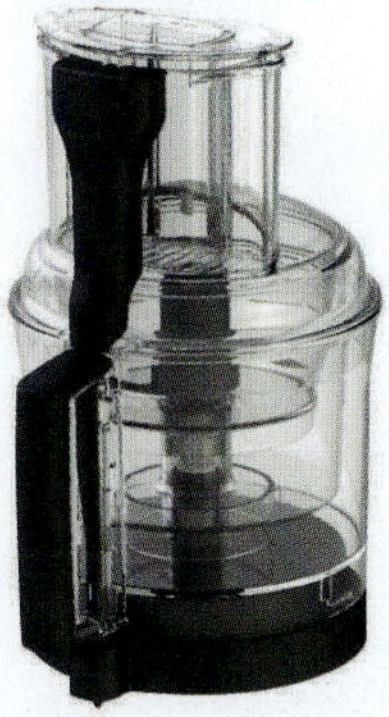	Ustensile de cuisine ultra polyvalent « **tout en un** » : permet de tailler, préparer, cuire, mélanger, mixer…

B. Les avantages

- Préparer des potages, sauces, compotes, purées, sabayons.
- Cuire directement dans son bol les aliments une fois mixés.
- Cuire des plats mijotés.

LES MODES DE CUISSON

Braiser

1 Définition

Braiser est une technique de cuisson dont le principe est de cuire des aliments lentement et régulièrement dans un liquide aromatique et sur une garniture aromatique dans un récipient clos. C'est une **cuisson à « l'étouffée »**.

2 Classification

Suivant les aliments traités et le résultat escompté, 3 techniques sont mises en œuvre avec une méthodologie différente :
- le **braisage à brun** : viandes de boucherie, volaille, gibiers et certains abats fermes ;
- le **braisage à blanc** : viandes blanches, abats blancs, légumes ;
- le **braisage des poissons** : grosses pièces.

3 Méthodologie

A. Le braisage à brun

1. Les techniques et les objectifs recherchés

« MIXTE », EN ATMOSPHÈRE COMBINÉE	
TECHNIQUES À METTRE EN ŒUVRE POUR LA CUISSON	**OBJECTIFS RECHERCHÉS**
Parer, dégraisser partiellement, dénerver, désosser, ficeler.	Préparations préliminaires.
Mariner les viandes rouges ou le gibier.	Attendrir, atténuer les saveurs trop marquées, apporter une saveur.
Égoutter et bien sécher la pièce.	Faciliter le brunissement de la pièce.
Choisir le matériel proportionnel à la pièce à cuire.	Pour une cuisson plus régulière.
Rissoler la pièce à feu très vif, avec la matière grasse appropriée.	Former une croûte en surface qui emprisonne les nutriments au centre de la pièce.
Dégraisser et faire suer la GA.	Supprimer les graisses cuites, développer les arômes de la GA.

« MIXTE », EN ATMOSPHÈRE COMBINÉE	
TECHNIQUES À METTRE EN ŒUVRE POUR LA CUISSON	**OBJECTIFS RECHERCHÉS**
Selon la recette, déglacer avec du vin ou une marinade et mouiller mi-hauteur avec un fond brun de même nature que la pièce.	Transmettre les saveurs du liquide de déglaçage et de la marinade à la pièce.
Porter à ébullition, cuire à couvert au four à 200 °C.	Échanger des éléments sapides et aromatiques entre l'aliment et le liquide de mouillement.
Arroser régulièrement.	Apporter du moelleux et du fondant.
En fin de cuisson, décanter et passer la sauce au chinois (sans fouler).	Mettre au point la sauce par réduction (fond de braisage) (Voir module 3)
Glacer la pièce de viande (si entière).	Obtenir une pellicule brune et brillante.

2. Les aliments traités

- **Bœuf** : rumsteck, gîte, aiguillette baronne, paleron, abats...
- **Veau** : épaule, grenadin, tendron, longe, jarret, osso-buco [jarret], carré couvert...
- **Gibier** : lièvre, sanglier...
- **Porc** : jambon.

Jarret de veau

3. Les applications culinaires

- Jambon braisé aux épinards, sauce madère.
- Noix de veau braisée bourgeoise [garniture].
- Lièvre à la royale.
- Pièce de bœuf bourgeoise [garniture], bourguignonne...
- Grenadin de veau Zingara.

4. Le matériel utilisé

Rondeau avec couvercle

B. Le braisage à blanc

1. Les techniques et les objectifs recherchés

« MIXTE » EN ATMOSPHÈRE COMBINÉE	
TECHNIQUES À METTRE EN ŒUVRE POUR LA CUISSON	**OBJECTIFS RECHERCHÉS**
Parer, dégraisser partiellement, dénerver, ficeler.	Préparations préliminaires.
Choisir le matériel proportionnel à la pièce à cuire.	Pour une cuisson plus régulière.
Raidir la pièce à feu très vif, avec la matière grasse appropriée (**sauf pour les légumes**).	Légère cuisson en surface sans coloration qui emprisonne les nutriments au centre de la pièce.
Faire suer la GA et remettre la pièce dessus.	Développer les arômes de la GA.
Mouiller au vin blanc et réduire de moitié (**sauf pour les légumes**).	Évacuer une partie de la saveur trop prononcée du vin.
Mouiller mi-hauteur avec fond brun clair ou blanc de même nature que la pièce, assaisonner.	Transmettre les saveurs du liquide de mouillement à la pièce.
Porter à ébullition, cuire à couvert au four à 200 °C.	Échanger des éléments sapides et aromatiques entre l'aliment et le liquide de mouillement.
Arroser régulièrement.	Apporter du moelleux et du fondant.
En fin de cuisson décanter et passer la sauce au chinois (sans fouler).	Mettre au point la sauce par réduction (fond de braisage) (Voir le module 3)

2. Les aliments traités

- **Légumes** : laitue, endives, fenouil, choux...
- **Veau** : épaule, longe, jarret.
- **Abats blancs** : ris de veau, ris d'agneau, oreilles de veau et de porc, pieds de veau et de porc.
- **Porc** : jambon.

↑ *Endives meunières braisées*

INFO Les endives braisées sont cuites dans de l'eau citronnée sans garniture aromatique.

3. Les applications culinaires

- Ris de veau à la crème de morilles.
- Laitues braisées.
- Jambon blanc braisé.
- Ris de veau braisés Florentine (épinards).

 # vidéo
Préparer des ris de veau braisés
foucherconnect.fr/25vtechculi100

4. Le matériel utilisé

Sautoir avec couvercle

C. Le braisage du poisson

1. Les techniques et les objectifs recherchés

« EXPANSION » SANS BRUNISSEMENT	
TECHNIQUES À METTRE EN ŒUVRE POUR LA CUISSON	**OBJECTIFS RECHERCHÉS**
Habiller le poisson, si farci, désarêter.	Préparations préliminaires.
Choisir le matériel proportionnel à la pièce à cuire.	Pour une cuisson plus régulière.
Placer le poisson sur une GA taillée finement en paysanne.	Une grille peut être placée entre le poisson et la garniture, ce qui permettra de retirer le poisson plus facilement en fin de cuisson, en favorisant la diffusion des arômes de la garniture pendant la cuisson.
Mouiller au tiers de la hauteur avec du fumet de poisson, du vin blanc ou rouge suivant la recette, assaisonner.	Un mouillement trop important résulterait à pocher le poisson.
Monter doucement en température au frémissement = < 95 °C.	Une montée en T° trop rapide et trop forte risquerait d'abimer le poisson qui a une chair fragile.
• Couvrir d'une feuille de cuisson ou du couvercle. • Cuire au four à 160 °C/180 °C (éviter l'ébullition).	Échange favorisé des éléments sapides et aromatiques entre l'aliment et le liquide de mouillement.
Arroser régulièrement.	Apporter du moelleux et éviter le dessèchement.
En fin de cuisson débarrasser le poisson et passer le fumet de braisage au chinois (sans fouler).	Réduire jusqu'à lui donner une consistance sirupeuse (à glace), qui sera une base de sauce. (Voir le module 3)

2. Les aliments traités

- Pièces entières ou grosses pièces.
- Turbot, barbue, saumon (tronçons), brochet, gigot de lotte...

↑ *Turbot*

3. Les applications culinaires

- Turbot braisé à l'américaine.
- Brocheton farci à la normande.
- Saumon braisé sauce vin blanc.

4. Le matériel utilisé

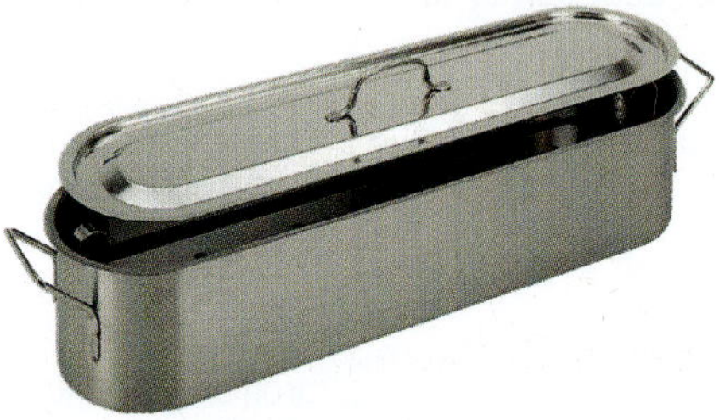

↑ *Poissonnière*

LES MODES DE CUISSON

Frire

1 Définition

Frire est une technique de cuisson dont le principe est de cuire entièrement ou de terminer la cuisson d'aliments de petite taille **par immersion dans un corps gras** chauffé à une température correspondant à leur nature, à l'épaisseur et au résultat escompté.

2 L'intérêt de la technique

Le fait de plonger un aliment dans la friture chaude provoque une coagulation superficielle des protéines. La croûte qui se forme s'oppose à la sortie des substances aromatiques de l'aliment et empêche la pénétration du corps gras. L'eau de végétation enfermée se transforme en vapeur et cuit l'aliment.

3 Classification

3 catégories d'aliments sont traitées :
- **les aliments crus** : une ou deux cuissons suivant la grosseur de l'aliment ;
- **les aliments enrobés** : avec une pâte à frire, une panure Anglaise, une tempura, un feuilletage, une feuille de brick, de riz ;
- **les préparations salées ou sucrées** : à base de pâte à choux, pommes de terre Duchesse.

4 La cuisson par « concentration » avec brunissement

A. Les techniques et les objectifs recherchés

TECHNIQUES À METTRE EN ŒUVRE POUR LA CUISSON	OBJECTIFS RECHERCHÉS
• Préparer les légumes, lever des filets. • Détailler les aliments en cubes, en tranches, en lanières, en bâtonnets…	Préparations préliminaires.
Enrober (pâte à frire, tempura) si demandé.	Croustillant extérieur, moelleux intérieur.

TECHNIQUES À METTRE EN ŒUVRE POUR LA CUISSON	OBJECTIFS RECHERCHÉS
Bien sécher les denrées crues. Pour les produits surgelés, les placer dans le panier avant de les plonger dans la friteuse.	Éviter les projections lors de la plongée dans la matière grasse très chaude, limite la production de vapeur et les débordements.
Frire peu à la fois (1 volume de produit pour 3 volumes de bain de friture).	Éviter le refroidissement trop rapide du bain de friture : les aliments non saisis s'imprègnent de graisse et deviennent indigestes.
Température du bain de friture : entre 140 °C et 160 °C.	· Température pour les aliments qui nécessitent une première cuisson (blanchir ou pocher) sans coloration (pommes frites, Pont Neuf, allumettes). · Cuisson complète de poissons portion.
Température du bain de friture : entre 160 °C et 170 °C.	· Pour les aliments enrobés : fritots, rissoles, croquettes. · Formation du croustillant et de la coloration.
Température du bain de friture : entre 170 °C et 180 °C.	· Pour les aliments de faible épaisseur (chips de légumes, petite friture de poisson). Coloration des pommes allumettes, Pont neuf. · Formation du croustillant et de la coloration.
Frire les aliments à la commande.	Servir les aliments chauds et croustillants.
Égoutter, débarrasser dans une plaque avec au fond un papier absorbant.	Absorber la graisse et rendre plus digestes les aliments frits.
Saler ou sucrer hors du bain de friture.	Éviter de dénaturer le bain de cuisson et prolonger la durée de son utilisation.

B. Les aliments traités

- **Viandes, abats** : bœuf, cervelle.
- **Poissons, crustacés** : filets de poisson, merlan, civelles, éperlans, goujons.
- **Légumes** : pommes de terre, courgettes, oignons, choux-fleurs, betteraves, persil.
- **Fruits** : pommes, bananes, ananas.
- **Préparations salées ou sucrées** : pommes croquettes, acras, cromesquis, pommes Dauphine.

↑ *Acras de morue*

C. Les applications culinaires

- Fritots de cervelle d'agneau.
- Goujonnettes de soles, petite friture, tempura de crevettes.
- Pommes de terre frites, Pont neuf, allumettes, pailles, chips.
- Beignets de légumes (courgettes, oignons, choux-fleurs).
- Beignets de fruits.

↑ *Beignets de fleurs de courgettes*

D. Le matériel utilisé

↑ *Friteuse électrique avec zone froide*

 # vidéo
Frire en deux bains
foucherconnect.fr/25vtechculi101

5 Les apprêts et les enrobages

Les apprêts et enrobages sont nombreux : panure à l'anglaise, tempura, pâtes à beignet salée ou sucrée, pâte à choux, pâte à frire, feuilletage (ravioles).

6 Les corps gras utilisés pour les fritures

- **L'huile d'arachide** : cette huile est celle qui supporte le mieux les hautes températures.
- **Les huiles multi végétales** : mélanges de différentes huiles végétales (arachide, tournesol, soja).
- **Les huiles végétales solides (concrètes)** : huile de coprah (dont la végétaline), huile de palme (extraite de la pulpe du fruit) et de palmiste (extraite du noyau du fruit).
- **Graisse animale** : graisse de bœuf (le « blanc de bœuf »), prisée en Belgique, se présente sous forme de pain, comme la végétaline. Le saindoux (graisse de porc) est de moins en moins utilisé.

> **ATTENTION**
> Les huiles d'olive et de colza sont utilisées pour la cuisson seulement ; elles ne supportent pas les hautes températures.

7 Quelques recommandations

- S'assurer de la **catégorie de l'huile utilisée** : « pour friture » ou « pour assaisonnement ».
- Ne pas dépasser la **température optimale de l'huile (180 °C)**. Le dépassement risque de colorer l'aliment trop rapidement et d'accélérer la dégradation de l'huile.
- Ne pas faire fumer l'huile.
- **Filtrer** le bain d'huile à chaque utilisation.
- Éviter de cuire des aliments différents dans le même bain de friture.
- Ne jamais couvrir un aliment frit après cuisson, la condensation va le **ramollir**.

LES MODES DE CUISSON

Griller

1 Définition

Technique de cuisson dont le principe est de cuire un aliment entièrement ou partiellement par **contact direct** (gril rainuré ou lisse) ou par une **chaleur rayonnante** (barbecue). Cette cuisson s'applique généralement à des aliments de petites tailles. Pour les aliments de grosse taille (côte de bœuf), la cuisson se termine au four. Suivant la source d'énergie (gaz, électricité, bois, charbon de bois, sarments de vigne...), la saveur peut être différente.

2 L'intérêt de la technique

■ Le fait de saisir l'aliment au contact d'un gril très chaud provoque une coagulation superficielle des protéines. La croûte qui se forme s'oppose à la sortie des substances aromatiques de l'aliment et l'eau de constitution est partiellement enfermée.

■ Ce mode de cuisson élimine une partie des graisses à la cuisson, d'où son intérêt diététique. Il permet également de développer des saveurs spécifiques.

3 Méthodologie : griller les viandes et poissons

A. Les techniques et les objectifs recherchés

CUISSON PAR « CONCENTRATION » AVEC BRUNISSEMENT	
TECHNIQUES À METTRE EN ŒUVRE POUR LA CUISSON	**OBJECTIFS RECHERCHÉS**
Parer, désosser, trancher, manchonner…	Préparations préliminaires.
Habiller, fileter un poisson.	
Allumer, nettoyer, gratter, essuyer le gril.	Propreté du matériel avant utilisation et maintien après chaque utilisation.
Régler l'intensité du gril suivant la nature et l'épaisseur de la pièce.	Bien conduire la cuisson, évite que la grillade soit ferrée (« goût métallique »).
Enduire la pièce de viande de beurre clarifié ou d'huile.	Activer la coagulation et éviter que l'aliment n'attache.

CUISSON PAR « CONCENTRATION » AVEC BRUNISSEMENT	
TECHNIQUES À METTRE EN ŒUVRE POUR LA CUISSON	**OBJECTIFS RECHERCHÉS**
Mariner le poisson (« marinade instantanée ») ou le fariner.	· Ajouter une saveur. · Activer la coagulation et éviter que l'aliment n'attache.
Disposer la pièce en diagonale, pivoter d'un quart de tour pour quadriller.	Obtenir un quadrillage régulier de la face de présentation.
· Utiliser pour retourner une spatule plate métallique. · Assaisonner les pièces après formation de la croûte.	Piquer l'aliment permet l'exsudation de l'eau de constitution qui favorise le collage de l'aliment au gril (surtout pour les poissons) et la décoloration des protéines coagulées.
Retourner délicatement l'aliment en le soulevant sur l'autre face et pratiquer le quadrillage comme précédemment.	Emprisonner les éléments aqueux et nutritifs au centre de la pièce.
Terminer au four les grosses pièces (côte de bœuf, turbot, bar…).	Pénétration progressive de la chaleur jusqu'à l'à-point de cuisson souhaité.
Débarrasser au chaud sur une grille les grillades. Laisser reposer.	· Isoler les pièces de l'eau d'exsudation. · Permet une décontraction des fibres musculaires et une réhydratation des tissus de surface.

B. Les aliments traités

- **Légumes** : champignons, tomates, poivrons…
- **Viandes, abats** : bœuf, veau, agneau, porc, rognons, foie, pieds de porc…
- **Volailles** : poulet, coquelet, canard, dinde…
- **Charcuterie** : saucisses, boudin, bacon…
- **Poissons, crustacés** : sole, turbot, rouget, bar, sardine, langouste, homard, gambas, crevettes…

↑ *Homard grillé*

C. Les applications culinaires

- Contre-filets, côtes d'agneau grillées beurre maître d'hôtel.
- Poulet grillé à l'américaine.
- Brochettes, mixed-grill.
- Homard grillé sauce thermidor.
- Sole grillée beurre d'anchois, dos de saumon grillé sauce Choron.
- Différents légumes grillés comme accompagnements de grillades.

D. Le matériel utilisé

- Gril combiné rainuré, lissé.
- Barbecue.

4 Les apprêts

La **marinade instantanée** : de l'huile (arachide, olive) additionnée de fragments de thym, feuilles de laurier, aneth... et de tranches de citron pelé à vif. Cette marinade est principalement utilisée pour les poissons. Éviter de faire mariner trop longtemps, du fait de la présence de citron. L'objectif est d'**aromatiser**.

5 Quelques recommandations

- Nettoyer soigneusement le matériel avant utilisation, pour une question d'hygiène et ne pas risquer de transmettre un mauvais goût à l'aliment.
- Suivant l'épaisseur, la nature et l'à-point de cuisson de l'aliment, bien réguler la température. Plus la pièce est fine, plus la température doit être élevée.
- Ne pas saler avant cuisson la viande rouge, le sel fait ressortir l'eau (osmose).
- Éviter de piquer une viande rouge, utiliser une spatule métallique.
- Pour les pièces épaisses (côtes de bœuf, turbotin grillé), terminer la cuisson au four, pour éviter une trop importante coloration en surface.
- Débarrasser les pièces de viande rouge sur une grille, pour que l'exsudat s'échappe sans enlever le croustillant et de fait la « caramélisation » de surface.
- Les grosses pièces de viande rouge demandent un **temps de repos** égal au temps de cuisson afin d'obtenir à cœur une régularité de cuisson et que celles-ci s'attendrissent (on peut parler de décontraction du muscle cuit).

#vidéo
Griller des viandes blanches
foucherconnect.fr/25vtechculi102

LES MODES DE CUISSON

Pocher

1 Définition

■ Pocher, c'est **cuire par immersion dans un milieu aqueux** (fond, lait, sirop, vin...) au départ à froid ou à chaud des aliments suivant le résultat escompté. L'objectif est de provoquer un échange de saveurs entre l'aliment et le liquide aromatique de mouillement, de conserver à l'aliment un maximum de goût, et de préserver un maximum d'éléments nutritifs.

■ Le liquide de cuisson est généralement utilisé pour réaliser la **sauce d'accompagnement**.

2 Classification

- **Pocher à froid** : pocher au court-bouillon, pocher à court mouillement, cuire des féculents, braiser des légumes, glacer des légumes.
- **Pocher à chaud** : cuire à l'anglaise, cuire à blanc, cuire dans un blanc, cuire à la nage et court-bouillon départ à chaud, cuire sous vide.

3 Méthodologie

A. Pocher à chaud

1. Les techniques et les objectifs recherchés

CUISSON PAR « CONCENTRATION » SANS BRUNISSEMENT	
TECHNIQUES À METTRE EN ŒUVRE POUR LA CUISSON	**OBJECTIFS RECHERCHÉS**
• Éplucher, laver les légumes, les fruits • Parer, dégraisser la pièce de viande... • Poisson au bleu, habiller au dernier moment • Volaille : habiller, brider	Préparations préliminaires
Choisir le matériel de cuisson proportionnel à la quantité et nature du produit	Mener la cuisson afin que l'aliment soit totalement immergé
Marquer en cuisson : plonger l'aliment dans le liquide bouillant de cuisson	Provoquer la coagulation des protéines superficielles de surface pour préserver les éléments nutritifs à l'intérieur de l'aliment

CUISSON PAR « CONCENTRATION » SANS BRUNISSEMENT	
TECHNIQUES À METTRE EN ŒUVRE POUR LA CUISSON	**OBJECTIFS RECHERCHÉS**
Conduire lentement à découvert la cuisson à petite ébullition	Diffuser les substances sapides du liquide de cuisson vers l'élément à cuire
Contrôler la cuisson	S'assurer de la cuisson complète de l'aliment
Égoutter, refroidir les légumes verts	Arrêter la cuisson et fixer la chlorophylle

2. Les aliments traités

- **Légumes** : haricots verts, petits pois, carottes, navets, choux, épinards.
- **Fruits pour les desserts** : poires, pommes.
- **Viandes** (bœuf, agneau) : filet, gîte, macreuse, paleron, gigot (entier).
- **Poissons, crustacés, mollusques** : truite, homard, langouste, langoustine, tourteaux, écrevisse, bulots, bigorneaux.
- **Farineux** : riz, pâtes, semoule, gnocchi…
- **Œufs** : coques, mollets, durs, pochés.

↑ *Œufs pochés*

3. Les applications culinaires

- Légumes cuits à l'anglaise (différentes tailles).
- Fruits pochés au sirop pour desserts.
- Bœuf à la ficelle, gigot à l'anglaise.
- Truite au bleu, cuisson des mollusques en coquille.
- Gnocchis à la parisienne, riz créole, riz pilaf.
- Cuisson des œufs en coquille et hors coquille.

↑ *Poire pochée au sirop*

4. Le matériel utilisé

↑ *Faitout*

↑ *Russe*

 # vidéo

Pocher un pavé de lieu noir

foucherconnect.fr/25vtechculi103

B. Pocher à froid

1. Les techniques et les objectifs recherchés

CUISSON PAR « EXPANSION » SANS BRUNISSEMENT	
TECHNIQUES À METTRE EN ŒUVRE POUR LA CUISSON	**OBJECTIFS RECHERCHÉS**
• Éplucher, laver les légumes • Parer, dégraisser la pièce de viande • Habiller la volaille • Habiller le poisson	Préparations préliminaires
Choisir le matériel de cuisson proportionnel à la quantité et la nature du produit	Mener la cuisson afin que l'aliment soit totalement immergé
• Marquer en cuisson = blanchiment • Couvrir avec l'eau froide • **Écumer soigneusement**	• Éliminer les impuretés (coagulation des protides et albumines) • Raffermir progressivement les fibres musculaires
Sauf cuisson à « court mouillement » et musculaires « glaçage » de légumes	
Ajouter la garniture aromatique dans la cuisson, assaisonner (sauf légumes secs)	Enrichir le liquide de cuisson en éléments aromatiques
• Conduire lentement à découvert la cuisson à petite ébullition • **Écumer fréquemment**	• Diffuser les substances sapides solubles vers le liquide de cuisson • Obtenir un liquide et un aliment savoureux et tendre • Obtenir un liquide de cuisson le plus limpide possible
Contrôler la cuisson : - décanter, réserver - passer le bouillon sans fouler	• S'assurer de la cuisson complète de l'aliment • Enlever de la cuisson l'élément principal • Éviter de troubler le bouillon en écrasant la GA
Pour les cuissons à « court mouillement » et glaçage de légumes, les cuissons sont plus courtes	Cuire au plus juste sans surcuisson
Les pommes de terre	Arrêter la cuisson par ajout d'un peu d'eau froide, les laisser dans leur eau de cuisson

2. Les aliments traités

- **Légumes secs et pommes de terre** : pommes de terre Charlotte, Belle de Fontenay, haricots, pois cassés, lentilles, pois chiches…
- **Viandes** : bœuf (gîte, macreuse, paleron…), veau (épaule, poitrine, collier, pied…), agneau (épaule, poitrine, collier), porc (jambon, jarret).
- **Volailles** : poularde, poulet, os…
- **Charcuterie, abats** : saucisse, saucisson à cuire, langue, cervelle, ris de veau…
- **Poissons** : turbot, barbue, colin, truite, brochet, arêtes…

3. Les applications culinaires

- Pommes de terre Anglaise.
- Légumes secs pour garnitures, potages et purées.
- Blanquettes, veau, agneau, fonds blancs.
- Pot-au-feu (marmite pour gelée), jambonneau.
- Poularde pochée sauce suprême, fond blanc, base de gelée.
- Tronçon de turbot poché sauce hollandaise, filet de sole bonne femme (cuisson à court mouillement) sauce vin blanc, fumet.

4. Le matériel utilisé

↑ *Marmite*

↑ *Plat ovale à soles*

↑ *Petite sauteuse*

4 Les techniques dérivées

- **Cuire à l'anglaise** : cuire des légumes à l'eau bouillante salée (sauf pommes de terre, avec un départ à froid).
- **Blanchir à chaud** : plonger des légumes dans de l'eau bouillante quelques minutes pour enlever des odeurs trop fortes (choux, oignons), atténuer l'âcreté et fixer la chlorophylle.
- **Blanchir à froid** : mettre un aliment dans de l'eau froide et le porter à ébullition, le but est d'enlever un excès de sel, de fumé et enlever les impuretés qui à l'ébullition se coagulent sous forme d'écume.
- **Monder** : ébouillanter quelques secondes des tomates et les plonger dans de l'eau glacée afin de retirer la peau plus facilement.

↑ *Tomates mondées*

- **Cuire dans un blanc** : action de cuire des légumes (artichauts, salsifis), des abats blancs (pieds et tête de veau) dans un mélange d'eau salée, farinée (facultatif), citronnée, afin de les garder bien blancs et limiter l'oxydation.
- **Cuire à blanc des champignons** : les cuire dans une petite quantité d'eau salée, additionnée d'une noix de beurre. À l'ébullition, ajouter les champignons avec un filet de citron, mélanger, couvrir et cuire 5 minutes. Cette technique permet aussi de garder la couleur blanche des champignons.
- **Glacer à blanc** : action de cuire des petits légumes (tournés ou non), dans un peu d'eau froide salée, additionnée d'une noix de beurre, d'une pincée de sucre, et de les recouvrir d'un papier cuisson avec une petite cheminée au centre pour faciliter l'évacuation de la vapeur. Mener la cuisson lentement pour cuire le légume. En fin de cuisson, l'eau doit être complètement évaporée, il reste un sirop formé par le beurre et le sucre qui enrobe les légumes, à ce stade c'est un « glaçage à blanc ».

↑ *Carottes glacées à blanc*

- **Glacer à brun** : en poussant la cuisson, le sirop caramélise, c'est un « glaçage à brun ».
- **Confire** : cuire lentement dans un sirop des zestes d'orange, de citron, de l'ananas, des cerises...
- **Œufs pochés** : œufs cuits hors coquille dans de l'eau frémissante additionnée de vinaigre blanc, ce qui va favoriser la coagulation du blanc, pendant 2 min 30. Plonger dans l'eau glacée après cuisson pour arrêter la cuisson.

LES MODES DE CUISSON

Cuire en ragoût

1 Définition

■ L'origine du mot ragoût vient de l'ancien français « ragoûter » signifiant « raviver le goût ».

■ Il s'agit de cuire lentement et régulièrement des aliments (en général des viandes fermes de 2e et 3e catégories) détaillés en morceaux, dans un liquide lié (sauce), le tout dans un récipient creux à couvert.

2 Classification

On distingue deux types de ragoûts :

- les **ragoûts à brun** : les aliments sont rissolés afin de provoquer une coagulation prononcée des protéines de surface de l'aliment ;
- les **ragoûts à blanc** : les aliments sont raidis afin de provoquer une coagulation peu prononcée des protéines de surface de l'aliment.

3 Méthodologie : les ragoûts à brun et à blanc

A. Les techniques et les objectifs recherchés

CUISSON « MIXTE » EN ATMOSPHÈRE COMBINÉE (CUISSON EN ATMOSPHÈRE SÈCHE PUIS HUMIDE)	
TECHNIQUES À METTRE EN ŒUVRE POUR LA CUISSON	**OBJECTIFS RECHERCHÉS**
· **Viandes** : parer, dégraisser partiellement, dénerver, désosser, ficeler · **Volaille** : habiller, découper, mariner · **Poissons et crustacés** : habiller découper, tronçonner	Préparations préliminaires
Choisir le matériel de cuisson proportionnel à la quantité et la nature de l'aliment	Mener la cuisson régulièrement afin que l'aliment soit totalement immergé dans le liquide lié de cuisson
Chauffer l'ustensile de cuisson avec la matière grasse suivant le mode de cuisson choisi	Éviter que la matière grasse ne brûle : huile pour cuisson à brun, beurre pour cuisson à blanc

CUISSON « MIXTE » EN ATMOSPHÈRE COMBINÉE (CUISSON EN ATMOSPHÈRE SÈCHE PUIS HUMIDE)	
TECHNIQUES À METTRE EN ŒUVRE POUR LA CUISSON	**OBJECTIFS RECHERCHÉS**
Marquer le ragoût à brun : rissoler les pièces à feu très vif, avec la matière grasse appropriée, sur toutes les faces	• Former une croûte brune en surface qui emprisonne les nutriments au centre de la pièce • Un bon rissolage donne la bonne couleur à la sauce
Marquer le ragoût à blanc : raidir les pièces à feu moyennement vif, avec la matière grasse appropriée, sur toutes les faces 	Former une légère croûte blonde en surface qui emprisonne les nutriments au centre de la pièce
Dégraisser et faire suer la GA sans coloration	Supprimer les graisses cuites (sauf pour le ragoût à blanc), développer les arômes de la garniture aromatique
• **À brun** : singer et torréfier la farine • **À blanc** : réaliser un roux blanc	Réaliser la liaison suivant le mode de cuisson, à brun ou à blanc
Selon la recette, déglacer avec vin ou marinade et mouiller à hauteur avec un fond de même nature que la pièce. Ajouter un BG et assaisonner	Transmettre les saveurs du liquide de déglaçage et de la marinade à la pièce
• Porter à ébullition, cuire à couvert régulièrement au four à 200 °C • Surveiller et remuer en cours de cuisson	Échange (osmose) des éléments sapides et aromatiques entre l'aliment et le liquide de mouillement. Apporter du moelleux et du fondant
En fin de cuisson • Décanter et passer la sauce au chinois étamine (sans fouler) • Dégraisser si nécessaire • Vérifier la liaison et l'assaisonnement	• Mettre au point la sauce, la réduire ou non • Les aliments sont toujours bien cuits
Selon la recette, ajouter la garniture correspondante et laisser mijoter quelques minutes	Permet d'obtenir un bon échange de saveurs entre tous les éléments de la recette

B. Les aliments traités

- **Bœuf** : paleron, gîte, macreuse, collier.
- **Veau** : épaule, poitrine, jarret, noix.
- **Porc** : épaule, collier, échine.
- **Agneau** : épaule, collier, poitrine...
- **Volaille** : poulet, coq, canard, lapin.
- **Poissons, crustacés** : lotte, anguille, homard, écrevisse.
- **Légumes** : tomates, oignons, courgettes, aubergines, poivrons.

Paleron de bœuf

C. Les applications culinaires

- Bœuf bourguignon, goulasch.
- Marengo, osso-buco.
- Civet de porc.
- Navarin, curry, cassoulet.
- Fricassée de volaille, coq au vin.
- Fricassée de lotte, matelote d'anguilles, homard à l'américaine, écrevisses sauce Nantua.
- Piperade, ratatouille.

Piperade

D. Le matériel utilisé

Cocotte en fonte

Sautoir

Sauteuse conique

#vidéo
Cuire en ragoût
foucherconnect.fr/25vtechculi104

Fiche 73

Rôtir

1 Définition

■ Rôtir est une technique de cuisson dont le principe est de cuire avec peu de matière grasse un aliment par exposition à l'action d'un **four**, d'une **rôtissoire** ou d'une **broche**. Cette technique s'applique plus particulièrement à de **petites pièces de viande** de 1re et 2e catégories, provenant d'animaux jeunes et tendres et de poissons traités entiers sur peau.

■ Un **jus** servi avec le rôti est réalisé au terme de la cuisson. Il provient de l'aliment cuit (jus de bœuf, de volaille...). Un jus n'est pas une sauce.

2 L'intérêt de la technique

■ Le fait d'exposer l'aliment à de l'air très chaud provoque une brusque coagulation superficielle des protéines de surface (réaction de Maillard en présence de matière grasse). La croûte qui se forme s'oppose à la sortie des substances aromatiques de l'aliment et l'eau de constitution est partiellement enfermée.

■ Une partie des graisses est éliminée à la cuisson, d'où son intérêt diététique.

■ La formation d'une croûte en surface, développe des saveurs et textures (le « croustillant ») spécifiques à cette cuisson.

3 Méthodologie

A. Rôtir une viande ou une volaille

Ce type de cuisson est valable pour la viande et le poisson.

1. Les techniques et les objectifs recherchés

CUISSON PAR « CONCENTRATION » AVEC BRUNISSEMENT (CONTACT AVEC UN GAZ : L'AIR)	
TECHNIQUES À METTRE EN ŒUVRE POUR LA CUISSON	**OBJECTIFS RECHERCHÉS**
• Viande : parer, désosser, ficeler • Volailles : habiller, brider	Préparations préliminaires
Régler l'intensité du four suivant la nature de la pièce à rôtir	Bien conduire la cuisson

CUISSON PAR « CONCENTRATION » AVEC BRUNISSEMENT (CONTACT AVEC UN GAZ : L'AIR)	
TECHNIQUES À METTRE EN ŒUVRE POUR LA CUISSON	**OBJECTIFS RECHERCHÉS**
Enduire légèrement la pièce de viande de beurre clarifié ou d'huile	Activer la coagulation (réaction de Maillard) et éviter que l'aliment ne sèche en surface
Marquer en cuisson à four très chaud 180 °C/ 200 °C sur os et parures	Provoquer une brusque coagulation superficielle des protéines de surface
Arroser fréquemment la pièce de viande ou la volaille	Nourrir et empêcher le dessèchement de la pièce à rôtir
S'assurer de la cuisson de la pièce à rôtir à cœur (voir l'encadré « À savoir »)	Éviter d'avoir une pièce rôtie surcuite et sèche
Débarrasser au chaud sur une grille les pièces rôties. Laisser reposer	Isoler les pièces de l'eau d'exsudation. Permet une décontraction des fibres musculaires et une réhydratation des tissus de surface ainsi que la diffusion régulière de la chaleur au centre de la pièce
Réaliser le jus de rôti	Jus à la saveur de l'aliment rôti, riche en principes nutritifs

2. Les aliments traités

- **Bœuf** : filet, contre-filet, rumsteck, tranche.
- **Veau** : noix, sous-noix, carré.
- **Porc** : longe, carré, échine, filet mignon.
- **Agneau** : gigot, carré, épaule, selle.
- **Volaille** : poulet, caneton, pintadeau, lapin, palombes.
- **Gibiers** : perdreaux, cailles, faisans, chevreuil.
- **Poissons** : bar, daurade, saumon.
- **Légumes, fruits** : pommes, poires...

3. Les applications culinaires

- Filet rôti en croûte de sel, en brioche.
- Longe de veau rôtie, gigot d'agneau rôti gratin
- Dauphinois, carré d'agneau rôti aux primeurs.
- Rôti de porc lentilles du puy au vrai jus.
- Poulet rôti pommes Pont Neuf, lapereau à la moutarde.
- Dos de saumon rôti au vrai jus de volaille.
- Pommes rôties Bonne femme.

↑ *Filet rôti en croûte de sel*

4. Le matériel utilisé

Les plaques à rôtir et rôtissoires murales sont utilisées pour ce type de cuisson.

Plaque à rôtir

B. Confectionner un jus de rôti

- Débarrasser le rôti du plat de cuisson sur grille.
- Pincer les sucs sans les brûler, dégraisser en conservant os et abattis. Ajouter la garniture aromatique (une quantité raisonnable) et la faire suer.
- Déglacer à l'eau froide ou un fond clair de même nature que la pièce, porter à ébullition et réduire de moitié en mode mijotage, pour obtenir un jus corsé.
- Passer au chinois étamine sans fouler, rectifier l'assaisonnement, dégraisser éventuellement, réserver au bain-marie.
- Servies à part, les pièces rôties ne sont jamais nappées de leur jus.

4 Quelques recommandations

- Éviter de saler avant cuisson une viande rouge, par osmose le sel fait ressortir l'eau.
- Éviter de piquer une viande rouge, utiliser une pince spéciale, une écumoire.
- Ré-assaisonner le rôti après cuisson, pour exaucer le goût.
- **Vérifier l'à-point de cuisson** : au thermomètre, au toucher (par expérience) ; pencher une volaille cuite à point laisse ressortir un jus limpide et non sanguinolent.

À SAVOIR

Les à-point de cuisson à cœur
- Viandes rouges bleues : = + 50 °C
- Viandes rouges saignantes : = + 54 °C
- Viandes rouges à point : = + 57 °C
- Volailles et viandes cuites : + 68 °C, au-delà de + 68 °C, la viande sèche

#vidéo
Rôtir un carré d'agneau
foucherconnect.fr/25vtechculi105

LES MODES DE CUISSON

Poêler

1 Définition

Poêler est une technique de cuisson dont le principe est de cuire principalement de grosses pièces de viande de boucherie, de volaille ou de gibiers, avec un corps gras, dans un récipient haut muni d'un couvercle. La garniture aromatique permet d'humidifier et de parfumer le plat.

2 Méthodologie

A. Poêler une viande ou une volaille

1. Les techniques et les objectifs recherchés

CUISSON « MIXTE » EN ATMOSPHÈRE COMBINÉE	
TECHNIQUES À METTRE EN ŒUVRE POUR LA CUISSON	**OBJECTIFS RECHERCHÉS**
• Parer, dégraisser partiellement, dénerver, farcir, désosser, ficeler • Habiller la volaille, brider	Préparations préliminaires
Choisir le matériel proportionnel à la pièce à cuire	Pour une cuisson plus régulière
1re méthode : rissoler la pièce à feu vif, avec la matière grasse appropriée	Formation par brunissement d'une croûte en surface qui emprisonne les nutriments au centre de la pièce
2e méthode : foncer le fond du récipient avec une « Matignon », placer la pièce dessus et arroser de beurre clarifié	Apporter de la saveur
Cuire à couvert au four à 180 °C/200 °C	Échange de saveurs entre l'aliment et la garniture aromatique par l'intermédiaire de la vapeur dégagée. La viande sera moelleuse et parfumée
Arroser pendant la cuisson	Nourrir la pièce et la parfumer

CUISSON « MIXTE » EN ATMOSPHÈRE COMBINÉE	
TECHNIQUES À METTRE EN ŒUVRE POUR LA CUISSON	**OBJECTIFS RECHERCHÉS**
Pour les deux méthodes, retirer le couvercle en fin de cuisson, plus tôt pour la deuxième méthode	Conforter la coloration, formation d'une croûte dorée (d'où appellation « rôtis spéciaux ») et pincer les sucs
Débarrasser la pièce sur une grille, recouvrir	Isoler les pièces de l'eau d'exsudation, éviter leur dessèchement et conserver le parfum
Après cuisson, confectionner le fond de poêlage	Mettre au point la sauce par réduction
Glacer la pièce de viande (si entière)	Obtenir une pellicule brune et brillante savoureuse

2. Les aliments traités

- **Veau** : épaule, carré, longe, noix.
- **Porc** : carré, longe.
- **Volailles** : poulet, canard, pintade, poularde, lapin.
- **Petit gibier** : faisan, perdreau, cailles ; **fenaison** : sanglier, chevreuil.

3. Les applications culinaires

- Carré de veau, de porc, poêlé Choisy.
- Poulet cocotte grand-mère, caneton à l'orange (navets, olives…), râble de lapereau farci.
- Perdreau forestière, cailles aux raisins.

↑ *Caneton à l'orange*

4. Le matériel utilisé

↑ *Braisière*

↑ *Sauteuse à deux anses*

↑ *Rondeau plat*

B. Confectionner un fond de poêlage

- Débarrasser la pièce du récipient de cuisson.
- Ne pas dégraisser.
- Pincer les sucs sans les brûler et dégraisser si nécessaire.
- Déglacer avec du vin blanc, rouge, Porto, Madère ou autre alcool.
- Mouiller avec un fond brun lié de même nature que la pièce.
- Réduire à consistance nappante et lisse.
- Vérifier l'onctuosité, la couleur et l'assaisonnement
- Passer au chinois étamine sans fouler.
- Réserver au bain-marie.
- Les pièces tranchées ne sont jamais nappées.

#vidéo
Fond de poêlage
foucherconnect.fr/25vtechculi106

LEXIQUE

- **Étuver** : technique dérivée, consistant à cuire à couvert un aliment sur une plaque de mijotage ou au four, avec peu de matière grasse. L'aliment cuit avec la vapeur dégagée par sa propre eau de végétation, dans un récipient fermé (juliennes de légumes).
- **Matignon** : garniture aromatique composée de carottes, oignons, céleri branche, taillés en paysanne. Dés de poitrine de porc ou de jambon, thym et laurier.
- **Glacer** : principe qui consiste à napper la pièce entière d'une partie du fond de poêlage, de la placer à l'entrée d'un four chaud ou sous une salamandre, napper de temps en temps avec le fond, par évaporation le fond va former une pellicule brillante.

Fiche 75

Sauter

1 Définition

Sauter est une technique de cuisson dont le principe est de cuire rapidement et généralement un aliment entier de faible volume dans **une petite quantité de matière grasse** (huile ou beurre clarifié), à **feu vif** et à **découvert**. Pour des aliments un peu plus gros, la cuisson est terminée au four à couvert pour qu'elle soit à cœur. La sauce d'accompagnement est toujours réalisée après la cuisson des pièces de viande ou de volaille, dans le même récipient de cuisson de celles-ci.

2 L'intérêt de la technique

L'intérêt de cette technique est :

- de cuire rapidement l'aliment et d'obtenir une brusque coagulation des protéines de surface et la « caramélisation » des glucides, pour développer des saveurs spécifiques à cette cuisson ;
- de garder les substances sapides et solubles à l'intérieur de la pièce, qui permettent de conserver la tendreté de la pièce et le moelleux. D'où l'importance de choisir une matière grasse de bonne qualité et qui résiste à une haute température (beurre clarifié, huile), qui peut avoir une incidence sur la qualité gustative du résultat.

3 Classification

Il existe 4 variantes de la technique : **sauter simple**, **sauter un aliment pané**, **sauter meunière** (poissons), **sauter déglacé** (sauce d'accompagnement d'une viande sautée).

4 Méthodologie

A. Sauter une pièce de viande rouge ou blanche, de gibier ou de volaille

1. Les techniques et les objectifs recherchés

CUISSON PAR « CONCENTRATION » AVEC BRUNISSEMENT	
TECHNIQUES À METTRE EN ŒUVRE POUR LA CUISSON	**OBJECTIFS RECHERCHÉS**
Viandes rouges (gibiers) : parer, désosser, découper mariner, ficeler **Viandes blanches, volaille** : habiller, découper, mariner	Préparations préliminaires en fonction de la nature de la pièce et la recette
Choisir le matériel proportionnel à la pièce à cuire	Pour une cuisson plus régulière
Chauffer l'ustensile de cuisson avec la matière grasse adaptée (beurre clarifié, huile)	Bien conduire la cuisson, suivant la nature et l'épaisseur de l'aliment
Viandes rouges (gibiers) : saisir à feu très vif sur toutes les faces, réduire l'intensité du feu, jusqu'à l'à-point de cuisson souhaité	Provoquer une brusque coagulation superficielle des protéines de surface (réaction de Maillard)
Viandes blanches, volaille : assaisonner, fariner, saisir à feu très vif sur toutes les faces, réduire l'intensité du feu, jusqu'à l'à-point de cuisson souhaité. Arroser la pièce en cours de cuisson	• Former une croûte qui empêche l'exsudation des éléments nutritifs et qui maintient les sucs au centre de celle-ci • Nourrir la pièce en cours de cuisson pour la rendre plus moelleuse
Viandes blanches, volaille : terminer la cuisson à couvert au four	Cuire à cœur l'aliment, en conservant le moelleux
Viandes rouges : s'assurer de la cuisson de la pièce. Débarrasser au chaud sur une grille les pièces. Laisser reposer	• Isoler les pièces de l'eau d'exsudation. • Permettre une décontraction des fibres musculaires et une réhydratation des tissus de surface ainsi que la diffusion régulière de la chaleur au centre de la pièce
Viandes blanches, volaille : s'assurer de la cuisson de la pièce. Débarrasser au chaud sur une grille les pièces	Garder la pièce chaude et conserver le récipient de cuisson dans lequel va être réalisée la sauce
Réaliser la sauce (par déglaçage)	Réaliser une sauce courte et nappante, brillante et riche en saveurs

2. Les aliments traités

- **Bœuf** : filet, rumsteck, tranche.
- **Veau** : carré, noix, filet.
- **Porc** : carré, filet mignon, épaule.
- **Agneau** : carré, selle, gigot (tranches).
- **Abats** : foie, rognons, ris, cervelle.
- **Volailles** : poulet, canard, dinde.
- **Gibiers** : chevreuil, biche, lièvre.
- **Poissons, crustacés** : truite, soles, saumon, merlan, langoustines, mollusques.
- **Légumes, fruits** : pommes de terre, courgettes, champignons, pommes...
- **Œufs** : omelettes, brouillés, sautés.

↑ *Selle d'agneau*

3. Les applications culinaires

- Sole meunière, merlan à l'anglaise.
- Coquilles St Jacques au Noilly, queues d'écrevisses.
- Steak au poivre, tournedos Rossini, bavette à l'échalote, steak sauté Bercy.
- Côte de veau sauté à la crème, aux champignons, morilles, médaillon de veau Duroc, escalopes de veau Viennoise.
- Côtes de porc charcutière, mignon de porc à la moutarde de Meaux.
- Côtes d'agneau maréchale (pointes d'asperges, lamelles de truffe).
- Foie de veau de veau à la lyonnaise, rognonnade.
- Côtelette de chevreuil Grand Veneur.
- Pommes cocottes, noisettes, miettes, champignons sautés.
- Pommes sautées caramélisées (garniture Normande).
- Omelettes roulées (champignons, fines herbes, jambon), œufs sautés au bacon, ventrèche.

↑ *Sole meunière*

↑ *Coquilles Saint-Jacques sautées « poêlées »*

4. Le matériel utilisé

↑ *Poêle ronde*

↑ *Sautoir*

↑ *Poêle ovale à poisson*

B. Confectionner la sauce d'un sauté

- Débarrasser la ou les pièces sautées du récipient de cuisson.
- Pincer les sucs sans les brûler, dégraisser si nécessaire.
- Suivant la recette, ajouter et faire suer la garniture aromatique (une quantité raisonnable).
- Déglacer avec vin blanc, rouge ou autre alcool.
- Mouiller avec un fond brun, de la crème ou les deux.
- Réduire à consistance nappante et lisse.
- Vérifier l'onctuosité, la couleur et l'assaisonnement.
- Suivant la recette, passer au chinois étamine ou non.
- Suivant la recette, monter au beurre (éviter le fouet, privilégier le mouvement « vanner »). Le beurre donne de la brillance et de la finesse à la sauce.
- Réserver au bain-marie.
- Les pièces sont nappées de leur sauce.

#vidéo
Sauter une viande rouge par déglaçage
foucherconnect.fr/25vtechculi107

#vidéo
Réaliser des soles sauter meunière
foucherconnect.fr/25vtechculi108

Exercice 1 **Répondez aux questions suivantes**

#exercices
Exercices supplémentaires
foucherconnect.fr/25vtechculi109

1. Lors de la réaction de Maillard, les aliments voient plusieurs de leurs caractéristiques se modifier. Quelles sont-elles ?

2. Qu'est-ce que le phénomène d'osmose ? Donnez-en une définition, en vous servant éventuellement d'un mode de cuisson.

3. Donnez la définition d'un suc. Quel est son rôle dans la cuisson ?

4. Précisez la manière dont sont définis les environnements de cuisson.

Exercice 2 **Exercice à relier**

Reliez les préparations au mode de cuisson correspondant.

Appareil à génoise •	• Bain-marie
Œufs cocottes à la crème •	
Crème renversée au caramel •	• Pocher
Sabayon •	
Crème brûlée •	• Cuisson au four
Chocolat couverture pour mousse au chocolat •	
Meringue pour œufs à la neige •	• Bain-marie et cuisson au four
Soufflé au Grand Marnier •	

Exercice 3 **Réaliser un jus de rôti**

Replacez les 8 termes culinaires suivants dans l'ordre de réalisation d'un jus de rôti : réserver ; dégraisser ; réduire ; pincer ; déglacer ; mouiller ; rectifier ; passer.

1. .... les sucs si nécessaire sans les brûler.

2. .... tout en conservant les parures, les os ou les abattis et faire suer une petite garniture aromatique, ajouter un bouquet garni et de l'ail dégermé écrasé (agneau seulement).

3. .... avec un excellent fond clair de même nature que la pièce traitée, à défaut avec de l'eau, porter à ébullition.

4. .... jusqu'au degré de concentration souhaité.

5. .... l'assaisonnement.

6. .... au chinois étamine sans fouler. Si nécessaire, dégraisser à nouveau.

7. .... à couvert au bain marie à + 63 °C.

Exercice 4 **Les modes de cuisson**

Parmi les modes de cuisson ci-après, cochez le type de cuisson correspondant.

Modes de cuisson	Sans brunissement	Brunissement	Combinée
Ragoûts			
Poêler			
Pocher, départ liquide bouillant			
Braiser			
Pocher, départ liquide froid			
Sauter			

Exercice 5 **Préparation d'un navarin d'agneau**

Vous devez préparer un navarin d'agneau. Complétez le tableau ci-dessous en donnant le ou les termes correspondant à l'explication de chaque étape de la réalisation.

Techniques	Termes correspondant à l'action
Préparations préliminaires	
Chauffer la matière grasse (huile)	
Saupoudrer de farine	
Colorer la farine au four	
Ajouter l'eau ou le fond brun clair	
Monter la température à 100 °C	
Cuire lentement et régulièrement au four à couvert	
Retirer les morceaux de viande de la cuisson	
Passer la sauce	
Réduire si nécessaire, ajouter éventuellement sel et poivre du moulin	

#corrigés
Corrigés des exercices
foucherconnect.fr/25vtechculi110

La réaction de Maillard

1 Définition

■ Cette réaction a été découverte pour la première fois en 1911 par le chimiste Louis-Camille Maillard, qui en fit part en 1913 à l'Académie des Sciences.

■ Cette réaction est responsable de la **couleur brune** ainsi que des **arômes intenses** apparaissant lors d'une forte cuisson.

■ Elle est également nommée dans le monde scientifique « glycation » ou « glycosylation non enzymatique des protéines », c'est-à-dire **caramélisation des protéines**.

2 Principe

■ Cette réaction agit sur le sucre et les acides aminés contenus dans les protéines des aliments au contact d'une chaleur comprise entre 0 et 150 °C, d'un pH entre 6 et 10 et d'un taux d'humidité proche de 15 %. Cela produit alors des **substances aromatiques** et donne aux aliments une **couleur brune appétissante**.

■ L'**eau** est un solvant nécessaire à la réaction de Maillard. Les réactions de déshydratation sont impossibles en milieu trop humide, mais en milieu trop sec, la réaction ne se fait pas.

■ Plus la **température augmente**, plus la réaction de Maillard est **rapide**.

3 Caramélisation et réaction de Maillard

■ La principale différence entre ces 2 réactions est la présence d'**acides aminés** dans les protéines des aliments. Sans ces protéines, la réaction obtenue est la caramélisation.

■ La viande prend une coloration **avant la température de caramélisation**. La réaction de Maillard est donc une réaction différente de la caramélisation.

#vidéo

La chimie du caramel et des gâteaux

foucherconnect.fr/25vtechculi111

↑ *Les étapes de la caramélisation*

4 Avantages de la réaction de Maillard

■ Les avantages de la réaction de Maillard sur les aliments sont :
– **visuels** : brunissement des aliments, agréables à l'œil ;
– **gustatifs**, **olfactifs** : dégagement d'arômes.

■ La **texture** devient croustillante et la **conservation** est améliorée.

5 Utilisations culinaires

- Pain, brioches, choux...
- Chips, frites...
- Grillades...
- Viandes rôties, braisées, sautées...
- Produits torréfiés : café, cacao, amandes...

↑ *Café torréfié et café vert non torréfié*

↑ *Brioche*

↑ *Pièce de viande rôtie*

LES RÉACTIONS PHYSICO-CHIMIQUES

La diffusion

1 Définition

■ La diffusion est un phénomène de **migration de matières** pouvant être effectué par le biais de plusieurs actions :

- par **osmose** ;
- par **macération** ;
- par **infusion** ;
- par **décoction**.

■ La différence principale entre ces phénomènes tient de la **température du liquide** dans lequel l'aliment est mis à diffuser.

2 L'osmose

A. Principe

■ C'est un échange d'eau, entre 2 milieux différents séparés par une membrane semi-perméable. Ce phénomène a été décrit pour la première fois par Van't Hoff qui a reçu le Prix Nobel de chimie en 1901.

■ Les deux milieux sont en équilibre lorsque les concentrations en eau sont identiques des deux côtés.

B. Exemple

Lorsque l'on veut faire **dégorger un concombre**, on le saupoudre de sel. De cette façon, cela crée une solution très salée à l'extérieur qui engendre un mouvement de l'eau du côté le moins salé vers le côté le plus salé. Le concombre se comporte comme une membrane semi-perméable : il permet de laisser sortir l'eau sans laisser entrer le sel dans sa chair.

C. Utilisations en cuisine

Le phénomène d'osmose est utilisé pour **dégorger des concombres**, **des aubergines**.

3 La macération

A. Principe

■ La macération est une opération consistant à faire tremper, à baigner un produit alimentaire pour le **parfumer** ou le **conserver**.

■ Les composés d'un aliment sont **dissous lentement** dans un liquide froid pour en extraire les composés solubles. La macération peut se faire dans de l'**alcool**, de l'**eau**, une **saumure**, de l'**huile**...

↑ *Fruits et légumes marinés*

B. Exemple

Lorsque l'on veut conserver des **cornichons au vinaigre**, on place les cornichons frais dans un bocal (alors de texture dure), et on les recouvre de vinaigre blanc additionné de clous de girofle, grains de coriandre et autres épices. On referme le bocal et on attend au moins **3 semaines**. Au terme de ce temps, les cornichons se sont imbibés du vinaigre aromatisé, prenant goût et texture (ramollis).

C. Utilisations en cuisine

Cornichons et autre pickles, sardines à l'huile, nuoc mam, rhum arrangé, différentes macérations entrant dans la vinification, huiles et vinaigres aromatisés...

4 L'infusion

A. Principe

■ L'infusion consiste à faire macérer une **plante aromatique** dans un **liquide bouillant** afin que celui-ci en prenne l'**arôme**.

■ Un aliment est ajouté à un liquide porté à ébullition, puis le tout est laissé à refroidir.

B. Exemple

On utilise l'infusion lorsque l'on veut **aromatiser rapidement un liquide**. Ainsi, si l'on place un sachet d'infusion dans de l'eau froide, la diffusion d'arômes et de couleur sera très lente alors que si l'eau est préalablement bouillie, les arômes et couleurs sont diffusés plus rapidement.

C. Utilisations en cuisine

Crème anglaise à la vanille, thé et infusions, brassage de la bière...

5 La décoction

A. Principe

La décoction est une solution obtenue par l'action **prolongée de l'eau bouillante sur une plante aromatique**.

B. Exemple

Les aliments, généralement des **végétaux**, sont immergés dans un liquide que l'on fait bouillir et que l'on maintient à température pendant une durée variable (entre 2 et 15 minutes), puis qui refroidit avant d'être filtré.

C. Utilisations en cuisine

- **Café turc** : du café finement moulu, du sucre et de l'eau froide sont mis à chauffer jusqu'à frémissement, le café est retiré du feu et servi lorsqu'il commence à mousser.
- **Décoctions de plantes** pour aromatiser des sauces.
- **Brassage de la bière**...

↑ *Café turc*

#vidéo
Techniques d'extraction : macération, infusion, décoction
foucherconnect.fr/25vtechculi112

L'imprégnation

1 Définition

■ L'imprégnation est l'action de **faire pénétrer un liquide** ou des **vapeurs** dans un **aliment poreux**.

■ Cela a pour intérêt de **modifier la saveur**, la **couleur de l'aliment** sans pour autant en altérer sa texture.

2 Principe

■ Méthode de l'**imprégnation sous vide** :
- lorsqu'un aliment est soumis à un cycle de mise sous vide, l'air est extrait de ses pores ;
- une fois le cycle de mise sous vide terminé et la pression atmosphérique rétablie, le liquide dans lequel l'aliment a été conditionné pénètre dans les pores.

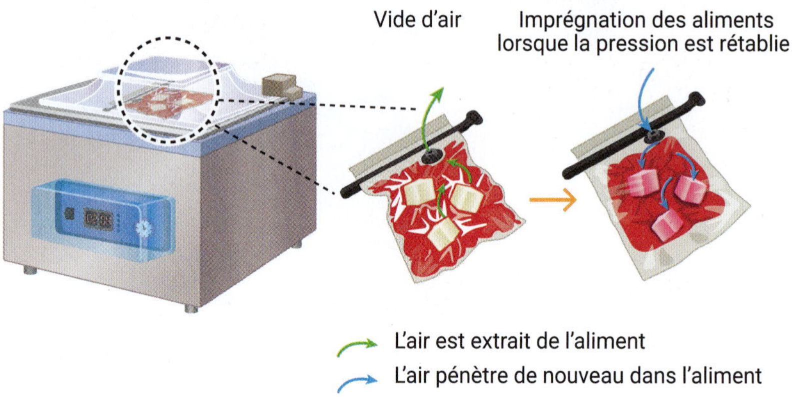

↑ *L'imprégnation sous vide*

■ Méthode du **Gastrovac®** : les végétaux fibreux sont plongés dans un liquide parfumé, puis la machine fait le vide, elle chasse l'air, lequel est remplacé par le liquide parfumé.

#vidéo
Imprégnation d'aliments avec sachet
foucherconnect.fr/25vtechculi113

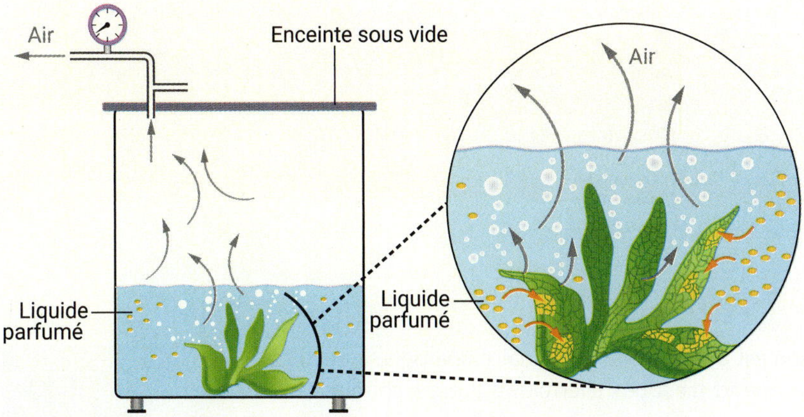

Imprégnation d'un légume par un jus parfumé, dans une enceinte sous vide de type Gastrovac®. Sous l'effet de la dépression, l'air s'échappe des fibres de l'aliment : le liquide parfumé vient le remplacer et imprègne l'aliment.

↑ *Le Gastrovac®*

3 Le matériel utilisé

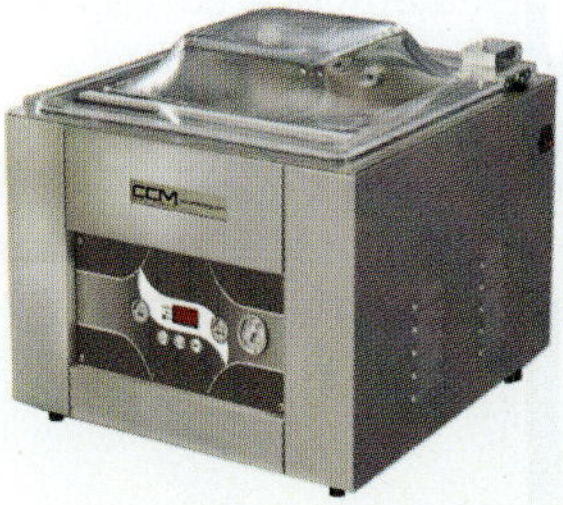

↑ *Machine sous vide à cloche*

↑ *Gastrovac®*

↑ *Déshydrateur*

4 Utilisations culinaires

- Dés de pastèque imprégnés de sangria.
- Poire imprégnée au vin.
- Melon imprégné au Porto.
- Assaisonnement de viandes et poissons...

Les coctions

1 Définition

La coction est une technique culinaire analogue à la cuisson mais où l'apport n'est pas thermique, il est « chimique ».

2 Principe

■ En médecine, la coction est « une modification des humeurs facilitant leur expulsion ». On peut illustrer cette définition par l'exemple de la digestion, le corps humain sécrète alors des enzymes qui vont « découper » les éléments ingérés afin de les assimiler.

■ De la même manière, la coction va agir, en fonction de l'élément « cocteur » utilisé, en découpant les cellules des aliments pour les rendre **plus digestes**.

> **À SAVOIR**
> · Avant, ces réactions étaient décrites et nommées « cuisson », jusqu'à ce que Hervé This, chimiste à l'INRA, rétablisse une vérité scientifique et étymologique du mot « cuisson ». En effet, « cuisson » provient du latin *coquere* : cuire, qui signifie « préparer les aliments par le moyen du feu, de la chaleur, pour les rendre propres à être mangés ».
> · Le terme « coction » a alors été choisi, celui-ci faisant référence à la « transformation des aliments, digestion » (selon les *Œuvres complètes* d'Ambroise Paré).

3 Les différentes coctions

A. Les principales coctions

COCTION PAR L'ACIDITÉ	COCTION PAR L'ALCOOL	COCTION PAR LE SEL	COCTION PAR LE SUCRE
· Citron : carpaccio, poisson à la tahitienne · Vinaigre : marinades, cornichons, pickles ; · Vin blanc : marinades. 	Vin rouge ou vin blanc : marinades. 	Choucroute, saumon gravlax, charcuterie, cuisson en croûte de sel, foie gras… 	Confiture, caramélisation. 

B. Exemples de coctions de poisson

Les photos suivantes illustrent les phases de coction de truite fumée avec comme élément cocteur le jus de citron. On observe une décoloration de la truite fumée hétérogène due à l'acidité du citron. Cette dernière agit également sur les cellules de l'aliment et le rend plus digeste.

↑ *Truite fumée*

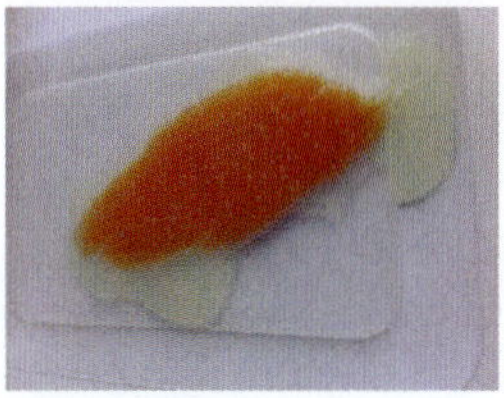

↑ *Ajout du jus de citron*

↑ *Décoloration après 15 minutes*

#vidéo
Cuire sans chaleur
foucherconnect.fr/25vtechculi114

Fiche 80

Les émulsions

1 Définition

Une émulsion est un mélange hétérogène de deux substances qui ne sont pas censées être miscibles mais qui, sous l'effet d'une agitation ou de l'ajout de principes actifs, vont pouvoir se mélanger.

> INFO
> **Miscible** : qui se mélange.

2 Principe

■ La plupart des émulsions en cuisine se font avec de l'**huile dans l'eau**. Dans le cas d'une émulsion d'eau et d'huile, l'huile se disperse dans l'eau sous la forme de minuscules gouttelettes. Le mélange apparaît alors comme homogène alors qu'il ne l'est pas. On l'appelle « **émulsion instable** ».

■ Certaines émulsions peuvent être stabilisées grâce à un 3e ingrédient appelé « **émulsifiant** ». Ces émulsifiants contiennent des molécules tensioactives qui servent de lien entre les phases d'huile et d'eau. On appelle ce phénomène « émulsion stable ».

3 Les émulsions instables

La plus connue des émulsions instables en cuisine est la vinaigrette :
- **1re étape** : on remarque que l'**huile est plus légère que le vinaigre** qui est composé principalement d'eau (+ 84 %) ;
- **2e étape** : lorsque l'on mélange l'ensemble, les gouttelettes d'huile deviennent microscopiques et se dispersent dans l'eau donnant l'**impression d'homogénéité** ;
- **3e étape** : une minute plus tard, la phase grasse et la phase aqueuse (eau) commence à reprendre leur place respective en se **redissociant**. Au bout de 5 minutes, elles sont de nouveau complètement redissociées.

4 Les émulsions stables

■ La mayonnaise est un très bon exemple d'émulsion stable ou stabilisée. Pour cela, il faut 3 éléments principaux :

– de l'**huile** : phase grasse ;
– de la **moutarde** et du **jaune d'œuf** : tous deux contiennent de l'eau et de la lécithine qui est une molécule tensioactive.

■ Les éléments ne sont pas directement miscibles. Un **mélange mécanique rapide** est appliqué afin de disperser rapidement et le plus finement possible les gouttelettes d'huile. Les molécules tensioactives font le lien entre les molécules grasses et les molécules d'eau. Le mélange reste stable plusieurs heures d'affilée.

5 Utilisations culinaires

ÉMULSION STABLE	ÉMULSION INSTABLE
· Mayonnaise et sauces dérivées · Aïoli · Sauce au fromage (sauce Welsh, fondue savoyarde…)	Vinaigrette et sauces dérivées

#vidéo
La science en cuisine
foucherconnect.fr/25vtechculi115

LES RÉACTIONS PHYSICO-CHIMIQUES

Les mousses

1 Définition

■ La mousse est un liquide ou un solide dans lequel sont dispersées des **molécules de gaz**.

■ 3 éléments sont nécessaires pour faire mousser (on dit « foisonner ») : de l'**eau**, un **gaz**, un **tensioactif** pour retenir les bulles.

■ Il existe des **mousses liquides** et des **mousses solides** salées ou sucrées.

2 Les mousses liquides

A. Définition

Foisonner consiste à **incorporer des bulles de gaz dans un liquide** et que le résultat soit stable. Plus un mélange est visqueux, plus les bulles de gaz incorporées sont stables. Mais les bulles finissent par disparaître avec le temps.

B. Exemples de mousses liquides

1. Les blancs d'œufs en neige

Dans ce cas, ce sont les protéines du blanc d'œuf qui vont servir de **tensioactif** pour stabiliser la mousse. Le gaz introduit est de l'**air**. Au bout d'un moment, la mousse retombe pour **se transformer en liquide** (dépôt fluide au fond des coupes).

2. Les mousses ou espumas au siphon

Dans ce cas, le gaz utilisé est de l'**azote** (N_2O). Le **liquide** (crème par exemple) est mis dans la bouteille à moitié remplie, puis le siphon est hermétiquement refermé. La cartouche de gaz est ensuite diffusée. On remue alors fortement le siphon afin de disperser le gaz puis on actionne le bec verseur. Sous l'effet de la pression et de l'ajout du gaz, le liquide se transforme en mousse. Cette mousse est très fragile ; elle ne tient donc pas longtemps sauf si un **émulsifiant** ou **stabilisant** y a auparavant été ajouté.

3. La mousse de la bière, de la crème ou du lait

La mousse est due au **gaz carbonique** généré par la **fermentation** de la bière pour le premier cas, et par l'**agitation des protéines du lait** qui ont la propriété moussante pour les deux cas restants.

3 Les mousses solides

A. Définition

Dans ce cas, les bulles de gaz sont dispersées dans un **solide**.

B. Exemples de mousses solides

■ Les mousses solides sont constituées :
- du **pain** et des **pâtes levées** : les bulles ont été générées par le gaz carbonique rejeté par la **levure boulangère** ;
- des meringues, soufflés, génoise et autres pâtes montées ;
- des **pâtes poussées** : les bulles ont été générées par le gaz carbonique rejeté par la **levure chimique**.

■ La **solidification** de ces mousses se fait lors de la **phase de cuisson** par évaporation de l'eau. Pour les bavarois ou la guimauve, la solidification se fait par **gélification des molécules d'eau** emprisonnant l'air ajouté à la crème.

↑ *Pâte à pain en train de lever*

↑ *Soufflé au fromage*

#vidéo

Les mousses : un phénomène physique

foucherconnect.fr/25vtechculi116

La clarification

1 Définition

La clarification est l'étape consistant à **rendre un liquide alimentaire** (beurre ou bouillon aussi appelé « marmite ») **limpide et clair**.

2 La clarification du beurre

A. Principe

■ Un **beurre clarifié** est un beurre exempt de son « petit-lait » et de sa « caséine ». Ne reste alors que les **lipides** du beurre.

■ Ce beurre résiste à de **plus hautes températures** (250 °C au lieu de 120 °C) sans se dégrader, a une **durée de conservation allongée** (plusieurs mois) et est meilleur pour la santé (ôté de son lactose ou petit-lait).

> **INFO**
> · **Petit-lait** : aussi appelé lactosérum, le petit-lait est un restant d'eau (94 %) issu de la coagulation du lait.
> · **Caséine** : nom donné aux protéines du lait.

B. Procédé

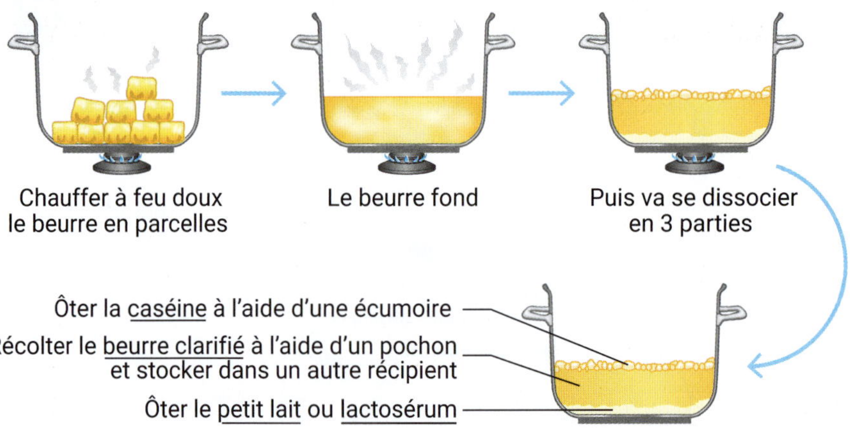

C. Utilisations culinaires

Le beurre clarifié s'utilise pour **toute cuisson avec brunissement**.

3 La clarification d'un bouillon

A. Principe

■ Un bouillon, ou **marmite**, est un **liquide savorique riche** dans lequel ont été **cuits et diffusés différents éléments aromatiques** (os, garniture aromatique, parures, bouquet garni...) puis **filtrés**. Néanmoins, de fines particules de ces éléments sont encore présentes.

■ La clarification, par le biais de la coagulation des protéines apportées par un mélange d'éléments, emprisonne les particules en suspension. Ces particules ôtées, le liquide restant est **clair** et **limpide**.

B. Procédé

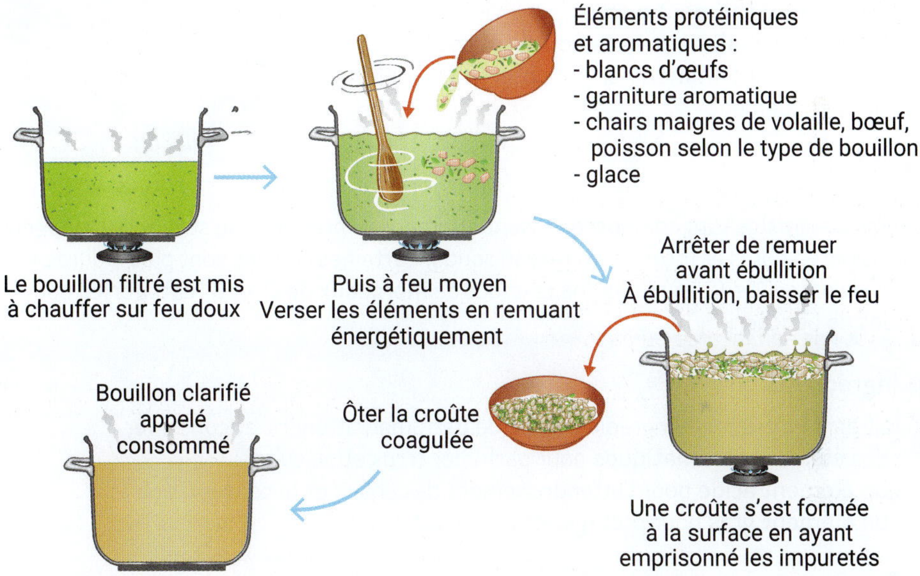

C. Utilisations culinaires

Le bouillon clarifié s'utilise pour réaliser des **consommés doubles** ou des **gelées**.

↑ *Gelée de viande*

LES RÉACTIONS PHYSICO-CHIMIQUES

Les marinades

1 Objectif

L'objectif de la marinade est triple :
- **parfumer un aliment à cœur** ;
- **attendrir cet aliment** en ramollissant ses fibres ;
- **conserver cet aliment** si possible en le protégeant hermétiquement.

2 Procédé

Les chairs animales sont composées essentiellement de protéines de structure (collagène), organisées en fibres et formant un réseau solide. Certaines chaînes sont plus « dures » car ce réseau est solide. Ce sont des chairs issues de **morceaux de 2e et 3e catégories** pour les viandes de boucherie.

A. Ingrédients

On fait appel à plusieurs ingrédients afin de parfumer, attendrir et conserver :
- des **éléments aromatiques** pour parfumer (crus et/ou cuits) ;
- un **élément acide** pour l'attendrissement des chairs et la conservation ;
- un **élément gras** pour protéger et conserver.

B. Temps

■ Pour aromatiser un aliment, les molécules aromatiques ont **besoin de temps** afin d'**atteindre le cœur des fibres**. Selon l'objectif de la marinade (parfumer pour un carpaccio, attendrir pour un bœuf bourguignon), le temps est adapté.

■ On distingue alors 2 sortes de marinades :
- la **marinade instantanée** : pour des éléments très fins, ne nécessitant pas d'être attendris pour être consommés ;
- la **marinade longue** : pour des éléments piécés dans le but d'être attendris et parfumés avant consommation.

> **INFO** En **24 heures**, les molécules aromatiques ne pénètrent dans une viande que de **1 à 5 mm**.

3 Utilisations culinaires

- Carpaccios, tartares de viandes, poissons.
- Bœuf bourguignon, estouffade, ragoûts, braisés.
- Viandes, poissons grillés.
- Tataki.
- Cuissons de gibiers.

Morceaux de bœuf marinés en vue d'un bœuf bourguignon

#vidéo
La marinade instantanée
foucherconnect.fr/25vtechculi117

#vidéo
La marinade crue
foucherconnect.fr/25vtechculi118

Les liaisons

1 Définition

Les liaisons sont des préparations culinaires simples ou élaborées, obtenues à base d'**aliments liants** qui ont des propriétés **épaississantes**, **émulsifiantes**, **gélifiantes** et qui sont capables de **modifier la consistance des liquides** auxquels ils sont ajoutés.

2 Les liaisons à l'amidon

A. Principe

■ Généralement, ces liaisons sont utilisées pour les **potages**. L'élément liant est un aliment riche en **amidon** :

- la châtaigne ;
- la pomme de terre ;
- les légumes secs ;
- le pain ;
- le riz rond ;
- la farine : incorporée sous forme de roux (limite la formation de grumeaux) ;
- la maïzena : incorporée quand elle est diluée dans un peu de liquide.

À SAVOIR
La châtaigne, la pomme de terre, les légumes secs, le pain et le riz rond sont surcuits puis mixés.

■ L'amidon est un sucre complexe, qui se présente sous forme de grain et qui contient 2 éléments principaux : l'**amylose** et l'**amylopectine**.

■ Lors de la montée en température, l'amylose va migrer du grain d'amidon vers le liquide afin de l'épaissir. L'amylopectine, lui, va rester dans le grain mais va avoir un pouvoir absorbant de 30 fois son volume en eau, faisant grossir le grain.

■ Un épaississement est donc observé, on parle « **d'empois d'amidon** ».

ATTENTION
L'amidon ne peut pas lier correctement si la cuisson est trop lente ou s'il y a présence de composés acides.

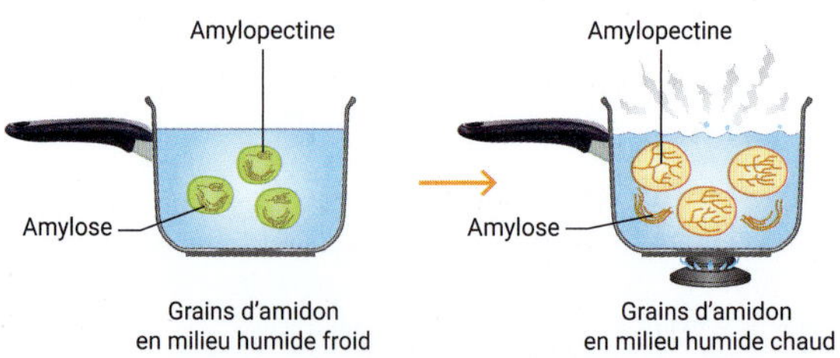

B. Utilisations culinaires

Potages, bisques, sauce béchamel, crêpes, sauces liées au roux ou à la maïzena.

#vidéo
Les roux
foucherconnect.fr/25vtechculi119

#vidéo
La sauce béchamel
foucherconnect.fr/25vtechculi120

3 Les liaisons à la pulpe de légumes

A. Principe

■ Certaines sauces peuvent se faire par l'ajout d'un fin **coulis de légumes**. Cette liaison a surtout la qualité principale d'**aromatiser la sauce**, mais a cependant un gros défaut : elle est **instable dans le temps**. D'où la nécessité de **la réaliser au dernier moment** ou de la **mixer régulièrement** durant l'envoi.

■ Ce type de liaison a été mis au point par Bernard Loiseau, précurseur du courant de la Nouvelle Cuisine. Le chef préférait alors cette technique car pauvre en matière grasse.

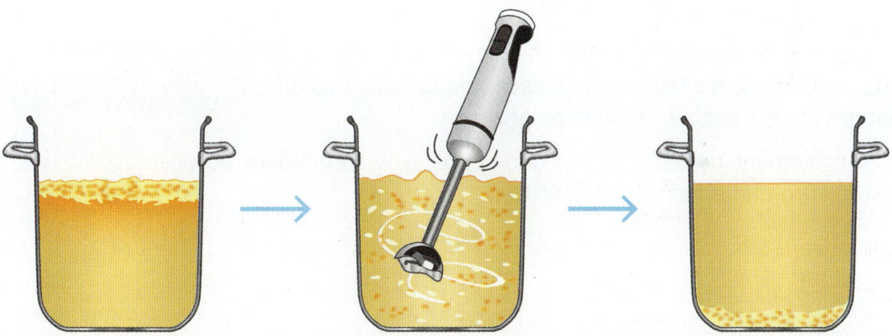

Élément liquide non lié — Sauce liée à la pulpe, on parle alors de suspension — Dissociation si la sauce n'est pas servie rapidement, après un temps de repos

B. Utilisations culinaires

Toutes sortes de jus de viandes pouvant être liés à de la purée fine de légumes pauvre en amidon (carotte, chou-fleur, petits pois, oignon, fenouil, tomate...).

4 Les liaisons à base de protéines

■ Certaines finitions de sauce peuvent se faire par l'adjonction d'élément protéiniques comme le sang, le foie, le corail, le jaune d'œuf, l'encre de seiche.

■ Les protéines ont un **pouvoir coagulant**. Seules, elles coagulent à environ 68 °C. Dispersées dans un liquide, elles coagulent vers 84 °C.

Liquide aromatique chauffé à 63 °C

Liquide + protéines dispersées, montés lentement à 84 °C

Sauce liée

⚠ Si le liquide a trop chauffé ou bouilli, les protéines risquent de floculer (coaguler et former de petits flocons d'agglomérats). Même en mixant et en passant au chinois étamine, la sauce aura un aspect grainé et une texture non lisse.

5 Les autres types de liaisons

■ Il n'est pas nécessaire d'adjoindre un élément pour lier un élément liquide. La liaison par réduction est une autre technique utilisée fréquemment qui permet de limiter les apports en matière grasse, lactose, amidon ou protéine.

■ Il est également possible de lier une sauce avec un gélifiant ou épaississant issu de l'industrie agro-alimentaire (voir fiche 85).

Fiche 85

Les épaississants et les gélifiants

1 Définitions

■ **Épaississants** : servent à ajouter de la tenue, de la viscosité à une préparation liquide.

■ **Gélifiants** : servent à donner la consistance d'un gel à une préparation liquide.

À SAVOIR

Tous les gélifiants sont des épaississants utilisés en moindre quantité afin d'atténuer l'effet « gel » et d'obtenir une viscosité faible mais suffisante à l'épaississement de la préparation.

2 Principe

■ Ces agents issus de l'**agro-alimentation** sont généralement vendus sous forme de poudre à diluer ou, pour le cas de la gélatine, sous forme de feuilles à réhydrater avant utilisation.

■ Ensuite, les molécules des agents sont tout simplement **dispersées dans le liquide** puis, en se réhydratant, elles occupent un espace de plus en plus important, créant la viscosité, l'épaississement et enfin un gel.

↑ *Feuilles de gélatine non utilisées*

↑ *Feuilles de gélatine humidifiées*

3 Principaux agents utilisés en restauration

AGENT	ORIGINE	PROPRIÉTÉS	UTILISATIONS CULINAIRES	ASPECT
Gomme Xanthane (code E415)	Bactérie *Xanthomonas Campestris*	· Épaississant · Stabilisant · Émulsifiant · Agent moussant	· Pâtisseries · Espuma · Coulis, sauces	Poudre de couleur crème
Gomme de Konjac (code E425)	Tubercule asiatique Konjac	· Épaississant · Stabilisant · Émulsifiant · Gélifiant	· Crème, ganache · Très utilisée en cuisine allégée	Poudre blanche

AGENT	ORIGINE	PROPRIÉTÉS	UTILISATIONS CULINAIRES	ASPECT
Gomme Caroube (code E410)	Caroubier (gousse à pulpe sucrée)	· Épaississant · Stabilisant · Émulsifiant	Riz au lait, crèmes	Poudre blanche à jaunâtre
Gomme arabique (code E414)	Résine translucide d'acacia issu d'Arabie	· Épaississant · Stabilisant · Émulsifiant	· Pâtisseries orientales · Guimauves, dragées, loukoums	Flocons, granules, poudre blanche à jaunâtre
Gomme de Guar (code E412)	*Cyamopsis Tetragonolobus*, graine de légumineuse d'Inde	· Épaississant · Stabilisant · Émulsifiant	· Pâtisseries · Pains	Poudre blanche à jaunâtre
Agar-Agar (code E406)	Algues marines familles des *Gelidiaceae, Sphaerococcaceae, Rhodophyceae*	· Épaississant · Stabilisant · Émulsifiant · Gélifiant	· Espuma · Mousses	Poudre Jaunâtre orange / gris à jaune pâle ou incolore
Pectines (code E440)	Pépins de pommes, coings, framboises	· Épaississant · Stabilisant · Émulsifiant · Gélifiant	· Confitures · Pâtes de fruits	Poudre blanche, jaune clair, gris clair ou brun clair
Gélatine (code E441)	Porc, bœuf, poissons	· Émulsifiant · Gélifiant	· Bavarois · Panna cotta · Gelées	Poudre blanche jaunâtre ou feuilles
Carraghénanes (code E407)	Algue marine bretonne	· Épaississant · Stabilisant · Émulsifiant · Gélifiant	· Crèmes · Gelées souples ou dures · Coulis, mousses	Poudre grossière à fine blanche à jaunâtre
Gomme Tara (code E417)	Légumineuse *Cesalpinia bispinosa*	· Épaississant · Stabilisant	· Glaces · Boulangerie · Crème	Poudre blanche à jaunâtre
Gomme Gellane (code E418)	Bactérie *Pseudomonas Elodea*	· Épaississant · Stabilisant · Gélifiant	· Gelée · Panna cotta · Gélatines chaudes	Poudre blanc cassé
Gomme adragante (code E413)	Substance mucilagineuse d'arbrisseaux genre Astragale	· Épaississant · Stabilisant · Émulsifiant	Pâtisseries	Fragments aplatis ou spiralés blancs à jaune pâle

4 Avantages et inconvénients des principaux agents

A. Avantages

- Économiques (peu de quantité utilisée à chaque fois).
- Mis à part la gélatine, la grande majorité de ces agents sont acceptés dans tous les régimes alimentaires religieux, diététiques ou éthiques.
- Diététiques : très pauvres en calories.

B. Inconvénients

- Utilisation parfois méconnue.
- Mauvaise image : impression de produit « chimique » et non « naturel ».

↑ *Gomme arabique*

↑ *Agar agar*

#vidéo
Gelées et épaississants
foucherconnect.fr/25vtechculi121

Exercices

Exercice 1 **Mots mêlés**

Retrouvez les mots mêlés dans la grille.

```
W Z G
Y F E R O P O D C
H A Q D M S W B K D H H X
Q P S M A S K Y S G L P I W I C Z
P D E I N T K Y X N U N E I F P L C B
N H T R I Q M R Z C Y T O V G G F Y K A K
R S N R A G A S E B A I C M L G A U C K S
Q O C A D O L N N H Q N Y E Y B F C J S W K F
H L M S H P M L O B R B O M Y L M N R T I R A
K Y Y L S Z W J E I I H R Z I E U B W A K U O D L
Y Y H C I A D N W T A T X Y X T Q X P C O U H N N
X G D B S T O L S A F M A N A H A Y N Y D E C D W
L V R J M S S I P E N F K V C O H F R C O C T I O N B
U Q C S S I L U R U G U X R C I F C H E D E R W M N Q
B W C E A A B Z W B E I I R Y Y F F E K C C Q A K U T U
C Y I B P J Q O W R S D V B Y P I F Y F A G G E N N
P L H M E Z C C S P I I G C Z A S R R P D M M O O I
L C G V G G D O J M K N J A W G R T A M D L I D D
F U E H R L E D I O V F H Z T D U I L M T A C
M E X L X V H X O A S W U H Z B W A V C J X Z
U D K I H J D P Z A E J S C X Z P O J D I
H J G W F N Y U D R B J J I S V C W T U W
J K N U I A F D V A P S V O E Z U R U
F Q Q U A H J O J B Z A D N Q Z C
C M R N O S Q A J Y M G R
O B T G B R P I O
H Y I
```

MAILLARD
OSMOSE
DIFFUSION
INFUSION
MACERATION
DECOCTION
COCTION
IMPREGNATION
MOUSSE
CLARIFICATION
MARINADE
LIAISON
EPAISSISSANT
GELIFIANT

Exercice 2 **Cherchez l'intrus et justifiez votre choix :**

1. Xanthane – Guar – Taro – Adragante – Carraghénanes.

2. Macération – Réaction de Maillard – Osmose – Infusion – Décoction.

3. Sang – Corail – Œufs – Châtaigne – Foie.

Exercice 3 **Quelle est la réaction physico-chimique du schéma suivant ?**

réaction de Maillard, clarification d'un bouillon, clarification du beurre, émulsion instable, infusion.

Complétez les termes manquants.

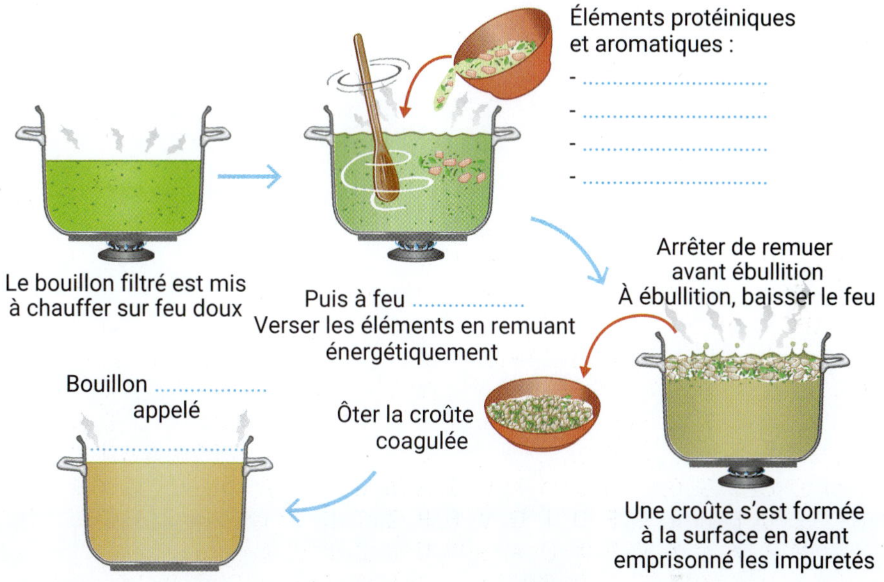

#corrigés
Corrigés des exercices
foucherconnect.fr/25vtechculi122

Module 8

LES PÂTES ET APPAREILS : PRÉPARATIONS SALÉES ET SUCRÉES

Fiche 86

Les pâtes

1 Les pâtes sèches

A. Présentation

■ Les pâtes sèches sont essentielles en pâtisserie, mais aussi en cuisine, où elles sont la base de nombreuses préparations. La différence entre les types de pâtes sèches tient surtout dans les proportions des ingrédients et des techniques employées pour les réaliser.

■ Une pâte sèche est une préparation à base de farine à laquelle on ajoute de la matière grasse, de l'eau et suivant la recette de l'œuf, de la levure chimique, destinée à la cuisson. Elle est utilisée pour des préparations salées en cuisine ou sucrées en pâtisserie.

B. Classification

Parmi les pâtes sèches on retrouve :
- les **pâtes à foncer** ;
- les **pâtes sucrées** ;
- les **pâtes sablées** ;
- les **pâtes feuilletées**.

#vidéo
Les pâtes de base
foucherconnect.fr/25vtechculi123

C. Utilisations

TYPE DE PÂTE	EN CUISINE	EN PÂTISSERIE
Pâte à foncer	Quiches, tartes, tourtes, tartelettes, pâtés en croûte, croustades	Tartes, tartelettes, fonds de flanc, fonds de saint-honoré
Pâte sucrée		Tartes, tartelettes, petits fours frais et secs, sablés
Pâte sablée		Tartes, tartelettes, petits fours frais et secs, sablés
Pâte feuilletée	Allumettes, friands, jalousies, dartois, talmouses, bouchées, vol au vent, fleurons	Tartes aux fruits, pithiviers, galettes, chaussons, mille-feuilles, palmiers

2 Les pâtes molles

A. Présentation

■ Les pâtes molles sont beaucoup utilisées en pâtisserie, elles peuvent être liquides ou semi-liquides. Une même pâte, comme la pâte à choux, peut subir plusieurs types de cuissons pour des résultats très différents.

■ Une pâte molle est une préparation à base de farine à laquelle on ajoute de l'eau, du lait, des œufs crus ou semi-coagulés, du sucre et suivant la recette du blanc d'œuf battu, du beurre et du sel (voire de la bière ou de la levure de bière). Destinée à des cuissons différentes selon le résultat souhaité, elle est utilisée pour des préparations salées en cuisine ou sucrées en pâtisserie.

B. Classification

Il existe les :
- les **pâtes à choux** ;
- les **pâtes à crêpes** ;
- les **pâtes à frire** ;
- les **pâtes à blinis**.

C. Utilisations

TYPE DE PÂTE	EN CUISINE	EN PÂTISSERIE
Pâte à choux	Pommes dauphine, gnocchis à la parisienne, gougères, quenelles (panade, chair de poisson, fromage…), mignardises	Éclairs (café, chocolat, pistache, citron, etc.), choux (à la chantilly, à la crème), religieuses, paris-brest, saint-honoré, profiteroles au chocolat, chouquettes, mignardises
Pâte à crêpes	Crêpes salées (froment, blé noir), galettes garnies (multitudes de garnitures)	Aumônières, pannequets, crêpes soufflées, crêpes Suzette
Pâte à frire	Fritots de cervelle, beignets de légumes, de calamar de crevettes	Beignets aux fruits (ananas, pommes, banana…)
Pâte à blinis	Blinis au saumon fumé, à la truite fumée, au pesto et au jambon, au caviar, avec de la faisselle	Blinis à la confiture, à la marmelade, aux fruits caramélisés (cerises, framboises, abricots…)

3 Les pâtes levées

A. Présentation

■ Grâce à un pétrissage vigoureux, les pâtes levées sont souvent très élastiques. Elles sont la base de nombreuses pâtisseries, comme les brioches, les croissants ou encore les pâtes à pain. En cuisine, elles servent à la confection de pâtes à pizzas. Les pâtes levées augmentent de volume, grâce à la fermentation, rendue possible par la présence de levures dans leur composition.

■ La pâte levée est généralement une pâte à base de farine délayée avec un liquide et un levain, substance faite à base de levure biologique qui provoque une fermentation.

B. Classification

Parmi les pâtes levées, il y a :
- les **brioches** ;
- les **croissants** ;
- les **savarin** ;
- les **pâtes à pizza**.

C. Utilisations

TYPE DE PÂTE	EN CUISINE	EN PÂTISSERIE
Brioche	Foie gras, filet de bœuf, saucisson	Brioche tressée, en couronne, gâche, brioche Vendéenne, brioche au sucre, tarte Tropézienne, pain aux raisins
Croissant		Croissant au beurre, nature
Savarin		Savarin aux fruits (belle fruitière), chantilly, à la crème Chiboust, baba au rhum, Kugelhopf
Pâte à pizza	Fougasse, Margherita, reine, Napolitaine et autre suivant inspiration	

4 Les pâtes battues ou poussées

A. Présentation

■ Les pâtes battues poussées, à la structure crémeuse ou aérée, entrent dans la composition de nombreux desserts. Ces pâtes gonflent sous l'action de la levure chimique, grâce à l'incorporation de bulles d'air lors de leur réalisation ou encore sous l'effet de la chaleur.

■ Une pâte battue poussée est une pâte crémeuse à base de farine, de sucre, d'œufs crus ou semi-coagulés montés et, suivant la recette, du blanc d'œuf battu, du beurre, de la levure chimique. Elle est utilisée pour des préparations principalement en pâtisserie.

B. Classification

Les pâtes battues ou poussées regroupent :
- les **génoises** ;
- les **appareils à biscuit** ;
- les **cakes sucrés et salés** ;
- les **madeleines**.

C. Utilisations

TYPE DE PÂTE	EN CUISINE	EN PÂTISSERIE
Génoise		La génoise est la base d'entremets : Moka, Singapour, biscuit roulé, dacquoise, bûche
Appareil à biscuit		Biscuit à la cuillère, chemisage de charlottes
Cakes sucrés et salés	Cake au Jambon, aux olives, au saumon fumé, aux légumes, aux noix, au fromage	Cake au citron, aux fruits confits, au praliné, à la pistache, marbré, quatre quart
Madeleines		Madeleine à l'Earl Grey, au chocolat, au citron, à la vanille, aux amandes

Fiche 87

Les crèmes

1 La crème anglaise

La crème anglaise est une sauce d'accompagnement de nombreux entremets, tartes et desserts mais aussi la base de nombreuses autres crèmes (pâtissière, bavaroise, etc.) et de crèmes glacées.

INGRÉDIENTS	REMARQUES	UTILISATIONS
• Lait • Jaunes d'œufs • Sucre	Il est important de ne pas trop chauffer la crème afin de ne pas générer la coagulation totale des jaunes d'œufs. La crème serait alors « tranchée »	Œufs à la neige, crème glacée à la vanille

2 La crème pâtissière

La crème pâtissière est utilisée pour garnir des choux, des éclairs, des religieuses, des mille-feuilles, pour le masquage des tartes feuilletées, ainsi que pour la base des soufflés sucrés.

CRÈME DE BASE : CRÈME PÂTISSIÈRE		
Ingrédients ajoutés	Crème dérivée	Utilisations
• Feuilles de gélatine • Crème fouettée	Crème diplomate 	Garniture des choux, éclairs, cygnes, croquembouches

CRÈME DE BASE : CRÈME PÂTISSIÈRE		
Ingrédients ajoutés	**Crème dérivée**	**Utilisations**
· Meringue française ou italienne · Feuilles de gélatine	Crème chiboust 	· Garniture des choux, éclairs, religieuse, croquembouches… · Garnir et décorer les St Honoré
· Beurre incorporé à chaud · Beurre incorporé à froid	Crème mousseline 	Fraisier, framboisier, paris-brest, mille-feuilles…

3 La crème fouettée sucrée ou Chantilly

L'appellation « crème Chantilly » ne peut être donnée comme telle que si 3 ingrédients sont présents : la crème (liquide ou épaisse), le sucre et la vanille. Autrement on parle de crème fouettée (et on ajoute le nom du parfum utilisé).

INGRÉDIENT PRINCIPAL	REMARQUES	UTILISATIONS
Crème liquide UHT 35 %	· Du sucre semoule peut être utilisé à la place du sucre glace, cependant il devra être ajouté à la crème avant foisonnement afin que les grains puissent se dissoudre entièrement · Il est possible de réaliser la crème chantilly en réunissant tous les ingrédients dans un siphon à Chantilly	· Garnir des choux, cygnes, savarins, saint-honoré · Décorer des bavarois, charlottes, vacherins, coupes glacées, assiettes de desserts…

#vidéo
La crème Chantilly
foucherconnect.fr/25vtechculi124

4 La crème d'amandes

INGRÉDIENTS	REMARQUES	UTILISATIONS
Beurre pommade, poudre d'amandes, sucre semoule, œufs entiers, vanille, rhum ou kirsch	Il est important de bien mettre le beurre en pommade et de bien crémer au fouet entre l'ajout de chaque ingrédient	• Garniture du pithiviers, de la tarte Bourdaloue, des tartelettes amandines et de tartes aux fruits diverses. • Réalisation de la frangipane

↑ *Tartelette au miel et aux amandes*

#vidéo
La crème d'amandes
foucherconnect.fr/25vtechculi125

5 La crème au beurre

CRÈME AU BEURRE AU SUCRE CUIT		
Recette	**Remarque**	**Utilisations**
• Cuire 600 g de sucre avec 200 g d'eau à 116 °C. • Verser en filet sur 10 jaunes foisonnés au batteur et fouetter jusqu'à refroidissement. • Incorporer 1 kg de beurre par petites quantités	Si la crème tranche, réchauffer un peu quelques secondes et réémulsionner	Pour les bûches de Noël, le moka, l'opéra, le succès, les biscuits roulés, le décor des religieuses ou d'entremets divers (fraisiers…)

↑ *Gâteau café et crème au beurre*

#vidéo
La crème au beurre
foucherconnect.fr/25vtechculi126

Fiche 88

Les appareils

1 Les appareils à crème prise

Salés ou sucrés, on peut apparenter les appareils à crème prise à la custard anglaise ou encore à la migaine lorraine ou au goumeau de Franche-Comté.

↑ *Crème brûlée*

APPAREILS À CRÈME PRISE SUCRÉ ET SALÉ	
Ingrédients	**Utilisations**
· **Sucré** : œufs entiers, jaunes d'œufs, lait, crème, sucre · **Salé** : œufs entiers, jaunes d'œufs, lait, crème, sel, muscade	· Les appareils à crème prise sucrés sont utilisés pour la confection des crèmes renversées au caramel, crèmes viennoises, pots de crème, crèmes catalanes, crèmes brûlées, tartes à l'alsacienne, clafoutis, puddings… · Les appareils à crème prise salés sont utilisés pour la confection des quiches, des flans et mousses de légumes…

#vidéo
L'appareil à crème prise sucré
foucherconnect.fr/25vtechculi127

#vidéo
L'appareil à crème prise salé
foucherconnect.fr/25vtechculi128

2 Les appareils à soufflés

#vidéo
L'appareil à soufflé
foucherconnect.fr/25vtechculi129

APPAREILS À SOUFFLÉS SUCRÉS ET SALÉS	
Recettes	**Utilisations**
Sucré : • Réaliser une crème pâtissière • Monter les blancs d'œufs en neige ferme • Parfumer ou aromatiser • Tempérer la crème • Ajouter les blancs d'œufs à la crème pâtissière • Mouler et cuire	Les appareils à soufflés sont utilisés principalement en dessert comme le soufflé au Grand-Marnier, au Cointreau, à la mirabelle, au chocolat, au café, à l'orange, à la poire...
Salé : Les soufflés salés sont confectionnés comme les soufflés sucrés mais la crème pâtissière est remplacée par une sauce béchamel ou une farce mousseline	Soufflés fromages, courgettes, potirons, noix, épinard et feta...

3 Les meringues

	MERINGUE À LA FRANÇAISE	MERINGUE SUISSE	MERINGUE ITALIENNE
Ingrédients	Blancs montés à froid + sucre	Blancs mélangés avec du sucre semoule et montés au bain-marie	Blancs montés à froid + sucre cuit au boulé et battus jusqu'à refroidissement
Utilisations	• Œufs à la neige • Meringues sèches • Merveilleux • Fonds de vacherin • Masquage d'omelettes norvégiennes 	• Fonds de petits fours • Doigts de dame • Rochers aux amandes • Champignons (décors) 	• Masquage d'entremets et tartes meringuées • Crème chiboust • Crème au beurre • Mousses diverses 

#vidéo
Les trois meringues
foucherconnect.fr/25vtechculi130

4 Les mousses sucrées

■ Toutes sortes de mousses existent : au chocolat, au café, au caramel, à l'orange, à la poire, aux fruits rouges...

■ Les mousses servent aussi aux entremets : fraisier, poirier, framboisier, bûches pâtissières..., ou encore à la garniture de choux, éclairs...

LES MOUSSES « SOUPLES »			
Mousse à base de crème	**Mousse à base de blancs d'œufs**	**Mousse au siphon**	**Mousse à base de meringue italienne**
· Fouetter la crème · Sucrer · Parfumer	· Fouetter les blancs d'œufs · Meringuer · Parfumer	· Mélanger la crème, le sucre et parfumer · Mettre dans le siphon, ajouter les cartouches de gaz, secouer	· Réaliser une meringue italienne · Parfumer

LES MOUSSES « SOLIDES »		
Bavarois base crème	**Bavarois base sirop**	**Mousses glacées**
Crème anglaise parfumée + gélatine + crème fouettée	Coulis de fruits + gélatine + crème fouettée	Crème anglaise parfumée ou coulis de fruits + gélatine + chantilly. Entreposer au froid négatif à – 18 °C

#vidéo
Les mousses sucrées
foucherconnect.fr/25vtechculi131

Fiche 89

Les mousses et farces

1 Les mousses salées

A. Présentation

■ Les mousses sont des préparations dont la consistance est légère, aérienne, du fait de l'incorporation d'air dans les aliments souvent réduits à l'état de purée. Les mousses peuvent être salées ou sucrées.

■ Les mousses sont cuisinées à base de produits crus ou cuits, dont l'élément principal donne l'appellation. Elles sont allégées par l'ajout de crème ou de blanc d'œufs montés. Elles sont servies chaudes ou froides, seules ou moulées.

B. Classification

À BASE DE	RÉALISATION	UTILISATIONS
	Les mousses	
Produits crus	Mixer la chair crue avec les blancs d'œuf, incorporer la crème (travailler sur glace), monter des blancs et incorporer	**Entrées chaudes** : soufflés, moulées en terrine (pain)
Produits cuits	Mixer la chair et la passer au tamis, ajouter de la gelée fondue, le velouté et la crème montée	**Garniture** : mousses de légumes, poisson, viandes blanches...
	Farce mousseline	
Produits crus	Assaisonner, mixer la chair crue, incorporer les blancs (non montés), incorporer la crème en travaillant sur glace	**Quenelles** : volaille, poisson, crustacés **Farcir** (avant cuisson) : volaille, poisson, viande
	Mousseline	
Produits cuits	Chair mixée, additionnée de crème montée, assaisonner	**Garniture de brioches, petits pains...** : mousseline de volaille, poisson, crustacés...

2 Les farces

Les farces sont cuisinées à base de produits crus ou cuits hachés. Elles sont la base de charcuteries, de farcissage de poissons, de volaille, de viandes et de légumes avant cuisson.

A. Les farces grasses

À BASE DE	RÉALISATION	UTILISATIONS
	Farce fine	
Produits crus	• Suivant la recette, morceaux marinés avec assaisonnement, épices, condiments, alcool pendant 24 heures. • Passer au cutter et travailler avec les œufs. • Cuire en terrine	**Farce de base** : pâtés en croûte, terrines de volaille, gibier, lapereau...
	Farce commune	
Produits cuits	• Suer des oignons au beurre, ajouter la viande hachée finement, mouiller vin blanc et fond, ajouter la garniture • Cuire une heure à couvert	**Garniture** : de petits farcis, cannellonis et raviolis farcis. Parmentier (canard)
	Farce à gratin	
Produits crus	• Faire fondre le lard coupé en dés, sauter les foies, ajouter l'échalote et flamber au cognac, ajouter le vin blanc. • Passer au tamis, terminer au beurre	**Garniture** : de canapés (pintadeau rôti...), complément de terrines, farces, pâtés...

B. Les farces maigres

À BASE DE	RÉALISATION	UTILISATIONS
	Farce fine	
Duxelles sèche	• Hacher fin les champignons. • Suer les échalotes ciselées • Ajouter les champignons (citronner), assaisonner et cuire jusqu'à complète évaporation	**Farcir** : poisson, légumes, œufs. **Base** : sauce duxelles
Duxelles à farcir	• Duxelles sèche additionnée de vin blanc et fond de veau tomaté • Réduire et terminer avec la mie de pain	**Farcir** : légumes : aubergine, courgette, artichauts (petits farcis niçois) **Base** : sauce duxelles
	Farce à gratin	
Farce américaine	• Suer des petits dés de lard, ajouter des oignons ciselés et suer à nouveau. • Terminer avec de la mie de pain, sauge, fleur de thym et assaisonner	**Farcir** : volailles désossées ou non

Fiche 90

Les potages et consommés

1 Les consommés

A. Présentation

Les consommés font partie des potages clairs. Ils sont, par définition, des bouillons savoureux obtenus à partir de la cuisson lente d'un élément principal (viande, volaille, poisson ou crustacés) immergé dans une grande quantité d'eau additionnée d'une garniture aromatique.

B. Classification

On distingue les consommés simples et les consommés doubles :
- consommés simples : bouillons filtrés une fois dans une étamine ;
- consommés doubles : consommés simples ayant subi un deuxième filtrage appelé « clarification ».

C. Quelques appellations culinaires

APPELLATIONS	DESCRIPTIF	GARNITURE
Consommé Aurore	Consommé au fumet de tomates légèrement lié au tapioca	Julienne de filets de volaille
Consommé Ambassadeurs	Consommé de volaille	Dés de royale aux truffes hachées, de champignons et de volaille
Consommé à la cancalaise	Consommé de poisson au tapioca	Huîtres pochées, julienne de filets de sole, quenelles de merlan
Consommé à la charolaise	Consommé de bœuf	Petits oignons glacés, boules de carottes, rondelles de choux farcis, petits tronçons de queue de bœuf
Consommé Diane	Consommé de gibier	Croissants de farce de gibier, dés de truffe, vieux Madère

2 Les potages liés

A. Présentation

■ Les potages liés sont, par définition, des préparations liquides généralement épaissies, à base de légumes, volailles, gibiers ou crustacés.

■ Ces éléments sont cuits longuement par immersion dans une grande quantité d'eau avec une garniture aromatique, puis mixés.

B. Classification

On distingue les préparations :
- à **base de légumes secs mixés** : garniture aromatique suée + légumes secs + mouillement (eau ou fond) ;
- à **base de légumes frais mixés** : garniture aromatique suée + légumes frais + mouillement (eau ou fond) ;
- à **base de légumes frais mixés et légumes frais taillés** : garniture aromatique suée + légumes frais + mouillement (eau ou fond).

C. Quelques appellations culinaires

APPELLATIONS	ÉLÉMENT PRINCIPAL	GARNITURE
Conti	Lentilles	Dés de lard, pluches de cerfeuil
Esaü	Lentilles + riz cuit au consommé	
Saint-Germain	Pois cassés	Petits pois et pluches de cerfeuil
Condé	Haricots rouges + vin rouge	
Compiègne	Haricots blancs	Oseille ciselée et fondue au beurre
Crécy	Carottes, consommé de volaille et riz	Croûtons frits au beurre
Parmentier	Pommes de terre	Petits croûtons frits et pluches de cerfeuil
Reine	Volaille et riz	Blanc de volaille en petits dés

3 Les crèmes et les veloutés

A. Présentation

Les crèmes et veloutés sont des potages liés à base de légumes, volailles, gibiers ou crustacés auxquels on ajoute :
- de la crème fraîche et du beurre pour les crèmes ;
- de la crème, des jaunes d'œufs et du beurre pour les veloutés.

B. Classification

On distingue les crèmes et veloutés :
- **à base de légumes** :

 potage de légumes mixés + crème + beurre = **crème**,

 potage de légumes mixés + crème + jaunes d'œufs + beurre = **velouté** ;
- **à base de volaille, gibiers, crustacés** : fond ou bouillon, consommé de volaille, gibier ou crustacés + roux + crème + jaunes d'œufs + beurre = **velouté**.

C. Quelques appellations culinaires

APPELLATIONS	ÉLÉMENT PRINCIPAL	GARNITURE
Boulangère	Potage parmentier traité comme un velouté	Orge perlé et petits pois
Choisy	Crème et velouté à base de laitue blanchie étuvée au beurre	Petits croûtons frits, pluches de cerfeuil
Dubarry	Crème ou velouté à base de chou-fleur	Fragments de bouquets de chou-fleur, pluches de cerfeuil
Freneuse	Crème ou velouté à base de navets et de pommes de terre	
Grandville	Velouté à base de bouillon de moules au curry	Riz cuit au consommé
Marengo	Velouté de volaille additionné de purée de tomates	Rondelles de flûtes feuilletées saupoudrées de fromage râpé

4 Les soupes

A. Présentation

On appelle soupe toute préparation à base de consommé non clarifié servie avec son élément principal entier ou détaillé et sa garniture aromatique.

B. Classification

On distingue :
- les soupes à base de viande et de volaille ;
- les soupes à base de crustacés et de poissons ;
- les soupes à base de légumes ;
- les soupes étrangères.

C. Quelques appellations culinaires

APPELLATIONS	ÉLÉMENT PRINCIPAL	GARNITURE
Les soupes à base de viande et de volaille		
Potée bourguignonne	Porc du saloir, jarret de porc frais	Carottes, chou, navets, poireau, pommes de terre, cervelas à l'ail
Petite marmite	Bœuf maigre, poule	Légumes
Garbure béarnaise	Potée gratinée avec lard, confit d'oie	Navet, pommes de terre, chou, haricots blancs, haricots verts
Les soupes à base de crustacés et de poissons		
Bisque	Base écrevisses ou homards pilés, mixés avec du riz, passés à l'étamine	Chair d'écrevisses ou de homards
Bouillabaisse	Soupe de poissons de roc	Aïoli et croûtons aillés
Les soupes à base de légumes		
Garbure à l'oignon	Soupe à l'oignon légèrement liée et gratinée	
Niccolini	Potage à l'oignon additionné d'un tiers de purée de tomates	Disposer dans la soupière, par couches, de minces tranches de pain grillé, alternées de parmesan râpé et de lamelles de gruyère
Les soupes étrangères		
Pistou (italien)	Pommes de terre, tomates, haricots verts, vermicelle, ail pilé, basilic	
Bortsch (russe)	Julienne de betterave, consommé de bœuf et fumet de betterave, crème aigre	
Mutton Broth (anglais)	Brunoise de légumes étuvés au beurre, orge perlé, épaule et collet de mouton	
Ox-tail clair (anglais)	Queues de bœuf tronçon- nées cuites avec aromates et bouillon. Clarifier le bouillon, ajouter la viande de bœuf	

Exercices

Exercice 1 **Labyrinthe**

Identifiez la phrase cachée en résolvant ce labyrinthe de mots.

#exercice
Exercices supplémentaires
foucherconnect.fr/25vtechculi132

è		r	é	r	é	r	i	v	é	e		d	e		l	a		c
r	e	m	d	é	d	i	v	é	e		è	r	c		a		c	r
c	m	è		e		d	é	r		e	m	e		c	r	c	è	r
	c	r	è	m	e	é	r	i	p		e		p	r	è	è	r	c
e		è	m	e		r	i	v	a	p		p	a	t	è	r	c	
n	c	m	e		d	i	v	é	t	a	p	s	i	è	r	c		a
u	n	e		r	é	v	é	e	s	t	a	s	s	i	è	r	e	l
	e		c		e	t	e		s	i	t	i	s	s	i	è	r	e →
t		u	s	e	t	a	m	a	s	s	i	s	s	i	è		a	l
s	t		e	t	a	m	o	m	a	s	s	s	i	è	r	c		a
e		e	t	a	m	o	l	o	m	i	s	i	è	r	e	r	c	
	e	t	a	m	o	l	p	l	o	m	a	t	e	e	m	è	r	c
e		e		a	l	p	i	p	l	o	m	a	t	e	e	m	è	r
m	è	r	è	m	e	i	d	i	p	m	a	t	e			e	m	è
a	m	c	r	é	m	p		d	l	o	m	a	t	e	d		e	m
→ l	a		c	r	è	m	e		d	i	a	t	e		e	d		e
a		c	r	é	m	d		d	i	p	l	a	t	e	o	l	d	
	c	m	è	m	e	i	p	i	p	l	o	m	a	t	e	p	i	p

Phrase cachée : ....
....
....

Exercice 2 **Reliez chaque dessert à sa crème ou appareil de base**

Petits pots de crème •	• Crème anglaise
Choux à la crème •	• Appareil à crème prise
Bûche •	• Meringue
Merveilleux •	• Crème pâtissière
Île flottante •	• Crème au beurre

Exercice 3 **Résolvez les équations suivantes.**

- Lait + crème + œufs entiers + jaunes d'œufs = ...
- Crème pâtissière + blancs d'œufs + cuisson = ...
- Crème pâtissière + gélatine + crème fouettée = ...
- Crème anglaise + sorbetière = ...
- Crème fouettée + vanille + sucre = ...

Exercice 4 Mots croisés

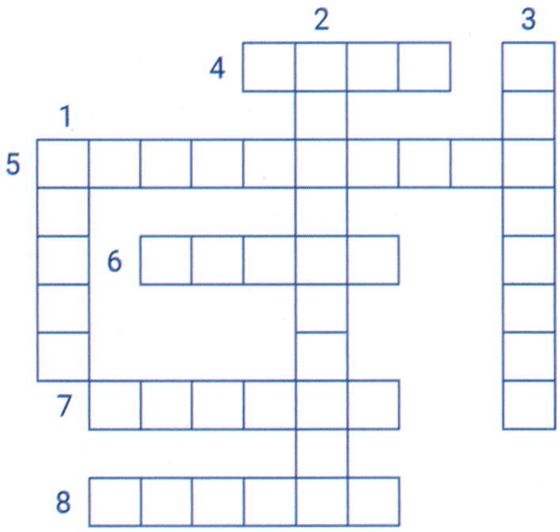

Vertical
1. Hacher au cutter
2. Farce à gratin

Horizontal
3. Spécialités lyonnaises
4. On le fait dans une terrine
5. Se dit aussi d'une farce fine
6. Ustensile servant à ôter les grumeaux d'une préparation
7. Plat cuit au four et saupoudré de chapelure, mie de pain...
8. Synonymes de blague

Exercice 5 Quels types de pâtes correspondent à ces préparations ?

- Bouchée à la reine
- Babas au rhum
- Paris-brest
- Bûche
- Tarte framboise
- Cannelé
- Fougasse
- Tarte aux lardons et aux oignons
- Moka
- Spécialité vendéenne
- Tarte fine aux pommes
- Gougère
- Galette de sarrasin
- Margherita
- Gâche
- Kugelhopf

- Pâte brisée salée, sucrée
- Pâte feuilletée
- Pâte à choux
- Pâte à savarin
- Pâte à crêpes
- Génoise
- Pâte à pain, pizza
- Brioche

#corrigés
Corrigés des exercices
foucherconnect.fr/25vtechculi133

Crédits iconographiques

Page	
10	ph © Kurhan – Shutterstock
13 haut	ph © upslim – stock.adobe.com
13 bas	ph © CandyBox Images – stock.adobe.com
14 haut	ph © 135pixels – stock.adobe.com
15 milieu	ph © Milkovasa – stock.adobe.com
15 bas	ph © Christian Scwhier – stock.adobe.com
17 gauche	ph © aga Ta – stock.adobe.com
17 droite	ph © merimonc – stock.adobe.com
18	ph © Lucky Dragon – stock.adobe.com
19_1	ph © Tatyana Nyshko – stock.adobe.com
19_3	ph © Lucky Dragon – stock.adobe.com
32 à 36	ph © Maison Lejeune
	ph © FOOD-micro – stock.adobe.com
	ph © exopixel – stock.adobe.com
	ph © snaptitude – stock.adobe.com
	ph © kolesnikovserg – stock.adobe.com
	ph © riccardomojana – stock.adobe.com
37_1	ph © alexander zveiger – stock.adobe.com
37_2	ph © idealistock
37_3	ph © Dmitry Vereshchagin – stock.adobe.com
37_4	ph © pascoun – stock.adobe.com
37_5	ph © v74 – stock.adobe.com
37_6	ph © Kondor83 – stock.adobe.com
38_1	ph © Lucky Dragon – stock.adobe.com
38_2	ph © Maison Lejeune
38_3	ph © ShutterDivision – stock.adobe.com
38_4	ph © Dmitry Vereshchagin – stock.adobe.com
38_5 à 38_9	ph © Maison Lejeune
39_1, 2	ph © Maison Lejeune
40 (8)	ph © Maison Lejeune
41_1	ph © Maison Lejeune
41_4	ph © purtofl – stock.adobe.com
41_5 à 41_8	ph © Maison Lejeune
42_1	ph © Maison Lejeune
42_2	ph © Maison Lejeune
42_3	ph © Thermomix
43	ph © NorGal – stock.adobe.com
44	ph © He2 – stock.adobe.com
44	ph © Pavel_Chernobrivets – stock.adobe.com
46	illu © Dashikka – stock.adobe.com
	illu © Lesia – stock.adobe.com
	illu © ylivdesign – stock.adobe.com
	illu © Gstudio Group – stock.adobe.com
	illu © cynoclub – stock.adobe.com
	illu © Rebel – stock.adobe.com
	illu © pandavector – stock.adobe.com
	illu © igor_kell – stock.adobe.com
	illu © markus_marb – stock.adobe.com
51	ph © Mara Zemgaliete – stock.adobe.com
52_1	ph © Michael Nivelet – stock.adobe.com
52_3	ph © Philetdom – stock.adobe.com
52_4	ph © Jérôme Rommé – stock.adobe.com
53_1	ph © Baibaz – stock.adobe.com
53_3	ph © Olyina – stock.adobe.com
54	ph © bit24 – stock.adobe.com
55 gauche	ph © sommai – stock.adobe.com
55 droite	ph © Patryssia – stock.adobe.com
63 bas	ph © Christian Jung – stock.adobe.com
64 haut	ph © akulamatiau – stock.adobe.com
64 bas	ph © food-pictures – stock.adobe.com
69	logo © Œufs de France
70 haut	ph © Bernard Charron
70 bas	ph © Sophie Gobert
71 (mollet)	ph © Sophie Gobert
72	ph © Juan Aunion – stock.adobe.com
76	logo © Volaille française
81_2, 3, 5	ph © Bernard Charron
82_1, 3	ph © Bernard Charron
82_4	ph © Seb Hovaguimian – stock.adobe.com
85 haut	ph © PhotoSG – stock.adobe.com
85 bas	ph © Paulista – stock.adobe.com
87_3 à 88_1	ph © Bernard Charron
88_4	ph © Photobeps – stock.adobe.com
88_5	ph © Agung – stock.adobe.com
88_6	ph © Ets Gaudin-Dupas
94_1 et 94_2	ph © iStock
95_1 et 95_2	ph © Bernard Charron
95_3	ph © Karl Bolf – stock.adobe.com
95_4 et 95_5	ph © Bernard Charron
105 à 106	ph © Christophe Fouquin – stock.adobe.com
107, 111, 114	ph © Bernard Charron
116	logo © Viande ovine française
148	ph © Hachette Livre
149	ph © Hachette Livre
150 haut	ph © Mary Evans Picture Library – Photononstop
150 bas	ph © Hachette Livre
152 haut	ph © Jacek Chabraszewski – 123RF
153 haut	ph © Shawn Hempel – 123RF
153 bas	ph © dpa/picture-alliance/Akg-images
154	ph © Jean Delmarty/Opale/Leemage
155	ph © 2025 Respiro Productions
156	ph © Jérôme Bilic pour ELLE à table
157	ph © Mara Zemgaliete – stock.adobe.com
158	ph © matka_Wariatka – stock.adobe.com
159	ph © qwartm – stock.adobe.com
165_1	ph © qwartm – stock.adobe.com
166_1	ph © FOOD-micro – stock.adobe.com
166_2	ph © Fanfo – stock.adobe.com
167_1	ph © Szakaly – stock.adobe.com
167_2	ph © Wsmahar – iStock
169_2	ph © Silvana Comugnero – stock.adobe.com
173_1	ph © manuta – stock.adobe.com
173_3	ph © noblige – iStock
175_1	ph © Sollub – stock.adobe.com
175_2	ph © ALF photo – stock.adobe.com
175_3	ph © IngridHS – stock.adobe.com
177_2	ph © Besjunior – stock.adobe.com
177_3	ph © Brad Pict – stock.adobe.com
179_1	ph © Marco Mayer – stock.adobe.com
179_2	ph © TPHStock – stock.adobe.com
179_3	ph © M.studio – stock.adobe.com

181_1	ph © Shaiith – stock.adobe.com
181_2	ph © FomaA – stock.adobe.com
181_3	ph © Viktor – stock.adobe.com
183_1	ph © Fanfo – stock.adobe.com
183_2	ph © academiedugout.fr – stock.adobe.com
185_2	ph © Jérôme Rommé – stock.adobe.com
187_1	ph © margouillatphotos – iStock
187_2	ph © illustrez-vous – stock.adobe.com
189_2	ph © francevegetalienne.fr
189_3	ph © FOOD-micro – stock.adobe.com
191_1	ph © Brad Pict – stock.adobe.com
191_2	ph © Unclesam – stock.adobe.com
191_3	ph © Alesai Bertezova – stock.adobe.com
195_1	ph © Amikphoto – stock.adobe.com
196_1	ph © torriphoto – stock.adobe.com
196_2	ph © Mstudio – stock.adobe.com
196_3	ph © Waffle factory
198 haut	ph © Mstudio – stock.adobe.com
199 haut	ph © mo-ment – stock.adobe.com
199 bas	ph © speedrabbitpizza.com
201_2	ph © Fanfo – stock.adobe.com
201_3	ph © msheldrake – stock.adobe.com
203_1	ph © Mstudio – stock.adobe.com
203_4	ph © Roméo Balancourt
205_1	ph © Paulista – stock.adobe.com
205_2	ph © ahastudio – stock.adobe.com
205_3	ph © espies – stock.adobe.com
207_1	ph © Igor Dutina – stock.adobe.com
207_4	ph © Hard Rock Cafe
209_4	ph © Latino Gourmand
209_5	ph © Latino Gourmand
214	ph © Olga – stock.adobe.com
224	ph © auremar – stock.adobe.com
226	ph © Yuliyatrukhan – stock.adobe.com
227_1	ph © Leonid Shtandel – stock.adobe.com
227_2	ph © Rochagneux – stock.adobe.com
227_3	ph © huci – stock.adobe.com
228	ph © Monkey Business – stock.adobe.com
233, 234	ph © Olga Lyubkin – stock.adobe.com
235_1	ph © GUAN JIANGCHI – stock.adobe.com
235_2, 3, 4	ph © Maison Lejeune
236	ph © Dmitry Vereshchagin – stock.adobe.com
237_1	ph © Crok-Pot®
237_2, 3	ph © Maison Lejeune
238_1	ph © Maison Lejeune
238_2	ph © FOOD-pictures – stock.adobe.com
239_1	ph © Magimix®
241_1	ph © losangela – stock.adobe.com
241_2	ph © Maison Lejeune
242	ph © ALF photo – stock.adobe.com
243	ph © Maison Lejeune
244_1	ph © Picturefoods.com – stock.adobe.com
244_2	ph © Maison Lejeune
245	ph © kazoka303030 – stock.adobe.com
246	ph © ALF photo – stock.adobe.com
247_1	ph © coco – stock.adobe.com
247_2	ph © Maison Lejeune
248	ph © fotoatelie – stock.adobe.com
249	ph © milazvereva – stock.adobe.com
251	ph © M.studio – stock.adobe.com
252_1	ph © FOOD-micro – stock.adobe.com
252_2	ph © Monkey Business – stock.adobe.com
252_3, 4	ph © Maison Lejeune
254_1	ph © azurita – stock.adobe.com
254_2, 3, 4	ph © Maison Lejeune
255_1	ph © Mara Zemgaliete – stock.adobe.com
255_2	ph © seagull_l – stock.adobe.com
256	ph © bit24 – stock.adobe.com
257	ph © Bernard Charron
258_1	ph © illustrez-vous – stock.adobe.com
258_2	ph © FomaA – stock.adobe.com
258_3, 4, 5	ph © Maison Lejeune
259	ph © annata78 – stock.adobe.com
260	ph © fahrwasser – stock.adobe.com
261	ph © Maison Lejeune
262	ph © Magrig – stock.adobe.com
263	ph © Dar1930 – stock.adobe.com
264_1, 2, 3	ph © Maison Lejeune
265	ph © TTLmedia – stock.adobe.com
267_1	ph © photocrew – stock.adobe.com
267_2	ph © ALF photo – stock.adobe.com
267_3	ph © cobraphoto – stock.adobe.com
268_1, 2, 3	ph © Maison Lejeune
271	ph © Mara Zemgaliete – stock.adobe.com
272_1	ph © Dorothée Labarre - Le Rolland
272_2	ph © torriphoto – stock.adobe.com
272_3	ph © Jiri Hera – stock.adobe.com
272_4	ph © Brad Pict – stock.adobe.com
272_5	ph © Artyshot – stock.adobe.com
273	ph © Alex Bayev – stock.adobe.com
274 haut	ph © dreamsquares – stock.adobe.com
274 bas	ph © Yuriy Seleznyov – stock.adobe.com
275	ph © Skobrik – stock.adobe.com
277_2, 4	ph © Maison Lejeune
277_3	ph © Gastrovac®
278_1	ph © FOOD-micro – stock.adobe.com
278_2	ph © ppi09 – stock.adobe.com
278_3	ph © vpardi – stock.adobe.com
278_4	ph © Alex Bayev – stock.adobe.com
278_5	ph ©D. Ott – stock.adobe.com
279_1, 2, 3	ph © Dorothée Labarre - Le Rolland
280_1, 3	ph © W. Heiber Fotostudio – stock.adobe.com
280_2	ph © fahrwasser – stock.adobe.com
281_1, 2, 3, 4	ph © deniskarpenkov – stock.adobe.com
282_1	ph © PhotoKD – stock.adobe.com
282_2	ph © Agence DER – stock.adobe.com
283_1	ph © simonidadj – stock.adobe.com
283_2	ph © tanyasid – stock.adobe.com
283_3	ph © siraphol – stock.adobe.com
284	ph © maxsol7 – stock.adobe.com
285	ph © kostrez – stock.adobe.com
286	ph © Slawomir Fajer – stock.adobe.com
287	ph © Claude Calcagno – stock.adobe.com
291_1, 2	ph © FOOD-pictures – stock.adobe.com
293_1	ph © amy_lv – stock.adobe.com
293_2	ph © K – stock.adobe.com
298	ph © Alessandro Capuzzo – stock.adobe.com
299	ph © Jérôme Rommé – stock.adobe.com

300	ph © tataks – stock.adobe.com
301	ph © FOOD-micro – stock.adobe.com
302_1	ph © FOOD-micro – stock.adobe.com
302_2	ph © zouzoubaby13 – stock.adobe.com
303_1	ph © ld1976 – stock.adobe.com
303_2	ph © Lefebvre_jonathan – stock.adobe.com
303_3	ph © arinahabich – stock.adobe.com
304_1	ph © Pictures news – stock.adobe.com
304_2	ph © mfbs – stock.adobe.com
305_1	ph © Dorothée Labarre - Le Rolland
305_2	ph © M.studio – stock.adobe.com
306_1	ph © faithie – stock.adobe.com
306_2	ph © TTLmedia – stock.adobe.com
306_3	ph © fudio – stock.adobe.com
307	ph © Kimree – stock.adobe.com
308	ph © Sarah Allison – stock.adobe.com
309	ph © azurita – stock.adobe.com
310	ph © stefania57 – stock.adobe.com
311	ph © lilechka75 – stock.adobe.com
312_1	ph © lilechka75 – stock.adobe.com
312_2	ph © HLPhoto – stock.adobe.com

Tous les autres visuels : ph © Matton images

01-LG-SG-JB/BM

IMPRIM'VERT
Votre imprimeur agit pour l'environnement

PAPIER À BASE DE FIBRES CERTIFIÉES

Hatier s'engage pour l'environnement en réduisant l'empreinte carbone de ses livres.
Celle de cet exemplaire est de :
1.3 kg éq. CO_2
Rendez-vous sur www.hatier-durable.fr

Achevé d'imprimer en Italie par L.E.G.O. S.p.A., Lavis (TN)
Dépôt légal : 17756-1/01 - Septembre 2025